Éditions Fleur Sauvage
55 rue Principale,
62120 Saint Hilaire Cotte

Dépôt légal octobre 2014

ISBN 978-2-9542710-7-1

La compassion du diable

Fabio M.Mitchelli

La compassion du diable

Éditions Fleur Sauvage

"Cette nuit dans l'Ohio, cette nuit... impulsive. Rien n'a été normal depuis. Ça entache votre vie entière. Après que ce soit arrivé, j'ai pensé que j'allais juste essayer de vivre aussi normalement que possible, et que j'allais enterrer ça. Mais les choses comme ça ne restent pas enterrées. Je ne pensais pas que ça le ferait, mais ça le fait, ça infecte toute votre vie".

(Jeffrey Dahmer, parlant de son premier meurtre, celui de Steven Hicks.)

"Je suis là depuis de très longues années et j'ai volé à beaucoup d'hommes leur âme et leur foi. J'étais là quand Jésus Christ a eu son moment de doute et de douleur..."

Traduction de « Sympathy for the Devil » des Rolling Stones.

Avis au lecteur

Tous les romans prennent leurs racines dans une semi-réalité plus ou moins restructurée. Certains passages de ce récit s'appuient sur des faits divers qui se sont réellement déroulés aux États-Unis. Certaines scènes de ce roman évoquent également des articles parus antérieurement dans la presse ou sur des sites Internet spécialisés.

Cet ouvrage s'inspire de la vie de Jeffrey Dahmer et de sa folie meurtrière, ainsi que de la série de meurtres perpétrée par Anthony Sowell qui a frappé la ville de Cleveland dans l'état de l'Ohio, aux États-Unis, en 2009, mais ne relate uniquement que des faits de fiction.

L'auteur précise également que certaines narrations peuvent parfois heurter la sensibilité des plus jeunes.

*L'**intelligence** est l'ensemble des facultés mentales permettant de comprendre les choses et les faits, de découvrir ces relations entre elles et d'aboutir à la connaissance conceptuelle et rationnelle (par opposition à la sensation et à l'intuition). Elle permet de comprendre et de s'adapter à des situations nouvelles et peut en ce sens être également définie comme la faculté d'adaptation. L'intelligence peut être également perçue comme la capacité à traiter l'information pour atteindre ses objectifs.*

Première partie

Que la lumière soit…

1

Blake memorial **in utero**

Il ne sait pas encore comment il va s'appeler ni même ce que sera son avenir.

Son nom, qui deviendra tristement célèbre, il ne le porte pas encore. Il ne sait pas qui il est, il ne sait pas qu'il mutera plus tard en un redoutable tueur, un tueur sanguinaire, froid, un tueur qui aimera récidiver cet acte abominable qui consiste à briser des existences. Non, il ne sait même pas qui il est car il n'est pas encore né. Il mesure à peine dix millimètres et ressemble à un ver de farine recroquevillé sur lui-même.

Rien à quoi il est malheureusement prédestiné ne lui effleure l'esprit à cet instant-là, aucune image ne vient le frapper, ni le sens des mots *« mort »* ou *« vie »*, absolument rien de ce qui sera son héritage génétique de futur meurtrier ne provoque de réaction en lui.

Il est inerte. C'est un embryon de quatre semaines qui danse encore dans le ventre de sa mère, un zygote évolué qui cherche encore à se développer, comme s'il fallait déjà qu'il sauve sa peau au détriment de la vie des autres.

Il entend la musique. Il danse au rythme des pas de sa mère, au rythme de sa vie, au rythme de ses cauchemars. Il nage dans la tiédeur du liquide amniotique, au rythme de ses songes dans lesquels baignent déjà tant d'horreurs.

Il absorbe les sons, les vibrations, les clameurs, la douleur, le sang.

Son cerveau, comme une éponge sèche, se gonfle des informations qu'il perçoit depuis ce monde qui se trouve avant le monde, depuis le seuil de cette porte qui le conduira dans quelques mois au point zéro de son existence terrestre. Les informations ne sont que violences, hurlements, terreur. Il perçoit les chocs, les vibrations des coups qui pleuvent sur sa mère. Les prémices de son destin s'articulent lentement dans sa gangue de chair et de sang, les balbutiements de sa vie prochaine, cette vie de dangereux criminel, celui qu'il deviendra, celui qu'il sera…

*

Cleveland, État de l'Ohio/États-Unis, **juin 1981.**

Il ferma les yeux.

L'odeur des grands espaces de Fort Peck Lake, dans le Montana, ressurgirent de sa mémoire et lui firent du bien. Les images aussi. Les grandes forêts enneigées, les pistes verglacées à travers les bois, lui, à l'affût du vieux cerf, ce grand seigneur et prince des toundras immaculées, tous ces clichés revinrent s'imprimer derrière ses paupières closes.

Les odeurs et les images effroyables de la scène de crime s'étaient lentement estompées grâce au vieux cervidé.

Freddy Lawrence se pencha sur le conteneur cylindrique puis lança un regard terrifié à la jeune inspectrice qui l'accompagnait.

La chaleur les écrasait. Le soleil de juin, cette année-là, cramait le cuir à la vitesse d'une rôtissoire.

Le médecin légiste n'était toujours pas sur les lieux, ce qui leur laissait l'occasion d'être les uniques spectateurs, les uniques témoins de la scène macabre à laquelle ils avaient été conviés.

Victoria Fletcher, fraîchement débarquée de l'Académie de police, venait de mettre pour la première fois les pieds dans la réalité et la noirceur de son job. Elle haussa les épaules en envoyant un regard interrogateur à Lawrence, comme si celui-ci se devait de lui fournir les explications nécessaires, l'informer, comme s'ils se trouvaient tous deux à l'examen pratique d'une séance d'autopsie.

Le parc national de Cuyahoga Valley semblait désert ce jour-là, unique au monde.

Une unité de l'*United States National Forest* avait été envoyée la veille pour travailler sur une portion du vaste parc. Aux abords de la rivière Cuyahoga, une herbe parasite et très proliférative avait été signalée et risquait de contaminer certaines espèces végétales protégées. Le parasite courait sur plusieurs centaines de mètres et longeait le cours de la rivière. Une équipe de spécialistes, donc, avait été déléguée pour éradiquer la vermine tout en protégeant la végétation arboricole classée au patrimoine.

Jusqu'ici, le fait d'acheminer des engins de travaux publics telles que des mini pelles, des camions bennes, et tout une armada d'éminents botanistes et paysagistes n'avait rien de bien troublant. Ce n'est que lorsque les pelles avaient commencé à s'attaquer à la terre du bosquet, d'où semblait démarrer l'infection végétale, que les choses avaient commencé à se compliquer pour les gars de l'unité forestière. Il y avait d'abord eu un cri, les gestes affolés d'un responsable de l'unité qui hurlait après le conducteur de la pelle mécanique, puis quatre autres gars qui avaient agité les bras et avaient sauté sur place comme des diables sortis hors de leur boîte...

L'odeur. Infecte. Insupportable et soutenue.

Lawrence et Fletcher ne cillaient pas. Ils se laissaient seulement engloutir par le paysage environnant, le bruissement de la rivière qui glissait sur les galets, le chant des oiseaux et les craquements étranges des troncs centenaires.

Juste devant l'énorme godet de l'engin qui avait déjà creusé une vaste fosse, un conteneur cylindrique en plastique bleu émergeait des profondeurs tel une épave renflouée des abysses. A peu près à un mètre cinquante du premier cylindre, un deuxième tonneau laissait apparaître son flanc, à demi dégagé de l'importante quantité de terre qui le recouvrait.

Cela aurait pu rester une affaire banale, une infraction industrielle de plus. Tout aurait pu laisser croire qu'il s'agissait de deux caissons contenant des déchets toxiques provenant d'une des diverses raffineries ou usines du coin. Cela aurait pu être encore une de ces nombreuses affaires qui faisait rager le microcosme écologique de la ville. Cela aurait pu… seulement, l'un des deux conteneurs avait été éventré par le godet et le couvercle métallique avait sauté.

Aussi abominable que spectaculaire, la scène dégageait une sorte d'atmosphère occulte et irréaliste.

Le corps qui avait été introduit dans le compartiment était momifié, dans un état de conservation à peu près correct. Le cadavre se livrait enfin aux lueurs du jour, remonté des entrailles du sol par la bonne grâce d'une espèce végétale parasite. Sa mâchoire était amplement ouverte, par le fait probable et même certain que la victime respirait encore lorsque son meurtrier l'eut enterrée.

— Freddy… vous… vous en pensez quoi ? murmura Fletcher, accroupie elle aussi devant le tombeau de plastique bleu.

L'inspecteur se massait le front, l'air stupéfait et perdu dans ses pensées, comme si ses quinze longues années de carrière un peu désastreuse ne lui avaient jamais apporté d'affaire aussi sordide.

Originaire du Wisconsin, fils d'un ouvrier et d'une mère atteinte d'une maladie génétique, Freddy Lawrence était né en 1942. Enfant fragile, sa mère l'avait surprotégé et Freddy avait passé son enfance dans les jupes de celle-ci. Puis, un jour, sa mère décéda et son père ne put continuer à assumer seul l'éducation de son fils. Le père, craignant élever un enfant qui plus tard deviendrait une espèce de *« mauviette »* ou d'assisté, envoya Freddy chez son oncle qui vivait dans le Montana. Dès l'âge de neuf ans il y fit l'apprentissage d'une vie spartiate, dure, l'isolant d'une existence matérialiste et du tumulte de la ville. Malgré lui, il accompagnait son oncle dans ses circuits de chasse et de pêche, apprenant ainsi à se servir d'un fusil et à pêcher à la mouche. Résidant dans une zone montagneuse très isolée, au sud de Fort Peck Lake, l'oncle de Freddy préférait se nourrir des fruits, des légumes et de la viande que la nature lui offrait plutôt que faire des kilomètres ou attendre le ravitaillement par avion.

Le deuil, le froid, l'éloignement, l'ascèse.

Tout ce qui avait fait de son enfance, à son sens, une tragédie humaine qui tatouait encore aujourd'hui son esprit…

— Freddy ? Ho ! Vous en pensez quoi…

La voix de la jeune Fletcher le fit sursauter. Il lui sourit et observa longuement son visage.

De longs cheveux noirs jais, très fins. Des yeux d'un brun très clair assez troublant, et des traits rappelant des origines indiennes d'Amérique du Nord, probablement même une descendance cheyenne du Dakota du Sud. Voilà le visage qui l'accompagnait depuis deux ans, tous les matins lorsqu'il prenait son service.

Victoria Fletcher avait vingt-neuf ans et avait été classée parmi les premiers de sa promotion à l'école de police. Grande, athlétique, elle n'avait rien eu à envier à ses collègues masculins pendant sa période d'évaluation.

— J'en sais foutre rien, Victoria, il faut attendre le légiste. Mais d'après ce merdier, il se pourrait que ce truc pourrisse depuis au moins… je sais pas, trois ans ou plus…

— Et d'après vous, dans le second tonneau ? fit-elle en se relevant.

— Quoi, le second tonneau ?

— Vous croyez que c'est le même schéma ?

Freddy Lawrence se releva à son tour et hocha nerveusement la tête.

— Que croyez-vous trouver là-dedans ? Ce n'est pas une pochette surprise… bien évidemment qu'il y a un second cadavre dans ce putain de tonneau ! lança Lawrence en hochant la tête.

Un rapace survola alors la zone en jetant un cri strident, comme si l'oiseau de proie venait de marquer l'emplacement d'un futur festin.

Victoria Fletcher tourna la tête et scruta longuement le corps qui dépassait du tonneau.

Une tête momifiée, une bouche ouverte sur une dentition encore intacte, deux trous noirs qui semblaient rappeler que des yeux les remplissaient alors ; voilà tout les éléments qui venaient attester avec quelle horreur la victime avait abordé la mort dans ce container de plastique. En insistant, en se penchant un peu plus, elle essaya d'examiner le fond du container qui renfermait la totalité du cadavre.

Après quelques contorsions du cou, Victoria posa soudain la paume de sa main sur ses lèvres, un regard éteint vissé sur le corps.

— Freddy… susurra-t-elle, en désignant la momie d'un doigt vacillant, il me semble que la victime a été démembrée… je ne distingue pas très bien d'ici mais…

La patrouille de flics débarquée sur les lieux avant les deux inspecteurs avait figé la zone, protégé les éléments de la scène et photographié l'ensemble. Dès l'arrivée de Lawrence et Fletcher, les flics s'étaient poliment retirés et avaient mis en place un cordon de sécurité pour protéger les lieux. Le périmètre sécurisé permettait d'éloigner des éventuels randonneurs et ainsi préserver l'enquête des médias friands de ce genre de fait divers. Partout autour, par-delà les bandelettes de plastique jaune qui flottaient au vent, la végétation semblait vouloir témoigner de ce qui s'était réellement produit dans le parc national de Cuyahoga Valley, elle semblait vouloir désigner malgré son immuabilité, par les bruissements du vent dans ses feuillages profonds, le coupable, l'être maléfique qui avait quelques années plus tôt commis un tel crime.

Freddy Lawrence haussa les épaules et alluma une cigarette, l'air troublé. Il s'empara ensuite d'un petit caillou qu'il balança un peu plus loin, espérant pouvoir atteindre le lit de la rivière.

— On va attendre sagement, Victoria, le légiste nous dira…

— Je suis d'accord avec vous Freddy mais il ne s'agit pas de triturer le cadavre ni même de le retourner, je voulais juste vous signaler que ses membres semblent avoir été coupés et vous… vous ne vous en souciez pas plus que ça ? Vous ne venez même pas constater ?

— Ces putains de macchabées me filent le tournis à force… je crois que j'en ai assez vu en quinze ans, Victoria. Alors, avant de foutre mon nez là-dessus, je vais laisser faire notre ami Stenton qui va se faire un plaisir de…

— Hey ! Ça va, ne vous emballez pas, là, je voulais juste vous faire part d'un élément qui peut s'avérer important, un mode opératoire dont vous aviez peut-être déjà entendu parlé…

Lawrence se retourna et cloua son regard sur l'horizon, les mains dans les poches. Il tira nerveusement sur sa cigarette qu'il jeta ensuite à ses pieds et écrasa de sa semelle. Puis, tout en s'éloignant, il lança à sa jeune coéquipière :

— Si vous voulez mater, vous pouvez y aller… vous me raconterez. Quant au mode opératoire, cela me rappelle effectivement quelque chose… un certain Edmund Kemper, que l'on surnommait *« l'ogre de Santa-cruz »,* c'était en 1972. Il démembrait ses victimes après les avoir assassinées mais ça… ça, c'était sur la côte ouest, en Californie…

2

Blake memoria

Il était né. Voilà, il était venu au monde, destiné à endosser le fardeau du malheur et d'une vie singulière. Il ne savait toujours pas ce qu'il allait devenir et qui il allait devenir. La souffrance le prit dès son premier cri, alors que sa mère lui offrait la lumière pour la première fois en ce bas-monde.

Cela avait duré jusqu'à l'âge de ses huit ans.

Il se souvenait avoir pleuré, souvent, chaque fois que son paternel rentrait ivre après son travail et qu'il cognait sa mère. Un drame humain comme celui de nombreux foyers, une tragédie sociale comme tant d'autres.

Il était malheureusement né avec cette légère déformation labiale, une espèce de bec de lièvre, ce qui l'avait un peu handicapé plus tard, surtout dans ses relations avec les filles. La plupart des médecins avaient attribué cela au fait qu'il avait hérité d'une malformation congénitale mais, depuis sa naissance, certains membres de sa famille maternelle savaient qu'il s'agissait de la conséquence des coups qu'avait porté l'époux à sa femme lors de sa grossesse.

Son père avait été l'ombre noire de son enfance, le reflet sombre de ses terreurs. Souvent, lorsque celui-ci le forçait à travailler avec lui, il redoutait toujours les odeurs de fientes d'oiseaux et des volailles dans la basse-cour, les odeurs de merde et de pisse qui embaumaient la vingtaine de clapiers à lapins qui s'étalaient le long du hangar obscur. Il frémissait à l'idée, chaque fois, de respirer l'odeur de ces cadavres d'animaux, morts par manque de soins. Il appréhendait toujours ce moment où il fallait ramasser les dépouilles en putréfaction. Parfois même, alors que son père délaissait les travaux de la maison pendant des semaines lorsqu'il sombrait dans ses nuits de dérive, les carcasses de lapins ou de volailles finissaient par se décomposer rapidement et se dessécher, ne laissant qu'un frêle squelette au fond du clapier de béton ou sur le sol du poulailler crépi d'excréments.

Il se souvenait encore du bruit. Ce bruit que produisaient les ossements en percutant le fond du seau de métal dans lequel son père les jetait. Ce bruit l'avait hanté pendant des années, de longues années pendant lesquelles il avait bien fini par se poser des questions. Il ressentait encore et encore le contact de sa main qui ramassait la fourrure du lapin, seul élément agréable et sain qui lui permettait de s'éloigner de l'horreur, de la mort et de la puanteur. C'est dans des instants comme ceux-ci qu'il avait pu ressentir une exaltation particulière, comme un enivrement sexuel délectable.

Il avait fini par être fasciné par l'anatomie animale, par le mystère de la vie : la naissance, l'évolution, la mort et la disparition physique. Puis, le temps avait passé…

Il ne s'était jamais senti aussi bien qu'à l'adolescence, aussi léger, libre de lui-même, de ses gestes et de ses décisions, ses réflexions. Cette envie, aussi, cette envie de se faire du bien n'avait jamais été aussi intense. Bien évidemment qu'il l'avait déjà ressentie, qu'il avait perçu le trouble s'insinuer dans ses tripes depuis le début de son enfance. Aujourd'hui, il avait l'impression d'appartenir au clan des hommes, de ceux qui survivent à leurs terreurs, leurs angoisses. Depuis ses dix-huit ans, voilà qu'il n'aspirait plus qu'à une seule et unique résolution : se faire du bien et ressentir ce plaisir sensationnel, comme autrefois, lorsqu'il jetait les dépouilles de lapins aux ordures, lorsque sa main caressait la douce fourrure des rongeurs.

Peu à peu, il avait pu découvrir son identité sexuelle, au gré de ses rencontres, au fur et à mesure que les filles le rejetaient. Il s'était bien rendu à l'évidence et avait perçu les attirances qui le dominaient, ses appétences pour les hommes et plus particulièrement les jeunes garçons au physique sportif et glabre. Ce désir, celui de posséder un corps sur lequel il avait tant fantasmé, n'était jamais aussi fort, aussi puissant que celui qui apparaissait dans ses songes. Il voyait chaque fois ce jeune homme, à peine âgé de vingt ans, allongé près de lui dans son lit. Ce qui le faisait frémir, ce n'était pas tant le fait que le jeune homme soit entièrement nu et offert, mais plutôt le fait qu'il soit mort, immobile, à son entière merci. Ce qu'il désirait plus que tout c'était de posséder ce corps, de s'en délecter sexuellement et d'en disposer à sa guise. Il savait que ce jeune homme-là ne pourrait rien lui refuser, qu'il serait soumis et silencieux. Il rêvait chaque fois de ce bel éphèbe imberbe et jamais d'un autre. Comme s'il avait résolument banni de son imagination la pilosité masculine, les poils, la fourrure… il rêvait et savourait ces images, jusqu'au final où, une fois l'acte sexuel consommé, il entreprenait de démembrer le corps méthodiquement et parfois, jusqu'au comble de l'horreur, lui ouvrait le thorax et allait fouiller l'intérieur de celui-ci comme lorsqu'il était gamin, alors qu'il dépouillait les petits animaux morts et les délestait de leurs entrailles. Tout comme il allait procéder ce fameux soir de juin 1963.

Alors qu'il n'avait encore que vingt et un ans, ses terribles pulsions sexuelles allaient le conduire aux portes de son abominable destin.

Son tout premier meurtre, le premier d'une très longue série, allait marquer son esprit à tout jamais…

*

Cleveland, État de l'Ohio/États-Unis, **juin 1981.**

— Vous y croyez, vous, à tous ces foutus bruits de couloir ? lança Fletcher en allumant une cigarette.

— Quels bruits de couloir ? répondit placidement Freddy Lawrence.

D'un geste agacé, le flic alluma à son tour une cigarette et dévisagea Victoria Fletcher.

— Que les corps que l'on a retrouvés hier seraient ceux de jeunes garçons disparus depuis plusieurs années et que, probablement, il s'agirait des victimes d'un tueur en série toujours en liberté…

— Foutaises ! Qui vous a dit ça ?

— Un jeune inspecteur de chez nous…

— Mais encore ? D'où il tient ce genre d'infos le gars ?

Victoria Fletcher grimaça un sourire.

Une porte claqua quelque part dans les couloirs de l'institut médico-légal. Le bruit sembla tournoyer dans le bâtiment, pour enfin venir mourir dans la salle d'accueil de l'entrée principale.

Les deux flics sursautèrent puis se regardèrent en chiens de faïence, immobiles et silencieux.

Les yeux de Lawrence, encore plantés dans ceux de

sa coéquipière, imploraient que celle-ci lui lâche le nom de l'homme qui détenait soi-disant autant d'informations.

Fletcher allait ouvrir la bouche quand, tout au bout du long corridor qui se déroulait devant eux, une forme fantomatique s'avança lentement. Au fur et à mesure que celle-ci approchait, un cliquetis de métal accompagnait en rythme chacun de ses mouvements.

Le médecin légiste s'approcha des flics, leur donna une vigoureuse poignée de main et décrocha l'énorme trousseau de clés qui pendait à sa ceinture.

Un sourire fendit son visage émacié. Les yeux plissés, comme si le temps passé à exercer dans les salles sombres de l'institut avait amenuisé sa vue et l'avait rendu sensible à la lumière, il scruta Lawrence avec insistance sans même daigner prêter attention à Fletcher. Lentement, d'une voix théâtrale, il lança alors :

— Comment allez-vous Lawrence ? Je sais que vous n'aimez pas particulièrement les attentes dans ces endroits un peu sordides, mais on fait ce qu'on peut. La ville nous a secoués cette année et a réajusté notre budget. Trois de nos éléments ont été remerciés et nous faisons désormais tourner l'institut à deux : Douglas et moi-même…

Après avoir esquissé un sourire pincé, Victoria Fletcher s'intercala soudain entre Lawrence et le légiste blafard :

— Eh ! Oh ! Stenton, épargnez-nous vos problèmes de budget et des rapports que vous entretenez avec la municipalité, nous ne sommes pas venus vous trouver pour entendre déblatérer ce genre de conneries…

L'œil rond et le sourcil haut, atterré, Stenton chercha l'appui de son vieil ami Lawrence. Celui-ci haussa les épaules en souriant niaisement, comme pour lui faire comprendre qu'il ne pouvait rien contre les pit-bulls enragés de la nouvelle police.

Fletcher embraya :

— Parlez-nous plutôt de ces corps, de la datation post-mortem, à quoi vous attribuez le décès par exemple, le mode opératoire, bref, donnez-nous un morceau de barbaque afin que nous puissions nous mettre en chasse…

Comme une mère de famille qui venait de morigéner sa progéniture, ses traits s'étaient durcis et sa respiration s'était emballée.

Elle croisa les bras, le menton haut. Fière et droite.

Le légiste se racla la gorge et bredouilla :

— Inspecteur Fletcher, mes problèmes sont aussi les vôtres, si nous n'avons plus de…

— Stenton ! gueula Freddy Lawrence d'une voix ronflante, allez ! La petite a raison, mettez-nous au parfum qu'on en finisse avec cette connerie. Les médias vont s'emparer de cette saloperie que l'on n'aura pas encore ouvert le dossier d'instruction…

Stenton venait de prendre sa seconde claque dans la gueule. Cela faisait beaucoup en une journée.

— Bon, suivez-moi, grommela-t-il en farfouillant dans son épais trousseau de clés.

Les deux flics échangèrent un regard complice, un sourire de gosse au coin des lèvres.

Le trio s'ébranla. Stenton les entraîna le long d'un couloir obscur, un boyau de ténèbres au bout duquel on pouvait apercevoir une lueur blafarde qui vacillait. Arrivés au fond du corridor, ils notèrent que le néon du plafonnier trépidait, produisait un éclat jaunâtre qui se dissipait sur les murs de béton crasseux et glacials.

— C'est là, susurra Stenton en introduisant une clé magnétique dans la serrure sécurisée, maintenant on pratique les examens plus approfondis dans ce labo…

Il pianota rapidement un code sur le clavier mural et continua :

— … nous avons placé vos deux gugusses ici, c'est un labo sécurisé…

La porte s'ouvrit enfin sans un bruit. Au centre de la pièce éclairée par le halo blafard des vitrines réfrigérées, les deux ignobles fardeaux remontés des profondeurs reposaient sur les tables d'inox.

Du fond de leurs barils-cercueils, les victimes avaient emporté leur terrible secret. Il allait falloir les faire parler…

*

Blake memoria/ **Juin 1963.**

Ce fameux soir de juin 1963, il avait vingt et un ans lorsque les prémices de son périple de tueur allaient le mettre sur les rails de sa légende.

Voilà un long moment déjà qu'il observait le jeune homme en train de fumer sa cigarette devant le club.

Le môme devait avoir dix-sept ans, dix-huit tout au plus.

Il savait que le club 777 regorgeait de petites tafioles comme celui-ci, prêts à tout pour grappiller quelques billets en échange d'une passe vite envoyée.

Il aimait se tenir sur le trottoir d'en face, près de l'entrée de l'immeuble. C'était de ce point de mire qu'il attendait chaque fois que nécessaire, chaque fois que cette terrible impulsion survenait.

Il s'était lentement approché, un sourire affable vissé

sur ses lèvres sèches comme du papier crépon. Le genre de sourire qui vous met en confiance, qui vous égare et vous mène sur la piste de l'erreur.

Le jeune, curieux, l'avait regardé s'amener dans sa direction et lui avait souri aussi en écrasant du talon sa cigarette sur le trottoir.

— Bonsoir, avait-il gloussé en dévisageant l'inconnu, vous êtes du quartier ? J'vous ai jamais vu traîner dans le coin…

— Non, je suis de passage… je visite Cleveland. Quel est votre prénom ?

Le jeune homme avait hésité. Il avait ensuite esquissé un sourire et s'était détendu.

— Steven… et vous ?

— Blake, c'est comme ça que je m'appelle… avait-il soufflé en posant sa main sur l'épaule du gosse.

L'autre s'était reculé en gardant un sourire déformé par la crainte. Malgré cela, il avait été fasciné par cet homme grand, beau et qui ne paraissait pas être animé de mauvaises intentions. Pensant qu'un billet serait le bienvenu et lui permettrait de manger à sa faim cette semaine-là, il avait enchaîné et avait ainsi scellé le dernier épisode de son existence :

— Dites-moi, vous seriez pas un peu timide ? demanda-t-il à Blake, parce que si c'est le cas, il ne faut pas… je sais très bien m'occuper des hommes dans votre genre…

L'étrange individu avait alors observé la bouche gourmande du jeune garçon puis avait baissé les yeux. D'un œil noir, il avait scruté l'extrémité de l'avenue qui plongeait dans le silence et les ténèbres. Il n'avait pas répondu. Il s'était contenté de continuer à sourire niaisement, tout en reniflant nerveusement comme s'il avait été gêné et avait cherché à dissimuler quelque chose.

Steven avait haussé les épaules. Il s'était ensuite dirigé vers la porte du club qu'un gorille aux épaules démesurées avait ouverte violemment.

Il ne savait plus comment cela avait commencé, quel avait été le réel déclencheur de toute cette furie sauvage, cette ignoble barbarie.

Le jeune garçon devant le club avait provoqué en lui une vague sensation de plaisir, un désir jusque-là inconnu. Il en avait gardé une érection douloureuse jusqu'au moment où il était monté dans son véhicule pendant que le jeune homme, lui, avait fini par entrer dans le club.

Quelque chose d'infernal l'avait secoué, un sentiment très noir, inexplicable et monstrueux.

Il s'était surpris à rêver du corps mort de ce pauvre type, ce jeune et beau garçon à qui il avait envisagé de fracasser le crâne. Ce corps si beau et innocent, peut-être, dont il avait songé déflorer l'intimité.

Calé au fond du siège en cuir de sa vieille Mercury Comet, il avait patiemment attendu que le jeune sorte à nouveau du club enfumé. Il s'était surpris, les yeux fermés, à se caresser en pensant à tout ce qu'il pourrait faire sur ce gars lorsqu'il serait mort, et c'est en râlant de plaisir et en remontant sa braguette de ses doigts poisseux qu'il s'était laissé aller à la torpeur.

Le rêve de la possession sexuelle l'avait submergé.

Les heures avaient passé. La nuit était tombée.

Il s'était réveillé avec cette sensation intime que ce qui allait définitivement sceller son destin de tueur allait se produire, là, dans les minutes qui allaient s'écouler.

Et c'est effectivement ce qui c'était produit.

Steven était ressorti du club aux alentours de 23 heures 45. Il avait emprunté le trottoir qui longe Euclid

Avenue, avait tourné sur la 9th Street pour rejoindre Chester Avenue, dans la rue où se trouvait son petit studio dans lequel il ramenait parfois quelques clients.

Blake l'avait suivi silencieusement. À distance, le véhicule avait filé le jeune garçon jusque devant l'entrée de l'immeuble. Là, Blake s'était garé et avait récupéré la caisse de bière dans son coffre.

Dans le hall, une seule boîte à lettres avec le prénom de Steven.

Il avait donc emprunté le large escalier et s'était rendu à l'étage. Une odeur de moisi et d'urine planait entre les murs défraîchis.

Il avait frappé au numéro 21. Le jeune homme avait ouvert et avait été surpris. Blake lui avait souri, lui avait présenté le pack de bière qu'il coinçait sous son bras et le billet de 10 dollars qu'il tenait dans l'autre main.

Ils avaient bu tous les deux. Le jeune Steven avait lentement caressé Blake sans insouciance.

Il n'avait pas vu venir le coup. Il n'avait pas vu venir le poing qui s'était écrasé sur son nez et l'avait explosé.

Cris, douleurs. Des flashes de lumière dans le crâne, du sang dans la bouche. La sensation de s'étouffer avec son propre sang qui obstrue sa gorge, ses narines, ses poumons. Puis, l'oxygène qui ne passe plus, la perception d'un danger inexorable, d'une évidence : celle de la mort, de sa propre mort. Les yeux qui gonflent, qui enflent tellement la pression sur son cou est incroyablement puissante. Des coups violents qui pleuvent sur sa tête. Le feu dans les poumons puis, soudainement, une explosion et toutes les lueurs de la vie qui palpitent au fond de l'esprit qui s'éteignent brusquement...

La fin. Cette fin. Brusque et pathétique.

Voilà comment Steven avait perçu ses derniers

instants, avant de finir démembré au beau milieu d'un lit ensanglanté.

Blake enfin seul. Seul pour se délecter de ce corps mort, le posséder, en être l'unique propriétaire qui allait enfin pouvoir combler tous ses fantasmes sexuels les plus enfouis.

Il allait enfin pouvoir jouir dans la matrice de son effrayant univers…

3

Cleveland, État de l'Ohio/ États-Unis, **juin 1981.**

Les deux corps, recouverts d'un drap blanc jusqu'aux épaules, semblaient suspendus juste au-dessus de cet *« après-monde »*, cet endroit où l'âme a déjà quitté l'enveloppe de chair pour la laisser pourrir sur terre, s'altérer, s'abandonner au cycle perpétuel de l'existence.

Stenton prit soudainement la parole. Lawrence sursauta.

— ... ils ont été démembrés avant d'avoir été introduits dans ces barils de plastique. Cela avait dû être préparé. L'os est scié très nettement, le gars possédait les outils qu'il fallait...

Freddy Lawrence grimaça. Il prit un air contrit puis, tout en pointant du doigt les corps momifiés, il demanda tout bas :

— Et pour le sexe ?

— Deux hommes. Apparemment très jeunes, peut-être vingt ans, et encore...

Lawrence tourna mollement la tête et interrogea du regard sa coéquipière, comme s'il voulait lui faire comprendre qu'il lui laissait la parole.

Victoria Fletcher ne se fit pas prier et enchaîna :

— Combien de temps ont-ils séjourné dans les caissons d'après vous ? Ont-ils subi des actes de torture, de violences sexuelles ? Vous avez retrouvé des traces, des indices ?

Le légiste la dévisagea d'un œil noir, haineux.

— Pour tout vous dire, il est très difficile de savoir s'ils ont subi des violences sexuelles ou autre et, à part le fait qu'ils aient été démembrés post-mortem, je n'ai pas relevé d'autres traces suspectes sur ce qui reste des corps…

— Vous pouvez dater, approximativement ?

Le médecin la dévisagea intensément de son regard de rapace, se remémorant que cette petite connasse l'avait presque humilié quelques instants plus tôt.

— Je dirais approximativement cinq ans, peut-être six… c'est très flou, je ne peux vraiment pas être plus précis.

Freddy Lawrence s'approcha un peu plus près des corps.

Stenton les découvrit alors complètement, un sourire orgueilleux sur les lèvres, comme s'il venait de découvrir de son drap une œuvre d'art que l'on s'apprêtait à inaugurer sous les applaudissements et les cris d'approbation de la foule.

Le flic eut un mouvement de recul. Ses yeux lui renvoyèrent l'image d'un acte hideux qui l'avait poursuivi toute sa vie durant, l'image du vieux cerf qui courait alors dans les vastes étendues de Fort Peck Lake, dans le Montana, l'image de son oncle qui en venait à bout après de nombreuses saisons de traque. Il se souvenait de cet homme acariâtre que le gel et le soleil avaient façonné comme un bloc de roche, cet homme qui pendait l'animal, le saignait, le dépeçait et le vidait de ses tripes flasques et fumantes. Il se souvenait de ce jour-là, il se souvenait du trou béant qui fendait l'animal en deux comme des lèvres sanglantes et charnues.

— Qu'est-ce que c'est que ce merdier ? grogna

Lawrence en désignant l'un des corps.

Victoria Fletcher s'approcha, curieuse, observa à son tour les corps parcheminés puis jeta :

— C'est quoi ce bordel ? Cela a-t-il été pratiqué ante-mortem ou post-mortem ?

Stenton cligna des yeux, comme si l'on venait de le flatter, de lui faire comprendre que sa science s'avérait indispensable.

— Il me semble que cela s'est fait après la mort, je pense que le meurtrier doit aimer conserver une partie de sa victime après l'acte…

— Pourquoi le cœur ? bredouilla Fletcher en grimaçant comme si l'on venait de lui retirer le sien.

— Le cœur représente la vie, c'est aussi le symbole de l'amour, symbole du Christ, que sais-je encore, je ne suis pas psy…

— Donc, si je résume, le délire de ce détraqué c'est de posséder sa victime à tout jamais… est-il seulement possible qu'il ait « aimé » ses victimes ? Je veux dire, qu'il ait eu une relation amoureuse ?

Le légiste haussa les épaules en restant muet. Victoria Fletcher enchaîna :

— Quelle est la cause de la mort ?

— L'os hyoïde est brisé et…

— L'os quoi ?

— Hyoïde, répéta Stenton en détachant les deux syllabes, c'est un petit os qui se trouve au-dessus du larynx dans la partie antérieure du cou, au-dessous de la base de la langue…

Victoria Fletcher paraissait étonnée. Stenton jouissait de cet intense moment. Revanchard, il repensa au ton humiliant sur lequel la petite garce lui avait parlé. Il continua, lui-même épaté de son érudition :

— … la fracture de l'os hyoïde n'est pas aisée et ne peut s'accomplir que d'une manière volontaire, grâce à une compression importante et prolongée sur la pomme d'Adam. En médecine légale, elle est la preuve d'une mort par strangulation, tout simplement. Ce n'est pas toujours facile de le repérer mais, là, en l'occurrence…

— Il étrangle donc ses victimes, leur arrache le cœur –peut-être pour des raisons fétichistes– les démembre et les enterre… voilà de bien bonnes raisons de penser que ce sauvage ne s'est peut-être pas satisfait de seulement deux victimes…

Freddy Lawrence se racla la gorge et s'avança près de la jeune femme.

— Qu'est-ce qui vous fait dire ça, Fletcher ? demanda-t-il tout bas.

— Je ne sais pas, une intuition… si ces meurtres ont une connotation rituelle comme je le pense, je ne crois pas que le meurtrier se soit contenté de seulement deux victimes. Il doit probablement y avoir d'autres corps, quelque part… et dans ce cas-là, nous avons à faire à un putain de tueur en série…

— Mis à part si ces deux-là avaient un lien familial ou amical très proche avec le meurtrier, fit Lawrence en croisant les bras, dans ce cas-là, il s'agirait d'un crime passionnel. Ces deux ont pu être les amants de sa femme et il les aurait tués par jalousie, il leur aurait retiré le cœur symboliquement…

Victoria nota la déduction de Lawrence quelque peu étrange puis un lourd silence se posa dans la salle, à peine perturbé par le vrombissement des frigos.

Victoria Fletcher frissonna et remonta le col de sa veste.

— C'est fou, ça, le cœur… murmura-t-elle en

observant Stenton qui coupait les puissants éclairages scialytiques de la table.

Lawrence griffonna quelques mots sur un calepin froissé et observa à son tour le légiste. Un flash vint crever sa conscience. À nouveau, l'image du cerf éventré. Il laissa alors glisser son regard sur les thorax ouverts, creux et noirs, vides de toutes substances.

Stenton recouvrit minutieusement les corps en s'affairant autour, à la manière d'une mère attentionnée qui borde ses gosses le soir en les couchant. Il ouvrit ensuite sa blouse et éteignit l'éclairage de la salle. Puis, tout en recoiffant ses cheveux clairsemés devant le petit miroir au-dessus du lavabo, il grinça doucement :

— Pour l'identification nous avons procédé aux examens dentaires, radiographié les mâchoires, et nous allons même faire répertorier les interventions d'orthodontie de ces dix dernières années chez les praticiens du coin. Nous aurons, je l'espère, des réponses d'ici à la fin de la semaine… le temps de lancer quelques recherches dans les dossiers médicaux de Cleveland, pour commencer. Nous élargirons s'il le faut…

Lawrence écoutait.

Le regard plongé dans le vague, il subissait une nouvelle fois les assauts douloureux de sa mémoire. Toujours cette même et unique question qui le brûlait au fer rouge depuis l'acte odieux qu'avait commis son oncle :

« Avec toute son élégance, sa grâce et son courage de cervidé blessé, le vieux cerf avait-il souffert avant de goûter à la mort ?

*

Avait-il gardé le souvenir d'avoir effleuré de son corps gluant le vagin de sa mère, lors de sa naissance apocalyptique ?

Avait-il gardé le souvenir d'avoir été protégé dans l'utérus de sa génitrice, lorsque son père faisait pleuvoir les coups sur celle-ci ? Il ne savait plus, il avait perdu tous les repères au cours du temps, perdu la foi aussi, égaré les points d'ancrages qui auraient pu le rattacher à l'enfance. Il aurait tant aimé se souvenir de sa mère, de l'odeur de sa peau, de ses cheveux, se souvenir du son de sa voix et de la couleur de ses yeux. Il ne se souvenait plus que de son paternel. Il ne se souvenait que du bruit que produisaient les os des animaux morts lorsque celui-ci les jetait au fond du seau d'aluminium.

Il avait toujours ressenti une aversion particulière pour son géniteur, cet homme qu'il n'avait plus jamais revu après son exil au cœur de la vie sauvage. Qu'avait-il représenté à ses yeux, tout au long de ses années ? Un être qui lui avait donné la vie ? Une créature qui avait ensemencé sa mère pour y créer une entité hideuse, inhumaine, telle l'ignoble bête qu'il était devenu ? Oui, probablement, son père n'était qu'une paire de couilles qui était venu arroser le jardin du mal, y faire fleurir une plante carnivore, une espèce cannibale qui avait, alors qu'elle n'était encore qu'un vulnérable embryon, dévoré le jumeau monozygote qui avait partagé l'œuf à ses côtés…

Bien plus tard, son goût prononcé pour les garçons, lui rappela aussi ce frère qu'il avait dévoré, ce fratricide in utero…

*

Cleveland, État de l'Ohio/ États-Unis, **juin 1981.**

Les lueurs du jour avaient peine à poindre sur l'horizon. Il faisait frais.

Inquiétant et noir, apparaissant comme le paysage lugubre d'un conte de Grimm, le chantier semblait se fondre et contraster avec le ciel qui blanchissait. Ces toitures arrachées aux maisons éventrées, ces structures métalliques qui pendaient comme un amas d'ossements entremêlés, les immenses quartiers de béton qui jonchaient le sol, tout ce ramassis de merde urbaine semblait enlacer l'endroit comme l'écrin d'un joyau funèbre.

Déjà, la mine fatiguée et le geste las, les ouvriers arrivaient par groupe sur le site de démolition de l'ancien lotissement social.

Samuel Ryan, le chef de chantier, débarqua avec son pick-up Nissan peu de temps après l'équipe. Il pénétra dans le préfabriqué et y déposa du matériel, sa cantine pour le déjeuner et son sac à dos. Il se changea ensuite tout en lisant les consignes du jour sur le tableau. Il entoura l'heure à laquelle devait se dérouler la réunion de chantier et sortit enfin, scrutant au loin l'emplacement où se trouvait la demeure. À cet instant-là, il distingua les gyrophares de la patrouille de flics qui crevaient la nuit dans le lointain.

Ils seraient là dans quelques instants. Il allait enfin savoir.

L'équipe de nuit attendait d'être relayée mais n'avait pas stoppé le chantier pour cette raison.

Si Samuel était arrivé sur le lieu de son travail plus

tôt c'était parce qu'il avait reçu un coup de fil qui l'avait tiré de son sommeil bien avant l'heure.

Un contremaître essoufflé et paniqué au bout du fil, complètement terrorisé par ce qu'il avait vu, l'avait fait bondir hors de son lit et oublier douche et café.

« Ça ne peut pas exister de pareilles choses » avait pensé Samuel. *« De telles folies ne peuvent être que l'œuvre du diable, l'entreprise d'une bête monstrueuse »*

Malgré l'affolement, le contremaître avait réussi à retrouver son souffle et à se maîtriser.

Quelques heures plus tôt, à quelques mètres seulement des lieux de la découverte et le téléphone collé à l'oreille, Gordon avait commencé à expliquer à Samuel l'horrible trouvaille qu'avait fait l'un des ouvriers de l'équipe de nuit :

— Samuel ? Il faut rappliquer illico sur le chantier... c'est terrible ! Alonzo, le conducteur d'engin de l'équipe de nuit, il... c'est incroyable !

— Calme-toi Gordon, vas-y cool... il y a eu un accident ?

— Un accident ? Non, mec... c'est pas un accident, c'est un vrai cauchemar ici... je n'ai jamais vu ça, putain !

— Bon... reprends ton souffle, vas-y, explique-moi...

— Au début de la nuit, l'équipe s'est attaqué à la partie sud du chantier, tu sais, là où se trouvait cette grosse baraque qui s'effondrait et que l'on avait commencé à détruire...

— Oui, je situe, et alors ?

— Alonzo a entrepris cette nuit de casser la dalle de béton et...

(le type déglutit)

— ... et il est tombé sur le vide sanitaire de la

maison, et lorsqu'il a commencé à retourner la terre avec l'engin il a fait remonter tout le merdier...

— Quoi, à la fin ?! C'est quoi ?

— Des macchabées, Sam, toute une armée de macchabées ! Il y a des morts partout dans le vide sanitaire... oh putain, c'est dingue ce truc !

— Essaie de retrouver ton calme... il y a combien de corps ?

— J'en sais rien, une douzaine, peut-être plus...

— Ne touchez à rien avec les gars, je rapplique. Tu as appelé les flics ?

— Ils sont en route...

— Ne laisse personne s'approcher... Personne !

À l'instant où Samuel sortit du cabanon, les flics pénétrèrent dans la zone. Les gyrophares de la patrouille colorèrent alors la pâle lueur du jour qui se levait à peine.

Deux flics en civil descendirent d'une Chevrolet Caprice grise. Les deux autres véhicules de la patrouille se garèrent près du cabanon, éteignirent leurs gyrophares et coupèrent les feux.

Les deux policiers s'approchèrent de Samuel Ryan tout en enfilant leur blouson siglé d'un énorme « police » dans le dos.

Le grand châtain lui présenta sa plaque et la grande et belle brune lui offrit un grand sourire forcé, une sorte de rictus étrange.

Fletcher était matinale, mais là, le donut qu'elle avait avalé avant de partir n'allait pas glisser aussi facilement...

4

— Vous êtes Samuel Ryan ? demanda Freddy Lawrence en lui serrant la main.

L'autre acquiesça de la tête et donna également une poignée de main à Victoria Fletcher.

— C'est moi, je suis le chef de chantier, je supervise tout ce…

— Voici le Sergent Fletcher, coupa sèchement le flic en lui présentant la grande brune, et je suis le Lieutenant Freddy Lawrence de la police de Cleveland. Avant que ne débarquent les médecins légistes, nous voudrions seulement savoir ce qui s'est passé… qui a découvert ce foutoir ?

Juste avant que ne réponde Samuel Ryan, Lawrence et Fletcher se retournèrent, troublés par le bruit qui provenait de la zone où avait été découvert le charnier.

— Hey ! Ce sont vos hommes, là-bas ? hurla Fletcher en pointant du doigt le groupe d'ouvriers qui s'activaient.

Samuel Ryan rassura l'enquêtrice :

— Calmez-vous, Sergent, ils ne font qu'installer des groupes d'éclairage halogène afin que vous puissiez examiner le charnier. Nous avons ce genre de matériel sur le chantier, autant en profiter, l'éclairage d'appoint sur la zone de travail est trop faible…

— J'espère qu'ils ne vont pas pourrir la zone… grinça Lawrence.

Plus loin, autour de la ruine, quelques flics en uniforme se hâtèrent pour sécuriser le pourtour des ruines en déployant plusieurs mètres de bandelette jaune.

— … et pour répondre à votre question Lieutenant, continua Ryan, c'est mon conducteur d'engin qui a cassé la dalle et a mis à jour le vide sanitaire, il s'agit de Miguel Alonzo, il est là-bas, avec les gars qui tentent de vous brancher l'éclairage. C'est le chef d'équipe, Gordon, qui m'a téléphoné pour que je rapplique en urgence…

— Je me fous de votre portoricain… je veux juste savoir si vous avez les noms des anciens proprio ou locataires de cette baraque à la con…

Il y eut un cri de jubilation lâché en chœur par les ouvriers. Une rumeur, des voix, et le silence qui tomba.

La carcasse de la maison démolie venait de s'illuminer, offrant ses vestiges de pierres et de tôles dans une lueur blanche qui enflammait la nuit. Aux abords, près d'un tas de béton et de briques, la pelle mécanique se tenait immobile, le godet à demi enfoncé dans la terre noire. À ses côtés, Miguel Alonzo qui venait de couper les feux de l'engin, paraissait coupable, honteux d'avoir ainsi défloré le sommeil de toutes ces pauvres malheureuses victimes. Tout autour, et dans l'incandescence des projecteurs halogènes, les rubans jaunes de la zone sécurisée se vrillaient sous le vent du matin naissant.

Victoria Fletcher se rapprocha alors de Lawrence pour réitérer la demande que venait de formuler celui-ci, en s'adressant au chef de chantier qui ne lâchait pas des yeux l'épouvantable baraque. Elle eut un haut-le-cœur.

Elle ne lui avait jamais avoué ou fait la moindre remarque sur ce détail, craignant blesser son supérieur. Elle s'était toujours demandé s'il s'agissait d'un problème hormonal ou tout simplement de négligence, de laisser aller, un manque d'hygiène en quelque sorte. Depuis qu'elle connaissait Freddy Lawrence, depuis le jour où elle avait commencé à travailler avec lui, elle avait toujours perçu cette odeur corporelle très désagréable qui émanait de sa peau, une odeur rance très forte. Elle avait toujours douté de l'hygiène de beaucoup de ses collègues masculins mais là, renifler ces remugles-ci, masqués de surcroît par une eau de toilette de bazar, cela lui remuait l'estomac et lui donnait une terrible nausée.

Elle s'était juré qu'elle lui en parlerait, peut-être même qu'elle lui conseillerait un bon endocrinologue.

Elle s'adressa alors à Ryan en posant sa main sur son épaule :

— Alors ? Vous savez à qui appartenait cette propriété ?

Le petit vent du matin leur apporta soudain ce à quoi, jusque-là, ils avaient échappé : une effluve très discrète, très fugace mais pénétrante, un relent de pourriture, de terreau humide et de compost humain que l'on venait de brasser.

Ryan affirma de la tête.

Fletcher, attentive, nota les brefs renseignements dans un petit carnet bleu tout en observant du coin de l'œil son coéquipier.

« Pour une fois, j'aurais vraiment préféré renifler la sale odeur de Lawrence... » pensa Fletcher en se dirigeant sur la zone sécurisée…

*

Brecksville, État de l'Ohio/ États-Unis, **juin 1981.**

— Putain, mais vous êtes qui, vous ? Hein ? Encore un pasteur, un marchand d'assurance, un fils de pute qui cherche à me vendre mon futur cercueil ? avait lancé le patient du fond de son lit.

Les stores électriques de la chambre avaient été baissés et la pièce baignait dans une semi-pénombre. Il y avait une légère odeur d'ammoniaque qui flottait, cette pénétrante et désagréable émanation qui vous prend à la gorge, mêlée aux parfums de synthèse bon marché.

« Jo », c'était ainsi que tout le monde le surnommait dans le service, venait d'ôter le masque de son respirateur. Depuis quelques jours, son état de santé s'était sensiblement stabilisé, mais quand un jeune peigne cul du Wyoming rappliquait pour lui poser des questions sur son passé peu glorieux, Jo se sentait à nouveau défaillir.

Le chef de service l'avait prévenu qu'un jeune auteur de roman viendrait le visiter. L'homme projetait d'écrire la vie d'un ermite qui aurait vécu dans le Montana, un baroudeur, un individu en phase, en harmonie avec la nature. D'après certaines rumeurs, on disait de Jo qu'il aurait combattu de nombreuses bêtes sauvages à mains nues, qu'il aurait survécu au grand froid alors qu'il traversait les rocheuses dans le parc national du Glacier, alors que la tempête lui avait fait perdre tout espoir de survie. On aurait alors conseillé à l'écrivain de venir rendre une visite à ce fameux Jo.

Le jeune romancier désirait s'inspirer de sa vie et écrire la fresque de cet homme sauvage, viril, que la nature avait sculpté au fil des ans. Il voulait dépeindre son existence, de sa naissance à sa mort.

— Je m'appelle Patrick Mac Callaugh, m'sieur, je suis écrivain. Il me semble que l'on vous a prévenu de ma visite…

Jo laissa paraître un rictus sur son visage et émit un grognement de vieil ours. Il prit une goulée d'oxygène et jeta :

— Qu'est-ce que tu es ? Un baragouineur de gaélique ? Une sorte d'irlandais encore puceau qui se prend pour un genre de Peter Bowen ou Craig Johnson ? Hein ? Oui, sûrement, vu ton nom, ça doit être cela… qu'est-ce qu'il y a ? T'es surpris qu'un gars qui a vécu dans les régions escarpées de Fort Peck Lake puisse avoir de la culture et connaître ceux qui font la littérature du Wyoming et du Montana ?

Le jeune gars, fringant, rasé de frais, eut un ricanement juvénile et haussa les épaules.

— Ecoutez m'sieur, je ne doute pas de votre intelligence, je ne remets pas non plus en cause votre culture, je veux juste…

— Tu arrêtes avec ce *« m'sieur »*, ok, l'Irlandais ? Tu m'appelles Jo, comme tout le monde…

— Entendu, Jo…

— Tu as quel âge ?

À l'instant même où Mac Callaugh allait répondre, Jo fut secoué par une quinte de toux qui le força à plaquer le masque du respirateur sur son visage. Il se rasséréna lentement et fit un signe de la tête au jeune écrivain, comme pour lui faire savoir qu'il pouvait reprendre la parole.

— J'ai… j'ai déjà publié *« The end of wolf »*, vous avez certainement dû en entendre parler…

Jo éructa, se racla la gorge et déclara d'une voix d'outre tombe :

— Putain, oui ! Qu'est-ce que tu crois ? Je l'ai même lu ton foutu bouquin. Un best seller qui n'est pas passé inaperçu aux yeux de ceux qui militaient, à l'époque, contre l'augmentation du quota de loups à chasser dans le Montana…

— Vous l'avez lu ? C'est un honneur pour…

— Par contre, ton titre est à chier ! *« Une fin de loup »* ! Mais qu'est-ce qui t'est passé par la tête, l'Irlandais ? Hein ?

— Avec le recul, vous avez raison, c'était une idée à chier que de vouloir dédramatiser en ajoutant cette touche d'humour… lâcha le romancier en ricanant niaisement.

— Humour ? grinça Jo, je ne suis pas certain que tout le monde ait perçu cela comme ça…

Le sourire de Mac Callaugh retomba. Il prit place sur le siège près du lit, tout près du respirateur artificiel.

— … plus concrètement, mon gars, qu'est-ce que t'attends de moi ?

— Je désirerais recueillir vos mémoires. J'écris une œuvre de fiction qui relate la vie d'un homme solitaire, un ermite qui serait né en plein cœur de la nature et qui y mourrait. Il aurait vécu loin de l'opulence, dans l'ascèse, réfractaire à la technologie et à nos modes de consommation actuels. Il s'agirait d'un homme de valeur, j'évoquerais son amour pour la nature et sa passion pour la chasse. Je ferais de l'idée de l'adaptation de l'homme en milieu hostile un concept ! Je…

Jo se retrouva de nouveau terrassé, la gorge et les poumons en feu, tordu par une sévère quinte de toux qui n'en finissait pas.

Lorsque la crise s'atténua, il cracha un filet de glaire ensanglantée dans un bassinet en plastique, puis s'adressa au jeune Mac Callaugh :

— Ecoute… fais pas chier avec tes bondieuseries. Comme tu le vois, je n'ai plus beaucoup de temps. Même si ici, en soins palliatifs, on me donne l'illusion que tout est beaucoup plus facile à supporter, que l'on accepte mieux l'idée de tirer sa révérence, que l'on comprend mieux ce qui nous tombe sur le coin de la gueule, je sais tout de même que j'ai un putain de cancer qui m'a bouffé la moitié des poumons et que je vais crever comme un chien. Alors, si tu veux écrire quelque chose de valable, je veux bien te raconter une histoire, mais ça ne sera pas la mienne. Avant de mourir, je veux me libérer d'un poids, comme à confesse devant le cureton. Ce que je vais te divulguer, tu vas l'écrire, et ce bouquin révèlera la vérité au grand jour. Tu devras faire le nécessaire, l'Irlandais, ou bien ton âme sera damnée…

— De quoi s'agit-il, Jo ? demanda Mac Callaugh, les yeux pétillants de curiosité.

— Tu as de quoi noter ?

Mac Callaugh extirpa de sa poche un dictaphone micro cassette en souriant, troublé par l'étrange aspect que venait de prendre l'entretien.

Jo continua de cette voix qui ne trahissait pas, qui traduisait l'image crépusculaire de son existence.

— Ne t'inquiète pas… je vais juste te dévoiler ce que mes yeux ont vu un certain soir de janvier 1955, sans savoir ce que cela pouvait être. Peut-être était-ce une force maléfique car, à mes yeux, cela n'avait rien d'humain. À moins qu'il ne s'agît du diable en personne…

5

Cleveland, État de l'Ohio/ États-Unis, **juin 1981.**

Les Rolling Stones balançaient les voix et les guitares sur un rythme effréné.

Sympathy for the Devil se catapultait par-delà les enceintes incrustées dans le cuir des portières, tournoyant dans l'univers ronronnant et feutré de la Chevrolet Caprice.

Le soleil était déjà haut et la fraîcheur du matin avait disparu avec les dernières lueurs de la nuit.

Lawrence restait muet derrière le volant, se mordant l'intérieur de la joue, comme à l'accoutumée lorsque qu'un grain de sable venait gripper son mécanisme de réflexion.

Il roulait, impassible ; en laissant les chevaux mécaniques gronder et avaler l'asphalte de l'Innerbelt Freeway. Le long cordon de bitume les ramenait de l'effroyable cimetière que les ouvriers avaient mis à jour, tout près de la casse automobile qui longeait Woodland Avenue. Le lotissement, alors érigé dans les années cinquante, devait faire place nette pour la construction d'un hypermarché démesuré. Personne n'aurait pensé y trouver un cimetière enfoui…

Freddy Lawrence tira deux dernières bouffées nerveuses sur sa cigarette et l'éjecta d'une pichenette par la fenêtre entrouverte.

Il repensait aux conclusions préliminaires du légiste

tout en prêtant l'oreille à Jagger qui hurlait : *« I've been around for a long long year/ Stolen many man's soul and faith »*. Stenton avait été formel, selon lui il s'agissait bel et bien du même mode opératoire : *démembrement, absence de certains organes, décapitation.* Les corps avaient été enveloppés dans des sortes de bâches plastique assez fines, certainement pour retenir les odeurs de décomposition. Toujours selon Stenton, les corps auraient été enfouis voilà un an, dix-huit mois tout au plus.

À ses côtés, Victoria Fletcher se sentait sale. Les images la poursuivaient. Elle n'arrivait pas à se défaire de cette chorégraphie monstrueuse qui évoluait en elle, qui s'ancrait de plus en plus profondément dans son crâne.

Le ballet des clichés macabres que son cerveau avait enregistré, qu'il avait fini par estampiller au creux de son thalamus, continuait à lui apparaître aussi clairement que si elle se trouvait encore tout près du charnier. Les résidus mémoriels lui donnaient l'illusion de percevoir encore l'odeur, les épouvantables relents qui leur étaient parvenus depuis le vide sanitaire de la maison.

Neuf cadavres. Neuf victimes au total se trouvaient sous la maison.

Victoria eut un haut-le-cœur.

Le sinistre panorama des corps, qui tournoyait dans sa tête comme un carrousel, la plongea dans un vertige effroyable, la forçant à faire stopper le véhicule pour soulager son estomac endolori par la nausée.

Les Stones continuaient sous l'impulsion vocale de Jagger : *« Just as every cop is a criminal/ And all the sinners, Saints »*.

Pendant ce temps-là, les services fiscaux de Cleveland avaient rendu leur verdict : un des anciens propriétaires de la maison avait été retrouvé et attendait les deux flics dans les locaux du P.H.U d'Ontario Street...

*

Blake memoria

L'image vint brusquement traverser sa conscience, aussi claire et violente que celle d'un rêve malsain.

Il pensa à ce frère qu'il n'avait jamais eu. Ce frère que son appétit insatiable avait réduit à néant, alors qu'il n'était encore qu'un fœtus calfeutré dans les entrailles de sa mère.

Il s'était nourri de lui, de ses fluides vitaux. Il avait monopolisé la substance maternelle, la nourriture essentielle dispensée par une mère beaucoup trop faible pour pouvoir lutter, combattre le monstrueux mécanisme qui s'articulait dans son ventre.

La source s'était tarie.

Blake avait combattu pour la survie, *sa* survie, et s'était ainsi alimenté de son frère jumeau qui, lui-même, n'avait pas été conscient d'être victime d'un meurtre *in utero* perpétré par son propre frère.

Blake savait que quelque part, derrière le miroir de l'existence le fantôme de son frère le poursuivait, le harcelait. Blake savait que la voix de son frère, défunt *anté natum*, ne cesserait jamais et qu'elle continuerait à le hanter nuit et jour, à le forcer encore et encore à prendre la vie, à posséder l'amour et le corps de ses victimes comme pour combler le manque de cette fratrie détruite.

Blake envisageait désormais de tuer son propre père, celui par qui tout était arrivé. Il se devait d'ôter la vie à celui qui avait tourmenté sa mère malade et chétive, l'avait cognée, celle qui s'était vidée, épuisée, et avait fini par quitter les siens dans la souffrance.

Elle en avait perdu un jumeau et la vie.

Son père, au bout de quelques années, s'était décidé à se séparer de son propre fils.

Blake avait eu mal et le traumatisme s'était étendu, l'avait infecté pour de bon, laissant se répandre les cellules monstrueuses qui couraient en lui depuis sa naissance.

Oui, un monstre était né, et tout au long des chapitres de sa vie il allait écrire son histoire avec le sang de ceux qu'il allait aimer…

*

Brecksville, État de l'Ohio/ États-Unis, **juin 1981.**

Le jeune Irlandais enclencha l'enregistrement et la micro cassette magnétique se mit à tourner lentement.

Jo le dévisagea longuement, rapprocha le masque du respirateur près de lui, se racla la gorge et cracha quelques postillons sanglants dans le bassinet en plastique. Ses yeux bleus, ravagés par la maladie, paraissaient délavés, ternes, comme s'ils avaient été immergés dans un bain de javel jusqu'à ce qu'ils blanchissent et se flétrissent.

Sa respiration était courte, sifflante, l'homme semblait épuisé et pourtant, Jo n'avait pas peur de mourir. La mort il la connaissait, il l'avait maintes et maintes fois rencontrée, il avait dansé, dormi et même parié sa vie avec elle. Il avait souvent remporté les batailles, mais aujourd'hui il savait que c'était peine perdue que de lutter. Alors, il partirait avec la grande dame noire quand il le faudrait.

Il commença d'une voix calme et ronronnante, à l'instar d'un vieux chat recroquevillé près d'une source de chaleur :

— Vous ne ferez pas apparaître mon nom dans votre roman ? Non, je pense que vous avez l'esprit assez éclairé et que vous êtes assez judicieux pour ne pas faire ça…

Patrick Mac Callaugh eut un sourire qui laissa deviner que le vieil ermite ne se trompait pas.

— … j'ai chassé toute ma vie, cela a été ma grande passion. J'ai cultivé la terre, elle m'a nourri. J'ai aimé la nature et elle me l'a rendu. Très tôt j'ai eu ce béguin pour les grands espaces, le grand air, les animaux, la vie sauvage. Aujourd'hui, avec mes soixante-dix neuf ans et mon cancer en phase terminale, tout cela me semble bien loin, comme le sentiment d'avoir juste fait un beau rêve… tu vois, l'Irlandais ? Le jour de ma naissance, mes parents m'ont gardé uniquement parce que j'étais un p'tit mec, que je pouvais être utile et travailler à la ferme. A cette époque, c'était difficile, en 1912 il s'est passé des tas de conneries. À l'instant même où ce putain de navire a sombré au large de Terre-Neuve et a piqué du nez au fond de l'Atlantique nord, mon paternel ne savait pas que sa vie allait être brusquement brisée et qu'il n'aurait pas la joie de me voir trimer dur à la ferme. Un des frères de mon père se trouvait sur le R.M.S Titanic, il était électricien assistant. À l'annonce de la catastrophe, mon père a fait le voyage jusqu'à New York pour assister à la célébration de la messe en hommage aux 1500 victimes…

L'Irlandais coupa l'enregistrement et jeta :

— Jo… où voulez-vous en venir avec cette histoire ? Je croyais que vous aviez vu le diable…

— Remets ce putain d'enregistreur en route ! hurla le vieux en le pointant du doigt.

Mac Callaugh s'exécuta.

Jo s'apaisa puis continua, le souffle syncopé, très court:

— … en se rendant à New York mon père ne savait pas qu'il allait y laisser sa peau. Le long voyage qu'il avait alors entrepris ne le mena pas bien loin puisqu'il fut assassiné pour une poignée de dollars, dans un vieil hôtel sordide quelque part dans le Michigan. Ce que je cherche à vous faire comprendre cher monsieur c'est que parfois, alors que nous pensons que le ciel nous est déjà tombé dessus, que le pire est déjà arrivé, c'est à cet instant-là que peut encore survenir l'impossible, l'impensable. Je me suis exilé très jeune, je suis parti, j'ai quitté le cocon familial. J'ai quitté le Wisconsin pour m'installer dans le Montana, après avoir vécu quelques années dans le Dakota du Nord. Nous étions trois gamins pleins de bonne volonté, nous étions trois frères : Georges qui avait repris l'exploitation familiale après le décès du paternel, Ralph qui s'était tué sur le chantier de construction du Holland Tunnel, en 1927, il avait 20 ans… bref, une fois de plus, je me suis surpris à penser que le pire était arrivé et…

— Et ce n'était pas le cas ? l'interrompit Mac Callaugh, je présume qu'un événement beaucoup plus sombre que le décès de votre propre frère est venu vous affliger…

Jo fronça les sourcils et lança un œil noir au jeune littéraire.

—… affligé ? C'est le mot que vous utilisez ?

— Affligé, oui ! répéta l'écrivain.

— Ce que j'ai vu ce soir-là, mon cher ami, ne m'a pas affligé ou procuré un sentiment de contrition, non, ce que j'ai vu m'a horrifié, j'étais pétrifié devant la violence de la scène…

— Et qu'avez-vous vu alors ? s'impatienta Mac Callaugh qui essuya son front luisant avec le dos de sa main.

— … le diable, cher ami, j'ai vu le diable !

— Mais encore ? souffla l'écrivain en souriant.

— Je suis en train de vous dire que ce soir-là j'ai vu le diable, Lucifer, Belzébuth, appelez-le comme bon vous semble… quoi qu'il en soit, je n'ai jamais rien vu d'aussi terrible, aussi violent…

Dans le couloir, le bruit d'un chariot métallique qui se renversait fit sursauter Mac Callaugh. La porte de la chambre s'ouvrit alors et une femme blonde, en blouse blanche, se présenta avec un homme au teint gris et des yeux couleur d'onyx.

Mac Callaugh sentit que l'entretien touchait à sa fin et qu'il ne serait pas prêt de revoir Jo. Il tenta maladroitement une ultime bravade, à la manière d'un flic déterminé qui usait d'une dernière ruse pour arracher les aveux du présumé coupable.

— Jo ! Dites-moi ce que vous avez vu ce soir-là… je ne peux pas partir comme ça, vous…

— Laissez-moi, maintenant, Mac Callaugh, le rapace aux lunettes que vous voyez là est un notaire, il vient pour ma ferme que je dois léguer et le chèque que je dois lui signer…

— Mais…

— Vous l'écrirez votre bouquin, faites-moi confiance… revenez dans trois jours et je vous dirai tout. Je vous parlerai du diable…

6

Cleveland, État de l'Ohio/ États-Unis, **juin 1981.**

À peine posé le pied sur le bitume d'Ontario Street, Victoria Fletcher eut la sensation qu'un grand vide s'ouvrit devant elle, qu'un vertige malsain la ceintura au point de l'étouffer…

L'air vicié qui avait stagné dans l'habitacle de la Chevrolet Caprice lui avait donné un haut-le-cœur tout au long du trajet. L'odeur du charnier ne l'avait point quittée depuis leur départ du chantier de démolition, elle s'était insinuée tout au fond de ses narines au point de lui donner l'illusion que celle-ci s'était imprimée dans son cerveau à tout jamais.

La femme qui attendait dans les locaux de la police de Cleveland avait l'air à la fois effrayée et intriguée. Elle cherchait à comprendre pour quelle raison on lui avait demandé de se présenter chez les flics avec l'acte de cession notarié de son ancienne propriété de Woodland Avenue. Elle allait rapidement connaître la réponse et n'allait pas être déçue.

Elle avait un visage ridé mais ne paraissait pas très âgée. Elle portait un foulard noir qui enveloppait un épais volume de cheveux roux grisonnants, noués à l'arrière par une pince en corne. Derrière les épais verres d'une paire de lunettes rondes, deux petits yeux bleus trépidaient en observant l'effervescence qui gagnait la section recherche de la P.H.U depuis le début de la matinée.

L'ascenseur s'ouvrit alors, laissant Fletcher et Lawrence débouler dans le grand hall du premier étage. Un homme chauve et de petite taille s'approcha.

— Salut les gars, elle est dans le bureau... je vous l'ai gardée au frais, fit-il en jetant un clin d'œil complice comme si sa collaboration avait une importance capitale.

Lawrence l'ignora totalement. Fletcher le remercia d'un signe de tête et pénétra dans le petit bureau confiné.

La femme au foulard noir les observa longuement en silence. Elle se tenait assise sur une chaise métallique fixée au sol, solidement ancrée par une chaîne et un gros cadenas.

— Je suis désolé, lâcha Lawrence en bâillant, je n'ai pas mieux, c'est la salle des gardes à vue et la chaise *clouée* au sol c'est impératif...

— Ca ira très bien monsieur... susurra la femme en le regardant timidement.

— Il ne faut pas vous inquiéter, vous êtes ici car vous possédiez la maison du lotissement Black Flower, celui qui longeait Woodland Avenue. Nous n'arrivons pas à contacter le dernier propriétaire, celui à qui vous avez vendu votre maison...

Victoria Fletcher s'approcha alors en souriant, troublée par le regard que lui lança Lawrence.

— Madame, nous voudrions savoir si vous savez quelque chose à propos de cette personne, si vous aviez entendu parler de certaines affaires le concernant, n'importe quoi...

— Mais de qui parlez-vous ? Que se passe-t-il avec cette maison ? jeta la femme au foulard.

Cette dernière avait fait grimper le ton de sa voix et Fletcher avait eu un sursaut.

La jeune enquêtrice la dévisagea longuement puis

empoigna la chaise qui se trouvait derrière le bureau, la positionna aux côtés de l'intéressée puis souffla doucement :

— Je vais vous dire ce qu'il se passe avec cette foutue baraque... les engins de démolition ont mis à jour un véritable charnier qui se trouvait sous votre ancienne maison. Neuf cadavres étaient en train de pourrir bien tranquillement, enveloppés dans des sacs de vinyle qui étaient enfouis sous la terre du vide sanitaire...

La femme se raidit soudain, les yeux hallucinés. Victoria Fletcher continua pendant que Lawrence, les bras croisés observait ce petit bout de femme qui menait rondement la danse :

— Madame...

— Amy...

— J'vous demande pardon ?

— Appelez-moi Amy, Amy Mac Callaugh... lâcha la femme qui ôta son foulard et dénoua ses cheveux.

*

Blake memorial **avril 1963**

Blake se souvenait.

Il se souvenait du second meurtre, pile six mois avant de passer cet examen qui allait lui permettre de changer de vie.

Cela s'était déroulé en avril 1965, dans son minable appartement qui donnait sur Fullerton Avenue, à Slavic Village, un peu au sud de Cleveland. Le petit meublé se situait juste au-dessus d'une boutique de pompes funèbres et appartenait d'ailleurs au patron de l'entreprise.

Il se souvenait de la monstruosité et la violence de son acte, la boucherie qui avait suivi, l'envie, le désir trop fort de posséder le corps sans vie et ensanglanté du jeune garçon qu'il avait ramené au 3760 East 65th Street.

Edward Johnson avait tout juste vingt ans ce terrible soir où, enivré par l'alcool et les fortes doses de psychotropes, il fit la rencontre de Blake dans l'ambiance feutrée d'un bar gay situé au nord de la ville.

Echanges de regards fiévreux, sourires, tout avait paru si simple pour le jeune homme.

Blake lui avait offert un verre, puis deux. À l'issue d'une longue conversation, Edward avait accepté d'accompagner l'étrange individu jusqu'à son appartement de Fullerton Avenue. Au cours de leur conversation, Blake avait aussitôt fait connaître à Edward son désir de le photographier, de sublimer la beauté de sa plastique en le mettant en scène avec des poses à la fois très équivoques et artistiques.

Le jeune homme avait accepté, confus, en balbutiant timidement quelques mots que l'alcool avait déformés au bord de ses lèvres. Ce dernier n'avait pas omis de négocier quelques dollars de plus, tout en laissant miroiter à Blake la promesse d'une nuit exquise.

Lorsqu'il était monté dans la Mercury Comet, le jeune homme avait eu un frisson et s'était lové contre le cuir du siège passager. Sa tête était partie dans une étrange valse nauséeuse. Tout tournait autour de lui et même la voix si chaude de Blake lui avait paru froide et métallique.

« Tu vas voir… tu vas aimer tout ce que je vais te faire, même lorsque tu ne ressentiras plus rien, tu en redemanderas encore… » avait jeté Blake en s'installant derrière le volant. Il avait ensuite tourné le bouton de l'autoradio et Bob Dylan s'était mis à claironner « You're

no good ».

Edward n'avait pas eu le temps de saisir cette dernière phrase, il avait juste entraperçu le faciès de Blake, diaphane et effrayant, qui se tordait et se creusait d'étranges structures, se faisait dévorer par des spirales noires qui effaçaient peu à peu les traits de son visage. Il avait ensuite sombré dans une sorte de coma éthylique, accompagné par le rire démoniaque de l'homme qui, tout en conduisant, se massait déjà le sexe à travers le tissu tendu de son pantalon de treillis.

Edward n'avait presque rien vu, rien senti. Une fois dans l'appartement, Blake l'avait déshabillé et allongé sur le lit, l'avait longuement caressé et embrassé, puis s'était adonné à quelques pratiques sexuelles.

Ce n'est que lorsque le jeune homme avait commencé à reprendre ses esprits, que Blake s'était décidé à en finir rapidement afin d'accéder à son plaisir.

Il s'était assis sur Edward et avait enserré de ses deux mains le cou fluet du jeune gars. Il avait serré, serré si fort qu'il en avait même entendu un craquement sinistre, comme un bruit de brindille que l'on écrase du pied par inadvertance.

De la bave avait dégouliné des lèvres de Blake, des larmes avaient embué ses yeux et avaient roulé sur ses joues tellement la folie et la rage l'avaient porté dans son acte effroyable.

Le corps d'Edward Johnson s'était figé.

Ses yeux exorbités, pétrifiés, s'étaient fixés sur le plafond fissuré dans un dernier regard qui clamait l'indulgence de son bourreau.

La mansuétude de Dieu avait été d'ôter rapidement la vie de la victime, de le rappeler à ses côtés juste avant que Blake ne s'en délecte sexuellement.

Blake savourait encore aujourd'hui ces réminiscences sacrées. La violence qui avait suivi les actes de nécrophilie restait encore présente au creux de son crâne. Il se revoyait démembrer le corps, décapiter la tête pour pouvoir tout introduire dans le grand baril de plastique bleu qu'il avait installé dans sa salle de bain.

Rempli d'acide, le tonneau aiderait à camoufler les membres et le tronc, le temps que le produit puisse dissoudre l'ensemble des matières organiques.

Il avait souri. Il avait repensé à la tête.

Il s'était dit qu'il ferait bouillir le crâne et, lorsque celui-ci ressortirait blanchi de la marmite, il le peindrait, le recouvrirait de décorations tribales ou de couleurs très vives.

Blake avait décidé d'expérimenter une nouvelle forme d'expression ; dépasser les limites de tous les concepts artistiques jusque-là connus.

Blake avait décidé de faire exister ses victimes même après leur mort ; s'alimenter de leurs chairs pour les garder en lui et, aussi, conserver leurs crânes pour qu'il puisse toujours continuer d'aimer ses compagnons éphémères et scruter leur mort au fond de leurs orbites …

7

Cleveland, État de l'Ohio/ États-Unis, **juin 1981.**

— Mac Callaugh ? insista Freddy Lawrence.

— Oui, Amy Mac Callaugh, c'est mon nom, pourquoi? rétorqua-t-elle en arrangeant une mèche de cheveux derrière son oreille.

— Vous êtes… irlandaise ?

— Oui… mes grands-parents faisaient partie de cette fameuse vague d'étrangers du XXième siècle qui quittaient leur pays pour rejoindre la terre promise : les Etats-Unis d'Amérique ! ironisa-t-elle.

Victoria Fletcher s'interposa après s'être éclaircie la voix :

— Madame Mac Callaugh, nous ne voulions pas raviver en vous de douloureux souvenirs, quand bien même ceci nous touche beaucoup mon collègue et moi mais… ce n'est pas le sujet, vous êtes ici pour nous donner quelques renseignements sur votre ancien habitat…

Freddy Lawrence regarda Victoria Fletcher d'un œil circonspect, les bras toujours croisés sur son torse. Il inspira profondément puis se retourna, colla son nez contre la vitre et plongea son regard dans le mouvement d'Ontario Street, quelques étages plus bas.

— Ces cadavres… enfin, les victimes… ces horreurs datent de quand ? demanda Amy Mac Callaugh en regardant le flic qui appuyait son nez contre la vitre.

À l'instant précis où Victoria Fletcher ouvrit la bouche pour répondre, Lawrence se retourna et se rapprocha de la vieille femme, le regard sombre et l'air grave :

— Deux ans, approximativement. Ce qui, en théorie, vous écarte de la liste des suspects, vous ou votre mari… nous cherchons des renseignements sur la personne qui a racheté votre propriété. Vous imaginez bien que nous suspectons cette personne d'être à l'origine du massacre de neuf individus, ou tout du moins de complicité avec l'auteur de cette atrocité…

— Mon mari est incontestablement éliminé de la liste des suspects puisqu'il est décédé voilà cinq ans. Un cancer l'a emporté et c'est à ce moment que j'ai décidé de vendre la maison de Woodland Avenue… d'ailleurs mon fils a eu beaucoup de mal à s'en remettre. L'acquéreur de la maison se nommait Peter Fitzgerald et, lui aussi, est décédé voilà trois ans. C'était sa femme, Eileen, qui avait gardé la maison jusqu'aux récentes expropriations ordonnées par la ville. À croire que cette baraque portait la poisse…

Freddy Lawrence lança un regard de biais à Victoria Fletcher tout en ravalant un sourire. Il s'installa sur le bureau en posant mollement son fessier sur le plateau puis, tout en hochant la tête comme s'il venait enfin de comprendre quelque chose de capital, son regard se perdit dans le vague.

Victoria Fletcher eut encore à cet instant l'estomac qui se noua. Le simple fait que le flic ait brassé l'air en se déplaçant, l'odeur insupportable qu'il dégageait s'était mise à flotter dans la pièce.

La jeune enquêtrice se dirigea alors vers la fenêtre, l'ouvrit et l'air frais pénétra soudain le local en charriant avec lui les bruits de la rue. Lawrence, ahuri, la dévisagea puis revint sur Amy Mac Callaugh :

— Parlez-nous de votre fils… où vit-il ? Réside-t-il sur Cleveland ?

La femme aux longs cheveux roux observa le flic comme s'il venait de lui lancer la pire des insultes.

— Quoi ? Vous ne connaissez pas Patrick Mac Callaugh ? Vous ne connaissez pas le fameux best seller : *« Une fin de loup » ?*

Lawrence ricana.

— Non madame, je suis désolé… je ne connais pas ce roman, mais effectivement, maintenant que vous le dites, j'ai déjà vu ce nom et l'effigie en carton qui va avec, dans les rayons des grandes librairies…

Victoria Fletcher eut également un sourire. Elle observa Lawrence et se surprit à penser que cet homme possédait, hormis cette épouvantable odeur qu'il dégageait, un charme indéfinissable, une subtilité dans les gestes et dans la voix. Depuis son admission au sein de la cellule criminelle, et depuis le premier jour où elle s'était retrouvée en binôme avec Lawrence, elle n'avait eu de cesse d'éprouver parfois du désir à son égard.

Elle scruta son visage, sa peau délicatement hâlée, ses traits fins et les fines ridules qu'il accumulait au coin des yeux. Des yeux d'un noir profond, d'ailleurs, énigmatiques, très beaux. Elle observa sa chevelure encore fournie, aux reflets bruns très clairs, puis estima enfin que le seul défaut présent sur ce visage pouvait être aussi ce qui définissait son charme.

Ses yeux se plantèrent alors sur la bouche du flic qui riait encore.

C'est à cet instant-là, au moment même où les lèvres de Lawrence s'étirèrent davantage pour former cet étrange sourire, que Victoria Fletcher sentit que quelque chose lui échappait…

8

Brecksville, État de l'Ohio/ États-Unis, **juin 1981.**

« Je vous parlerai du Diable... » lui avait soufflé le vieillard avant de mettre un terme à l'entretien.

Patrick Mac Callaugh s'était senti frustré, déçu de n'avoir pu arracher au vieux les renseignements qu'il désirait.

Jusqu'au dernier instant, il avait été persuadé que ce dernier allait lui cracher ce qu'il savait. Le pseudo reportage dont il était question, toutes ces foutaises sur sa vie d'après lesquelles il disait s'inspirer pour écrire son futur roman, n'avaient été que le prétexte accommodé pour le faire parler.

C'était bien plus grave que ça, bien plus sombre, bien plus vendeur et tordu qu'une putain de vie d'ermite, qu'une existence passée en plein cœur du Montana.

La salope avait parlé. Mac Callaugh avait eu droit aux confidences sur l'oreiller. C'était elle qui l'avait mis sur la piste du vieux. La veuve de Woodland Avenue avait lâché quelques bribes entre deux va-et-vient sur son sexe, juste quelques mots à propos du vieillard et de sa famille de tarés, juste quelques confidences avant que la garce n'eut la bouche pleine et ne puisse plus parler...

Fort heureusement, Jo l'avait fait appeler deux jours plus tard et lui avait donné rendez-vous dans le parc de l'Institut médical. L'infirmière avait précisé qu'il allait devoir se limiter à vingt minutes d'entretien, et encore, si aucune crise ne venait troubler leur conversation. Jo n'était pas au mieux de sa forme et était très irascible ces derniers jours, il avait même demandé à une de ses infirmières de lui injecter une mixture curarisante et de le laisser partir doucement.

Ce fut donc sous un soleil blanc et piquant que Patrick Mac Callaugh se retrouva au parc.

Sur les lieux, il lui sembla percevoir comme les fragments d'un rêve, la mise en scène théâtrale d'un épisode dissimulé de la vie. D'un œil circulaire, il embrassa la périphérie du parc en notant les innombrables blouses blanches qui accompagnaient des individus arrivés au terme de leur vie, des êtres humains qui étaient déjà prêts à franchir le dernier obstacle, préparés par la magnanimité humaine. Oui, cet épisode de la vie restait dissimulé aux yeux du jeune romancier, comme s'il y avait quelque chose de honteux à se préparer à la mort, comme si les familles voulaient faire disparaître leurs proches avant leur décrépitude physique.

C'est sous un magnifique marronnier de l'Ohio, symbole de l'état du même nom, qu'il aperçut Jo, engoncé dans le confort improbable d'une chaise roulante, un plaid écossais de couleur verte sur les genoux. Mac Callaugh eut un frisson en découvrant les jambes blanches et extrêmement grêles du vieil homme. Il n'osa imaginer l'épaisseur de ses cuisses camouflées sous le tissu de laine.

Arrivé à sa hauteur, le romancier eut un sentiment de contrition et ressentit presque le regret d'être venu questionner le vieil homme malade. Il trouva Jo fatigué et rongé par la maladie, beaucoup plus qu'il ne l'avait imaginé alors qu'il se trouvait dans sa chambre, ramassé sous les draps de son lit.

En pleine lumière du jour, sous l'intensité crue du soleil, le visage de Jo semblait être passé sous un bain d'acide qui avait boursouflé ses chairs, rongé les os de son visage. Ses yeux délavés, d'un bleu gris pâle, se perdaient au fond de leurs orbites sombres et profondes. Sa mâchoire proéminente et décharnée paraissait frémir comme si le froid saisissait le vieillard, comme s'il récitait une ultime prière pour le salut de son âme, pensant que cette litanie le sauverait de la folie du secret qu'il avait jalousement gardé toutes ces années durant.

Mais il savait à présent que le jeune écrivaillon allait le lui arracher. Il savait désormais qu'il ne l'emporterait pas dans la tombe…

— Bonjour Jo, comment allez-vous aujourd'hui ? lança Mac Callaugh avec un sourire de petit vicelard.

— À votre avis, j'ai l'air d'aller bien ? Putain d'merde ! Vous croyez que je serais ici à reluquer l'cul des infirmières si j'allais bien, hein ?

L'écrivain hocha la tête et se posa dans l'herbe, tout près du fauteuil roulant.

Jo fit un signe à l'infirmière et l'envoya se balader d'un signe de la main, lui faisant comprendre qu'il désirait être seul pour cet entretien.

— Vous êtes venu pour le Diable, c'est ça ? Vous brûlez de savoir ce que j'ai vu ce maudit soir de janvier 1955 ? N'est-ce pas ?

— Je suis venu pour entendre enfin la vérité, Jo, pour que vous puissiez me livrer ce qui vous ronge depuis toujours…

— Et Dieu sait que ce n'est pas facile à porter…

— Alors libérez-vous, lâchez le monstre !

Jo laissa couler une expression de dégoût sur son visage et fronça les sourcils :

— Espèce de petit merdeux ! hurla-t-il en postillonnant, ce qui vous intéresse c'est votre putain de petite personne, votre ego vous souffle que la considération de votre soi-disant talent d'écrivain sera reconnu à la publication de cet ouvrage, hein ? Mais moi, *ma* personne ne vous intéresse pas, je ne suis qu'un vieillard bouffé par le crabe qui va bientôt claquer…

Jo essuya alors une quinte de toux contenue, silencieuse, en regardant le jeune romancier de biais. Mac Callaugh soupçonna le vieux d'en rajouter pour l'attendrir.

Mac Callaugh rétorqua :

— C'est faux! Vous êtes un individu très intéressant, Jo, vous êtes humain malgré la couche de merde qui vous recouvre…

Le vieillard tourna la tête et fusilla l'écrivain d'un regard noir.

— De quel droit…

— Malgré votre personnalité de vieil homme des bois, de vieil ours, de montagnard viril et grincheux, vous êtes quelqu'un de bien. Vous avez gardé un terrible secret depuis des années, pensant que ce que vous aviez vu ne pouvait être qu'un moment de pure folie, unique et effroyable, un acte irresponsable qui ne se reproduirait jamais plus…

Jo se fendit d'un tout petit sourire, laissant apparaître une rangée de dents tordues et jaunâtres. Il ferma lentement les yeux, respira profondément et commença d'une voix très basse :

— C'était en janvier 1955, un hiver très froid, il gelait à pierre fendre cette année-là. J'avais cinquante-trois ans et je pensais avoir tout vu et tout vécu, les bonnes comme les pires choses qui rythment notre existence sur cette saloperie de planète. Ce soir-là à la ferme, comme à l'accoutumée après le dîner, j'ai enfilé ma veste pour sortir et m'apprêter à faire ma tournée de vérification à l'étable, histoire de voir si les bêtes allaient bien et si tout était en ordre partout sur la propriété. J'avais déjà noté que mon chien aboyait depuis un moment mais cela ne m'avait pas paru curieux, pas plus que d'habitude. Il courait parfois derrière quelques bêtes sauvages et ne revenait que le lendemain matin. Ce soir-là, mon chien hurlait effectivement après une bête sauvage, mais elle n'avait rien d'animal. En tous les cas c'est ce que mes yeux ont pu imprimer, sans que je ne sache que cette vision me poursuivrait toute ma vie…

*

Victoria Fletcher se réveilla en sursaut.

L'étrange sensation d'une présence à l'intérieur de son domicile l'avait tirée de son sommeil agité.

Elle enfila son pantalon de survêtement qui traînait au pied du lit et fit quelques pas dans la chambre, complètement groggy, sonnée par une torpeur lourde et lancinante. Elle récupéra ensuite son holster et son arme de service qui étaient suspendus à la poignée de la fenêtre, sortit de sa chambre et, après avoir extrait l'arme de son étui, entreprit d'inspecter avec minutie toutes les pièces de la maison.

Le souffle syncopé, Victoria Fletcher déambulait dans la pénombre de la maison, l'arme au poing, essayant de se concentrer sur le moindre bruit. Elle ne pouvait empêcher les rafales d'images qui traversaient sa conscience et les résidus de son rêve encore frais qui revenaient la hanter.

Devenait-elle folle ? Non, ce n'était pas de la folie…

Elle avait vu au cœur du songe celui qui l'intriguait tant depuis toujours. Cet homme qui lui faisait ressentir à la fois de la répulsion et de la fascination…

Devenait-elle vraiment cinglée ? Peut-être…

La jeune enquêtrice vérifia la serrure de sa porte d'entrée, jeta un œil au dehors par-delà la fenêtre de sa cuisine et retourna dans sa chambre. Visiblement, ses appartements étaient vides et personne n'avait tenté de pénétrer chez elle. Le rêve avait probablement été le déclencheur de sa frayeur, oui, c'était probablement cela.

Juste au moment de se glisser de nouveau sous les draps, elle revit le visage de Freddy Lawrence qui lui était apparu dans son rêve. Elle se revit dans cette pièce emplie de brume épaisse, glaciale, cherchant à tâtons le flic censé être venu la sortir d'un mauvais pas. Au moment où la panique la saisit, elle se revit perdue, au milieu de nulle part et se souvint alors de cette sensation unique : celle de percevoir avec un réalisme déconcertant le désir qu'éprouvait pour elle l'inspecteur Lawrence. Elle revit ensuite le visage de l'homme qui émergea d'entre les volutes de brume et son étrange sourire qui l'invitait à le rejoindre…

Devenait-elle folle ? L'idée l'effleura cette fois-ci comme une lointaine évidence.

Victoria Fletcher se laissa alors envelopper par le sommeil juste après avoir souri et s'être posé cette ultime question :

« Depuis quand n'ai-je pas ressenti de l'attirance pour un mâle ? »

9

Blake memoria/ **février 1966.**

Voilà, c'était fait.

Plus rien désormais ne viendrait troubler ces moments de ravissement, pas même l'angoisse de se faire prendre, de ne plus pouvoir posséder ses victimes.

Blake venait de rejoindre la grande institution de la patrie et arborait fièrement son nouveau statut.

Il avait vingt-quatre ans et ce soir de février 1966, rien n'allait pouvoir arrêter l'ignominie de ce qu'il allait commettre, l'acte monstrueux qui allait le porter au rang des criminels les plus violents de son histoire.

James Dextor avait à peine seize ans.

Blake avait décidé ce soir-là de faire la tournée des établissements gays du centre de Cleveland. Il avait voulu s'octroyer une sorte de récompense, se féliciter d'avoir réussi les tests, bravé les questions pièges et d'avoir réussi avec brio ce concours qu'il avait jugé minable et insultant à l'égard de son intelligence.

James Dextor, jeune afro-américain mal dans sa peau après avoir découvert son homosexualité par hasard, s'était trouvé à fumer son pétard d'herbe sur le trottoir, devant le club 777. Le jeune adolescent aimait traîner devant l'établissement qui lui refusait constamment l'entrée, mais qui lui permettait d'accrocher quelques clients tardifs et d'empocher quelques passes.

Blake avait pris soin de garer la Mercury Comet

deux rues plus loin.

Arrivé à hauteur du 777, il avait dévisagé le jeune adolescent en souriant niaisement, abruti par l'alcool qui le faisait tanguer doucement. L'effet avait été immédiat. Blake avait su dès cet instant qu'il ne mettrait pas les pieds à l'intérieur du club, que ce qu'il entrevoyait était bien plus excitant et fondamentalement vital pour lui.

Dès l'instant où il s'était introduit dans l'habitacle de la Mercury avec le jeune Dextor, Blake avait ressenti cette joie intense, cette ivresse érotique que procurait le désir sexuel. Son érection était venue confirmer l'intérêt qu'il portait alors au jeune homme, le forçant à croire qu'il ne commettrait point de crime odieux.

Ce qui s'était produit bien plus tard au 3760 East 65 th Street n'avait rien d'odieux, mais plutôt d'indescriptible.

James Dextor en avait fait la douloureuse expérience…

*

Cleveland, État de l'Ohio/ États-Unis, **juin 1981.**

— Disparue ? Bordel ! Il va falloir retrouver quelque chose à son sujet… d'après les services fiscaux Eileen Fitzgerald a cessé d'exister à leurs yeux depuis début 1980… jeta Lawrence en broyant un volumineux dossier entre ses mains.

Victoria Fletcher lança au flic un regard rond. Une esquisse de sourire sur les lèvres, elle repensa à l'étrange rêve qui l'avait hantée la nuit précédente.

— Stenton a donné des nouvelles au sujet des

cadavres de Woodland Avenue ? demanda-t-elle en se repassant les images de son rêve, réentendant les mots d'amour que lui avait soufflé Lawrence.

— Oui, ce matin. D'ailleurs voici son rapport…

Lawrence envoya le dossier sur le bureau en ajoutant :

— Vous devriez y jeter un œil, c'est édifiant !

Victoria Fletcher observa de nouveau Lawrence qui s'était rapproché de la baie vitrée et observait Ontario Street, puis demanda :

— Il a eu le temps d'étudier les neuf corps ? Vraiment ?

— Stenton est efficace… répondit le flic sans même se retourner.

— Misogyne mais efficace, je le reconnais…

Fletcher ouvrit le dossier et se mit à parcourir les détails morbides du légiste :

« ... les corps semblent avoir été passés à la chaux vive pour accélérer le processus de destruction des matières organiques... trois corps présentent une décapitation nette... certains organes ont été prélevés : le cœur, le foie... notons que deux sujets ont été émasculés... le tronc humain de sexe masculin a été retrouvé dans un baril de plastique bleu, enfoui près de l'entrée du vide sanitaire. Les membres n'ont pas été retrouvés. Le démembrement semble avoir été pratiqué à l'aide d'une scie aux dents fines, probablement une scie de boucher... plusieurs crânes ont été fracassés, d'autres percés, sans aucun doute à l'aide d'un outil électrique... »

Victoria Fletcher eut un moment d'égarement. Elle laissa passer le train fou des images ; la représentation monstrueuse de ce qu'avait pu être le calvaire des victimes.

Elle posa le dossier et s'adressa à Lawrence :

— Le baril de plastique bleu ? C'est exactement le même schéma que le charnier du parc national de Cuyahoga Valley, non ?

— Exactement…

Victoria Fletcher se leva, fit quelques pas et lança fièrement :

— Vous ne m'enlèverez pas l'idée qu'Eileen Fitzgerald s'est fait trouer la peau, quelqu'un avait intérêt à ce qu'elle ne parle pas et le besoin de la faire disparaître…

Lawrence acquiesça d'un signe de tête.

— Et pour le fils d'Amy Mac Callaugh ? grogna-t-il, on tente quelque chose ? Il pourrait apporter de l'eau à notre moulin d'après vous ?

Juste à cet instant-là la porte du petit bureau s'entrebâilla et le capitaine Levy pénétra timidement dans la pièce.

Le document qu'il agita devant lui intrigua Fletcher et Lawrence…

10

Brecksville, État de l'Ohio/ États-Unis, **juin 1981.**

— Et quelle était donc cette bête sauvage qui n'avait rien d'animal ? marmonna Mac Callaugh en se rapprochant du vieillard.

Jo le dévisagea alors à cet instant d'un œil profond et se lança, résolu :

— … les aboiements de mon chien provenaient de l'arrière de mon étable, à l'endroit même où j'avais pour habitude de déverser le purin, les cadavres de bêtes et toutes sortes de fumier. Bien décidé à foutre une correction à ce sale cabot, je me suis dirigé à l'arrière du bâtiment après avoir attrapé un manche de pioche qui traînait…

L'infirmière réapparut soudain, un sourire forcé sur les lèvres. Gênée par le seul fait d'avoir troublé la conversation des deux hommes, elle prit sa plus belle voix et s'adressa au vieux Jo :

— Je suis désolé Johnny, mais j'avais oublié de vous dire que le médecin chef du service doit passer vous voir et…

— Vous n'êtes toujours pas décidée à me laisser crever en paix, vous, n'est-ce pas ?

Mac Callaugh, frustré d'avoir été interrompu, d'être autant suspendu aux lèvres du vieux et tenaillé par la curiosité, envoya un regard incendiaire à la jeune infirmière. Il trépignait d'impatience, tournant et retournant entre ses doigts son mini enregistreur cassette.

La jeune femme s'éloigna. Mac Callaugh réenclencha son appareil et Jo continua :

— … j'ai donc contourné le bâtiment et me suis retrouvé face à une scène d'horreur indescriptible, et je vous le dis, Mac Callaugh, je ne dois le fait d'être resté mentalement sain qu'à une seule chose : celle d'avoir été habitué depuis mon plus jeune âge à voir, toucher et renifler le sang des proies que je chassais…

Un fauteuil roulant, poussé par une infirmière qui n'était plus de toute première main, passa lentement devant les deux hommes. Un vieillard sous assistance respiratoire semblait regarder le ciel avec intérêt, comme si celui-ci allait l'emporter et mettre un terme à ses effroyables souffrances.

— … le gamin avait treize ou quatorze ans, je ne sais plus…

— Le gamin ?

— … il se tenait droit devant l'animal qu'il avait sorti de l'étable, je n'arrivais pas à comprendre le sens de la situation…

— L'animal ? Mais…

Jo tendit son bras devant lui, les doigts de la main bien écartés pour suggérer au romancier de garder le silence.

— Il avait attaché l'animal à la moissonneuse-batteuse stationnée près de l'étable, il l'avait simplement enchaîné par le cou. Le plus terrifiant, c'est la désinvolture avec laquelle il évoluait. Son visage était constellé de sang et son pull-over en était totalement imprégné, et il riait, il riait d'un rire que seul le diable aurait pu lui transmettre…

— Jo… putain ! Qui c'était ce gosse ? C'était quoi cet animal ?

Jo se mit alors à expectorer comme s'il expulsait ses poumons gangrenés, cracha à plusieurs reprises quelques glaires sanglants et l'infirmière se rua sur lui en un rien de temps.

« C'est tout ! » lança-t-elle à l'égard de Mac Callaugh, comme s'il était responsable de la quinte de toux qui terrassait le vieil ermite.

— Non, attendez ! jeta l'Irlandais, nous n'avons pas fini… il…

— Ce sera tout pour aujourd'hui monsieur Mac Callaugh, grinça l'infirmière, Jo est fatigué, le médecin chef doit absolument s'entretenir avec lui, c'est impératif…

— Non ! Attendez ! pleurnicha l'écrivain, je dois absolument terminer de prendre ces notes…

— N'insistez pas ! Vous prendrez rendez-vous ultérieurement et vous reviendrez à ce moment-là… dit-elle en plaçant le masque du respirateur portatif sur le nez du vieux Jo.

— C'est ça ! Vous m'appellerez quand il sera mort…

La jeune femme foudroya l'Irlandais sur place d'un regard menaçant. Elle haussa les épaules et poussa le chariot en trottinant un peu, comme si le seul fait d'accélérer le pas allait faire reculer l'échéance, éviter que le couperet ne tombe plus tôt sur le cou du vieil homme.

Mac Callaugh resta prostré et regarda s'éloigner le petit vieux dans son fauteuil, persuadé que celui-ci déballerait son sac tôt ou tard, qu'il viderait la merde qu'il avait ingurgitée pendant toutes ces années… il le fallait.

*

Quelques années plus tard à Slavic Village, l'appartement du 3760 East 65 th Street sera détruit. Il s'agissait de ne pas laisser s'installer un mythe, une sorte d'idolâtrie malsaine qu'ont certaines personnes à l'égard des tueurs en série les plus violents.

Ce fétichisme mal approprié, qui consistait à emporter des morceaux de papier peint de l'appartement –en espérant y trouver une infime goutte de sang– ou bien encore, un bout de lino, un bout de plâtre ou de béton, avait heurté les proches des victimes et c'est pour cela que, sur ordre officiel du gouverneur, l'appartement de Blake sera rasé.

Personne ne remarquera jamais l'impact de sang sur la tapisserie, à l'endroit exact où se trouvait alors la tête de lit de Blake.

Les souvenirs étaient trop douloureux pour les familles. La décision de détruire l'immeuble, plus tard, sera une bénédiction.

Surtout pour la famille de James Dextor...

... Juste après avoir consommé sa partie de sexe avec James, Blake s'était allongé près du jeune homme, sur le dos, et avait attentivement observé le cadran de sa montre.

Cinq minutes. Encore cinq minutes et le jeune garçon se ferait avaler par un lourd sommeil, une profonde nuit qui se diluerait dans son corps à l'aide du sédatif que lui avait administré Blake.

James avait eu du mal à se laisser aller malgré la puissance du somnifère. Alors que Blake, encore ivre de désir, était parti chercher dans la cuisine le matériel et les ustensiles adéquats pour entreprendre les pires choses sur le corps de James Dextor, celui-ci s'était levé en titubant, pris d'une affreuse nausée et d'une douleur indescriptible à l'estomac.

Blake était réapparu dans la chambre, surpris de voir Dextor chancelant au milieu de la pièce.

« Putain, tu fais quoi ? » avait crié Blake en se précipitant sur le jeune garçon.

L'autre avait fait mine de tenir l'aplomb. Répondant par un geste évasif, les paupières à demi-closes, il s'était avancé.

— Tu ne vas pas me quitter comme ça, on vient juste de commencer à faire connaissance…

— Il faut que je rentre chez moi… je ne me sens pas très bien.

Blake s'était alors approché de James et l'avait simplement poussé. Il lui avait envoyé, du plat de la main, une violente bourrade sur le thorax. Le jeune s'était de nouveau retrouvé allongé sur le lit de Blake. Sa tête avait cogné le mur et il avait geint doucement.

Blake avait fondu sur lui et l'avait brusquement frappé au visage, à plusieurs reprises, en ricanant comme si le diable s'était insinué en lui. Déjà sonné par l'anesthésique, à ce moment-là, James ne sentait déjà plus les coups de poing qui s'écrasaient sur ses pommettes, ses arcades, son arête nasale qui avait fini par céder, et sur ses lèvres qui avaient éclaté.

Les coups avaient plu comme une tornade.

Le tueur avait alors agrippé son cou et avait serré en ahanant comme un cheval à la course, écrasant l'œsophage, la trachée, jusqu'à ce que le jeune garçon gémisse et tente de bredouiller quelques mots incompréhensibles. Il avait ensuite relâché l'étreinte, laissant retomber sur le lit le corps du jeune à demi-mort.

Alors que Dextor tentait de reprendre son souffle, souffrant de douleur et complètement paralysé par la peur et le neuroleptique, Blake avait pris une décision ultime. Après avoir longuement retourné la question dans son crâne pendant des jours, il avait enfin trouvé la réponse : ses victimes lui devaient allégeance et devaient à tout jamais lui obéir, être soumises et exécuter ses ordres. Il devait pouvoir les posséder et les soumettre sexuellement. Pour cela, il avait décidé de procéder à une petite expérience.

Blake avait compris qu'il lui fallait déconnecter le cerveau de ses victimes pour pouvoir les contrôler, leur faire subir ce qu'il appelait un *« lavage de cerveau »*. La mécanique de la procédure en était enfantine, déroutante de facilité. Il lui suffirait de percer le crâne du jeune James à l'aide de la perceuse électrique, puis une fois l'orifice créé et offrant ainsi un accès direct au cerveau, il ne lui resterait plus qu'à y introduire un peu d'acide chlorhydrique.

Il avait commencé par menotter James aux barreaux du lit, alors que ce dernier s'étouffait dans son propre sang. Puis, après avoir procédé à quelques caresses sur son corps, il s'était doucement retiré et s'était empressé de brancher la foreuse.

Le monstre s'était alors mis à cheval sur le dos de l'adolescent et avait posé la mèche d'acier sur l'arrière de son crâne.

Il avait foré lentement, s'était appliqué, ignorant les hurlements effroyables de James Dextor et l'horrible grincement de l'acier sur l'os. Le travail accompli, il avait alors injecté la substance qui s'était mise à fumer au contact des chairs.

Blake avait été persuadé que son expérience avait fonctionné et qu'il allait enfin pouvoir contrôler son zombie, son esclave sexuel et dévoué.

Jamais de tels hurlements n'avaient traversé les murs des appartements du 3760 East 65 th Street.

Blake avait détaché James afin de pouvoir l'observer, le regarder évoluer.

Étrangement, peut-être grâce à l'instinct de survie, Dextor s'était réveillé pendant que son bourreau se trouvait en cuisine pour rassembler son outillage de découpe. Rapidement, il s'était éclipsé de l'appartement et s'était retrouvé dans la rue, entièrement nu, hagard, égouttant son propre sang, une menotte pendant à l'un de ses poignets.

Grâce aux passants qui avaient donné l'alerte, deux officiers de police s'étaient rendus sur les lieux au moment où Blake tentait de ramener le jeune homme chez lui.

Les flics avaient promptement questionné Blake qui leur avait répondu, tout en ajustant une casquette sur le crâne de Dextor, que le jeune homme était son amant et qu'après une grosse dispute, celui-ci s'était enfui et avait chuté dans l'escalier de l'immeuble. Le jeune black, tétanisé, sous le choc des tranquillisants et le cerveau partiellement grillé, n'avait pu donner d'explications aux deux flics qui se marraient déjà et entrevoyaient la singularité de la situation. Pour eux, il ne s'agissait là que d'un *« petit pédé bourré »* qui avait probablement mérité la correction que lui avait infligée son compagnon.

Une fois seul, Blake avait ramené Dextor chez lui et l'avait aussitôt étranglé. Il l'avait ensuite démembré et avait introduit son corps dans un baril d'acide. Il avait gardé les testicules qu'il avait plongé dans un bocal de formol, le cœur qu'il avait congelé et quelques belles pièces de viande taillées dans le haut de la cuisse, quelques pièces de chair qu'il aimait savourer piquées à l'ail, accompagnées d'un vin rouge français.

Blake avait également conservé la tête, l'avait fait bouillir et avait par ailleurs orné le crâne d'une peinture à la fois psychédélique et tourmentée…

11

Cleveland, État de l'Ohio/ États-Unis, **juin 1981.**

— J'ai là un petit document qui devrait vous intéresser, vous deux… grinça le Capitaine Yaakov Levy en pénétrant dans le bureau.

Fletcher et Lawrence se regardèrent silencieusement, surpris que le chef de la cellule criminelle du P.H.U se déplace dans leur bureau, surtout pour leur porter un document. D'accoutumée, c'était plutôt pour se faire brasser, subir la colère noire du gros capitaine constamment en sueur.

— Capitaine ? Qu'est-ce qui vous prend ? Vous paraissez très en forme aujourd'hui… ironisa Lawrence en joignant à la parole une gestuelle d'acteur.

L'autre posa le document sur le bureau et se laissa choir lourdement sur la chaise scellée au sol, le fameux siège réservé aux gardés à vue.

— À la maison, on prépare la Bar Mitzvah de mon petit-fils Yaakov, alors c'est un peu la fête depuis quelques jours… j'arrive pas à croire qu'il va faire sa première lecture de la Torah, je suis ému depuis la semaine dernière…

Victoria Fletcher se racla la gorge et scruta Lawrence d'un œil amusé.

— … hum, Capitaine, et si nous nous recentrions sur l'affaire des bidons bleus… c'est quoi ce document ? demanda-t-elle en désignant de la pointe du menton la feuille de papier sur le bureau.

— Vous vous rendez compte ? Il va porter le *Talit*, mon petit Yaakov…

— Capitaine… insista Fletcher.

— Oui… je vous apporte un document intéressant. Je sais que vous cherchez Eileen Fitzgerald, l'ancienne proprio de la baraque de Woodland Avenue. Les corps qui pourrissaient dans cet infâme charnier n'ont pu être acheminés dans le vide sanitaire par une femme seule. Selon le légiste les faits se sont déroulés à une époque postérieure au décès du mari, Peter Fitzgerald…

Lawrence, les bras croisés, se posa sur le bureau et considéra son supérieur comme s'il s'agissait d'un vulgaire suspect.

Il se frotta la pointe du menton puis déclara calmement :

— Et vous pensez que madame Fitzgerald peut être coupable… mais avec l'aide d'un complice qu'elle aurait couvert, c'est ça ?

— Ou de son amant ! termina Levy sur un ton triomphal.

Lawrence et Fletcher s'observèrent de nouveau. Le sourire jusqu'aux oreilles, Levy continua :

— … et je sais que vous cherchez la veuve pour pouvoir l'interroger, lui demander si elle aurait eu, à un moment donné, une relation avec un homme qui aurait logé à son domicile…

Fletcher se rapprocha de Lawrence. Elle eut un haut-le-cœur en décelant toujours et encore cette odeur qui émanait de son collègue, l'odeur très forte de la sueur rance.

— Et alors ? Vous pensez à quoi ? susurra-t-elle.

— Je pense que vous cherchez la bonne personne,

mais pas comme il le faudrait…

— Bon, allez-y Capitaine, grinça Fletcher, promis, nous participerons au cadeau de la Bar Mitzvah de votre petit-fils mais lâchez-nous l'info…

Levy eut un sourire étrange et haussa les épaules.

— Eileen Fitzgerald a disparu, les services fiscaux ont perdu sa trace en 1980, l'année dernière donc, mais je peux vous dire qu'elle est vivante et bien en vie. Hier matin, par le plus pur des hasards, Henrique Laguardia qui poussait ses recherches en travaillant avec les services fiscaux, a fait une découverte intéressante. Jusque-là, le pistage bancaire n'avait rien donné. Eileen a bien évidemment fermé tous ses comptes et elle n'existe plus sur le circuit bancaire…

— Qui s'est occupé de ça, déjà ? demanda soudain Lawrence.

— Laguardia, de la brigade financière… il se trouve qu'il travaille sur les dossiers d'attribution d'un gros chantier, sur les appels d'offre pour un projet immobilier qui, selon un informateur anonyme, serait un montage financier véreux…

Lawrence se leva et, à l'instant où il voulut reprendre la parole, Levy continua en lui faisant signe de se rasseoir.

— … c'est grave ! Le maire serait impliqué… bref, ce n'est pas le sujet. Ce qui devient intéressant et qui nous concerne, c'est que ce chantier c'est celui qui jouxte la casse automobile sur Woodland Avenue, il s'agit du vieux lotissement « Black Flower » qu'ils sont en train de démolir pour réimplanter des logements sociaux, le même lotissement dans lequel se trouve cette putain de baraque-cimetière !

Lawrence sursauta. Fletcher noua ses cheveux à l'aide d'une pince et demanda aussitôt :

— Quoi ? Vous parlez de notre fameuse affaire ? Les bidons bleus et les cadavres de Woodland ?

Levy affirma en secouant la tête et grogna :

— En auditionnant le fondé de pouvoir de la société d'investissement, Laguardia a retrouvé Miss Fitzgerald. Les dossiers d'expropriations avaient été établis aux noms des propriétaires, pour chaque maison. Eileen Fitzgerald avait porté son nom sur le document sauf que, le virement de l'indemnisation a été effectué sur un compte bancaire ouvert à Wellington, dans le comté de Lorain, à une heure de route d'ici. Nous ne retrouvions pas la trace d'Eileen car elle a repris son nom de jeune fille : Eileen Sterling…

Levy se pencha alors et tendit le bras pour attraper le feuillet qu'il avait laissé traîner sur le bureau. Il termina presque à voix basse :

— … voici une copie de son contrat d'ouverture de compte, fit-il en secouant la feuille rose, son adresse actuelle se trouve en haut, à gauche. Elle a changé de vie, à nous de découvrir pourquoi…

12

Cleveland, État de l'Ohio/ États-Unis, **juin 1981.**

Le lendemain matin, ils s'étaient retrouvés tôt à l'angle d'Ontario Street, à l'Arabica Coffee House.

Lawrence et Fletcher s'apprêtaient à prendre la route pour Wellington. Ils allaient rendre une visite à Eileen Fitzgerald pour tenter d'en savoir un peu plus sur cette affaire, pour en savoir d'avantage sur son passé.

Victoria, assise face à Lawrence, tapotait sa tasse de café fumant du bout de l'ongle, essayant désespérément de trouver les mots justes avant de se lancer, avant d'avouer tout ce qu'elle ne supportait plus chez son coéquipier. Malgré cette fascination qu'elle éprouvait à son égard, l'odeur rance du flic la ramenait à la réalité et la dégoûtait plutôt.

Elle ne voulait pas le blesser. Elle voulait juste comprendre.

— Freddy... je... j'aimerais parler d'une chose avec vous, ça me gêne vraiment, mais...

— Oui, je vous écoute Victoria, qu'est-ce qu'il y a ? fit-il après avoir avalé une gorgée de café noir.

Victoria Fletcher le sonda intensément du regard. Elle ressentit immédiatement ce malaise, cette sensation de vertige qu'elle avait perçu le jour de leur toute première rencontre dans les locaux du P.H.U d'Ontario Street.

— Et ben... je me disais que peut-être, il vous faudrait simplement consulter un endocrinologue, ou peut-être même utiliser un déodorant plus…

— Mais enfin, qu'est-ce qui vous prend, Victoria ? Mon odeur vous dérange, c'est ça ?

— Pour tout vous dire, c'est même parfois franchement insupportable… fit-elle en souriant timidement.

Lawrence laissa glisser un petit ricanement en hochant la tête.

— Je sais… cela peut-être désagréable, certains ont pu s'y faire, d'autres non. Je n'y peux rien, mon système hormonal a apparemment conservé une mémoire depuis mon enfance, un dérèglement de mon système sudoripare dû à mon alimentation. C'est incurable…

— Mais…

— Mon endocrinologue est formel, c'est *tatoué* dans mes gênes…

Fletcher fronça les sourcils en penchant la tête sur le côté.

— Mais… expliquez-moi, Freddy, qu'est-ce qui a fait que votre alimentation provoque cette anomalie hormonale ?

Les images revinrent alors frapper Freddy Lawrence. Des images ancrées dans une sorte de décor élastique qui semblait se distendre, s'étirer à n'en plus finir dans le crâne du flic blessé dans son amour propre. Les plaintes, les cris menaçants, l'angoisse de cette assiette qu'il lui fallait chaque fois finir sous les yeux de cet homme autoritaire, revinrent le torturer comme autant de bourreaux fantômes.

La vision du cerf éventré lacéra alors sa conscience d'une luminescence argentique, spasmodique, aussi vive et douloureuse qu'une brûlure profonde.

— Je crois que la viande forte du gibier que l'on m'a

fait avaler pendant toute mon enfance y est pour quelque chose… le matin, le midi, le soir, c'était toujours cette abjecte assiette devant moi…

Lawrence singea une grimace de dégoût et porta la tasse de café à ses lèvres.

Victoria Fletcher mima également l'écœurement, puis accorda à son collègue un sourire et une mimique. Intriguée, elle continua :

—On vous a donc forcé à avaler des sales trucs quand vous étiez gosse ? C'est la croix de tous les gamins, ça…

Lawrence eut un sourire.

— Hum… forcé ? Le mot est faible… savez-vous ce que c'est d'être contraint à avaler une nourriture qui vous répugne ? Une nourriture qui vous file la nausée, qui vous donne envie de vomir parce que vous avez vu l'animal qui se trouve dans votre assiette se faire abattre, se faire éviscérer et dépecer… savez-vous ce que l'on peut ressentir, alors que vous n'êtes qu'un gamin ?

La jeune enquêtrice hocha la tête en vidant sa tasse de café.

— Imaginez un instant… imaginez-vous à table et, solennellement, on vous apporte votre repas. Dans votre assiette, le chat que vous aviez toujours adoré et que vous caressiez sur vos genoux, dans votre enfance, et que l'on vous demande d'avaler au risque de vous prendre la plus grosse raclée de toute votre putain d'existence de mioche… quelle serait votre réaction ?

Victoria Fletcher eut un mouvement de recul et s'enfonça dans son siège. Elle scruta Lawrence, les traits du visage défaits par l'incompréhension.

Lawrence se leva alors.

— Allons, Victoria ! Aujourd'hui ça va. J'ai eu droit

à un suivi psychologique lorsque ma famille d'accueil m'a récupéré. Les seules traces inaltérables de ce traumatisme restent ma sueur, mon odeur, comme si mes chairs transpiraient encore les molécules de cette viande faisandée, ce gibier qu'il me fallait avaler…

Il regarda sa montre, se frotta le visage pour essuyer discrètement la larme qui avait pris naissance au coin de son œil, puis lança en souriant :

— Pour l'heure, il est temps de rendre une petite visite à Eileen Sterling Fitzgerald… vous conduisez ?

— Vous rigolez ou quoi ? Le jour où je conduirai une Chevrolet Caprice les poules auront des dents !

— Aujourd'hui, considérez qu'elles en ont… vous conduirez jusqu'à Wellington. La vitre côté passager ne s'abaisse plus, vous le savez… la place conducteur est beaucoup plus aérée !

Victoria Fletcher émit un petit ricanement en haussant les épaules. Elle arracha ensuite d'entre les doigts du flic la clé qu'il lui tendait.

La fascination la rattrapait. Elle ressentait le trouble qui blessait son coéquipier, le traumatisme qui avait scarifié les années de son enfance.

Le charme occulte du flic lui brassait les entrailles comme un cancer vorace, la forçant à la fois à s'en défaire mais aussi à abdiquer, à se laisser emporter et ne plus ressentir de douleur… lâcher prise.

13

Brecksville, État de l'Ohio/ États-Unis, **juin 1981.**

Patrick Mac Callaugh avait insisté.

Le chef de service lui avait fait comprendre que Jo était à l'article de la mort et qu'il ne pourrait certainement plus se permettre de lui consacrer du temps. Il lui avait aussi fait comprendre qu'il n'hésiterait pas à faire appel à la sécurité s'il le revoyait traîner dans le parc du centre de soins.

Mac Callaugh, quant à lui, avait fait comprendre au médecin qu'ils étaient aux Etats-Unis et que les dollars permettaient de tout acheter… même l'intégrité.

Le rendez-vous fut pris avec le vieux Jo, deux jours plus tard.

Ils s'étaient retrouvés au cœur de la chapelle consacrée à la famille des patients, un petit sanctuaire qui leur permettait de prier pour une rémission ou une fin plus douce.

Le jeune écrivain avait contourné le grand édifice qui abritait les pensionnaires, avait traversé le parc et avait enfin poussé les portes de bois patiné de la chapelle. Une odeur de cire et d'encens froid l'avait aussitôt assailli.

Jo se tenait près de l'autel, immobile dans son fauteuil roulant, les jambes toujours recouvertes d'un plaid écossais.

Le vieux semblait mort. Son faciès parcheminé et décharné reflétait la lueur des cierges qui brûlaient devant lui. La nappe de lumière qui paraissait animer les traits de son visage lui conférait comme une aura angélique, nimbait sa peau d'un rayon de soleil imaginaire qui le rendait presque beau. Une échappatoire, une rémission virtuelle portée par la lumière semblait se poser sur son corps déjà glacé par la mort toute proche.

Lorsque Mac Callaugh se présenta devant lui, le vieux ne bougea point. Il se contenta simplement d'ouvrir les yeux sans poser son regard sur le jeune Irlandais. Il toussota ensuite doucement et jeta à voix basse :

— D'après vous, mon gars, quel est le pire que je puisse commettre aujourd'hui, hein ? Serait-ce que je vous parle du Diable dans la maison du Christ, ou bien que je vous livre enfin ce terrible secret qui va, par ma faute, bousiller la vie d'un homme ?

L'écrivain haussa les épaules puis rétorqua :

— Parlez-moi du Diable ! Je me fous de savoir ce qui est pire…

— Vous avez tort ! grinça Jo en tournant soudainement la tête. Son regard froid et délavé se planta dans celui du jeune auteur.

Un froissement de tissu, un cliquetis, un craquement. Mac Callaugh venait de mettre en fonction son enregistreur mini cassette.

— La dernière fois vous me parliez du gamin… et de l'animal. Vous me parliez du sang que vous aviez vu ce soir-là, tout ce sang qui recouvrait le gosse et de cet effroyable ricanement dont il était pris. À quoi tout cela correspond-il, Jo ?

La lueur dansante des bougies sembla à cet instant s'accélérer, comme si un souffle était venu caresser la flamme des cierges pieux.

— Je ne suis pas dévot, je n'ai jamais cru en rien…

je n'ai ni foi ni loi mais ce soir-là j'ai prié, j'ai prié pour moi, j'ai prié pour lui…

— Pour lui ? Qui *« lui »*, Jo ?

Mac Callaugh observa le plafond. Une lumière blonde semblait s'écouler depuis celui-ci et inonder l'épicentre de la nef.

La respiration de Jo s'accéléra.

— … j'ai prié car j'ai vu le Diable ce soir-là. J'ai tout vu, je me tenais à quelques mètres, tapi à l'arrière de l'engin agricole stationné derrière l'étable. Le gamin était à l'avant et avait attaché le pauvre mouton avec une chaîne. C'est à l'instant où je suis arrivé qu'il a commencé à frapper l'animal à la gorge avec le long désosseur… il frappait, il frappait si fort, avec tellement de plaisir…

— Qui était ce gamin, Jo, que faisait-il là ?

Le vieux éluda la question.

Le jeune romancier posa son enregistreur sur les genoux du vieillard, s'accroupit près de son fauteuil et approcha ses lèvres de son oreille :

— Dites-le, Jo… dites-le ! Qui était ce gosse ? Vous le savez… ce truc vous bouffe depuis des années, je vous donne aujourd'hui l'occasion de vous soulager, de vous absoudre…

— … et de partir en paix ? C'est ça ? rétorqua Jo.

— C'est un peu l'idée…

Vacillante, la flamme du grand cierge qui brûlait au centre de l'autel s'éteignit soudain.

— … l'animal était déjà inerte lorsque le gosse, inondé de sang et pris d'une curieuse transe, a égorgé la pauvre bête et s'est mis à s'abreuver du sang chaud qui s'écoulait de l'entaille. J'étais pétrifié. J'observais la scène, dissimulé à l'arrière de la moissonneuse, hagard, tout en percevant dans le lointain mon chien qui continuait de hurler à la mort…

— Qui était ce gosse, Jo ? Qui c'était ?

— … j'étais abasourdi, étourdi par ce que me renvoyaient mes yeux. Je me souviens encore avoir été incapable de hurler, terrifié par la violence de la scène qui se déroulait à seulement quelques mètres. Le plus étrange, c'est qu'à un certain moment j'ai commencé à croire au Diable, j'ai vraiment eu la conviction que le malin se trouvait en face de moi, pratiquant un rituel, un sacrifice abominable qu'il accomplissait avec dévotion. Et ce rire, ce rire qui ne le quittait plus… ce ricanement qui semblait ne pas être le sien, qui semblait provenir de partout autour de lui…

La porte de la chapelle grinça et le jour, blanc, entra comme une nappe incendiaire qui se déposa sur le carrelage froid. La pénombre du sanctuaire ainsi déflorée retrouva bien vite son aspect glacial lorsque la petite dame voûtée, aidée de sa canne blanche, entra et déambula lentement le long de l'allée centrale.

— Jo… répondez-moi ! Qui était ce gamin ?

La vieille dame s'installa sur un siège et entama une lente prière.

— Tu sais ce qui m'a le plus marqué, l'Irlandais ? Ce qui m'a terrorisé ? lâcha le vieil homme, le souffle court et les yeux révulsés.

Mac Callaugh hocha la tête négativement et plissa les yeux.

— C'est que le gosse n'avait que treize ans, et que parfois, alors qu'il ricanait, il m'observait du coin de l'œil tout en essuyant sa bouche ensanglantée du revers de sa manche…

14

Blake memoria

Au printemps 66, quelques mois après l'horrible meurtre du jeune James Dextor, la folie de Blake avait pris une amplitude dévastatrice et exponentielle.

Déséquilibre mental, dédoublement de personnalité, bouffées délirantes. Autant de troubles étaient venus définitivement forger l'esprit torturé de Blake, sceller son destin sanglant.

Déjà, au cœur de la matrice qui lui avait donné la vie, au creux de l'utérus dans lequel il s'était développé, son besoin de tuer et dominer s'était manifesté. Son jumeau monozygote n'avait pas survécu, à l'intérieur même de celle qui fut leur mère…

Lorsque des corps étaient retrouvés, les articles de presse, les rapports de police et de médecine légale de l'époque parlaient d'eux-mêmes:

« ... juin 1966/ La victime a été droguée, violée et étranglée. Les membres supérieurs ont été tronçonnés à l'aide d'une scie... »

« ... mars 1967/ Le corps se trouvait immergé dans un bidon d'acide. La matière organique dissoute formait un amalgame étrange... »

« ... mai 1968/ Un corps atrocement mutilé a été

retrouvé ce matin même à Cleveland, aux abords de la Willow freeway qui longe les entrepôts de Woodland Avenue. Un homme, très jeune, de race noire, a été découvert par un agent municipal au fond d'un conteneur à ordures, pieds et poing liés, nu. La victime a été décapitée et les agents de police, à pied d'œuvre depuis le début de matinée, n'ont pu retrouver la tête du cadavre. Le corps portait des stigmates, des plaies très profondes... »

« ... juin 1968/... le tronc porte des traces de lacérations, probablement infligées à l'aide d'une lame tranchante. Les membres inférieurs et supérieurs ont été sectionnés au niveau du fémur et de l'humérus. Les parties génitales ont subi une ablation nette. Le visage de la victime comporte d'importantes mutilations : yeux, nez, bouche... »

« ... septembre 1968/... la police de Cleveland a fait une macabre découverte avant-hier matin, très tôt, quelque part dans un bosquet du parc national de Cuyahoga Valley. Un randonneur avait immédiatement donné l'alerte après avoir trouvé le corps effroyablement mutilé d'un homme de race noire. Celui s'était vidé de son sang après avoir été égorgé. L'autopsie a également révélé que le jeune homme avait été drogué et violé... »

Plus rien à cette époque n'aurait pu arrêter le désastre meurtrier que répandait Blake autour de lui.

Des crânes ornés de peintures tribales plein ses placards comme s'il s'agissait d'un mausolée, des actes de cannibalisme, des pulsions sexuelles extrêmes, des perforages de crânes dans le but de créer des zombies avec ses victimes après y avoir injecté de l'acide chlorhydrique, nécrophilie, des renseignements pris chez certains taxidermistes de la région afin de tenter l'expérience de conserver un corps dans son lit, lobotomies, dépeçages, visites de cimetières la nuit, le fait de se masturber en contemplant les photos des actes commis sur ses victimes, tout ce flot d'horreur représentait l'ignominie de l'être qu'était Blake ; autrement dit, un train fou sur les rails de la folie humaine…

*

Cleveland, État de l'Ohio/ États-Unis, **juin 1981.**

« … for those who come to San Francisco/ be sure to wear some flowers in your hair/ if your going to San Francisco… »

WMJI, la radio oldies spécialisée dans la diffusion de titres sixties venait de balancer *« San Francisco »* interprété par Scott McKenzie, plus connu sous son nom de scène : Philip Blondheim.

Le véhicule s'était alors empli d'une douce ambiance et Victoria Fletcher s'était projetée dix ans plus tôt, à cette époque où son équilibre mental commençait alors à basculer…

À l'instant où Freddy Lawrence annonça qu'ils ne se trouvaient plus très loin du domicile d'Eileen Sterling-Fitzgerald, Victoria Fletcher quitta Outerbelt S Freeway pour bifurquer à droite et s'engager sur la Ashland Oberlin Road, une route qui traversait d'immenses champs agricoles à perte de vue.

Des images confuses pénétrèrent alors son esprit et la

propulsèrent loin d'où elle se trouvait physiquement, loin du présent, du réel.

Son corps se trouvait encore dans la Chevrolet Caprice mais son esprit n'était plus là.

De manière insidieuse, les images revinrent et le chagrin la pénétra violemment, les images la happèrent et la convoquèrent alors face à de bien douloureux moments de son enfance. Elle tenta de les chasser. Elle essaya d'éradiquer de sa mémoire ces moments pénibles qui avaient été pour elle un aller sans retour au cœur de la folie, du mensonge, de l'horreur, du dégoût des autres et de soi. En vain…

Elle revit le compagnon de sa mère, Gary… ce fameux soir.

Ce jour-là, ce grand malade s'était approché d'elle et avait posé sa main sur son genou fluet, lui expliquant, tout en la scrutant fixement au fond des yeux, que la vie n'était faite que de découvertes et d'expériences inattendues.

Ensuite, elle se souvint avoir fermé les yeux et avoir serré la mâchoire, très fort, en essayant de faire abstraction de cette main qui allait démolir toute la candeur de son existence de fillette…

15

Brecksville, État de l'Ohio/ États-Unis, **juin 1981.**

Il y eut quelques secondes terribles. Longues comme les minutes qui précèdent la mort.

Au centre de l'autel, un second cierge s'éteignit progressivement et la lumière colorée qui baignait l'intérieur de la chapelle sembla s'atténuer.

Sur son prie-Dieu, juste avant d'entamer un orémus probablement rabâché des centaines de fois, la vieille dame ajusta sa posture et le bois émit un craquement sinistre.

Hébété par la dernière phrase que lui avait soufflé Jo, Patrick Mac Callaugh dévisagea le vieillard qui paraissait s'être assoupi dans son siège. Celui-ci, la tête légèrement inclinée sur le côté et le souffle saccadé, regardait le Christ sur sa croix qui semblait lui accorder toute l'absolution qu'il méritait. Une sorte de lueur hypnotique, déversée par les vitraux du sanctuaire, baignait l'icône à la peau d'albâtre d'une diaprure arc-en-ciel.

Indéniablement, le Créateur allait se montrer magnanime avec Jo.

Mac Callaugh s'approcha alors du vieux, l'air confus et affolé :

— Hey ! Jo ! Hey, ne me lâchez pas ! Ce gosse… ce gamin qui a égorgé cette bête sous vos yeux, qui c'était? Répondez-moi !

L'Irlandais n'avait plus rien d'affable, ni d'innocent.

Sa main s'était posée sur l'épaule fragile et osseuse du vieil ermite, resserrant de manière un peu trop ferme ses chairs éparses et flasques.

Il insista :

— Jo ! Jo ! Vous ne pouvez pas me laisser comme ça… vous me devez cette putain de vérité !

Le vieillard grogna, la bouche ouverte et les yeux révulsés, comme s'il cherchait à canaliser les derniers flux d'oxygène qu'il était censé respirer dans ce monde-là.

Un filet de bave à la commissure des lèvres, il balbutia doucement:

— … allez… allez chercher l'infirmière, l'Irlandais… je crois… je crois que j'ai une putain de crise, là…

— Non ! Non, bordel ! Cette fois vous allez cracher ce que vous savez. Avant de crever comme un chien, vous allez avouer ce que vous savez. Pour que le Créateur puisse vous absoudre, vous savez bien que vous devez vous confesser…

Jo tourna péniblement la tête et observa Mac Callaugh d'un regard sans lumière. La bouche entrouverte, les lèvres sèches, il déclara d'une voix faible et chevrotante :

— … peigne-cul, va ! Je n'ai rien à confesser… le Créateur je ne l'ai jamais vu et il ne me connaît pas. Je ne crains que le diable, lui seul, lui, je l'ai vu…

— Vous ne pouvez pas partir avec ce terrible secret, Jo…

— … si, si je le peux…

— Mais vous ne le ferez pas, n'est-ce pas ?

Jo le fixait. Ses yeux papillotaient presque au même rythme que sa respiration, à la même cadence que sa poitrine qui se soulevait et s'abaissait de plus en plus vite.

— Allez chercher l'infirmière, l'Irlandais, et vous saurez…

— Vous ne m'y prendrez plus, Jo…

Le vieux soupira et ferma les yeux puis, en murmurant, il demanda :

— … pourquoi voulez-vous que je vous dise ce que vous savez déjà, hein ? Dites-moi…

— Parce que je veux des preuves… je veux être sûr de pouvoir le faire tomber, et aussi pour que vous puissiez vous soulager…

— On ne fait pas tomber le diable, Mac Callaugh, on l'évite ou on le subit mais on ne le fait pas tomber. Il est bien trop perfide et intelligent pour que vous puissiez le démasquer, le livrer à la justice pour qu'il soit jugé et condamné… soyez prudent, l'Irlandais… le diable ne peut être condamné, c'est lui qui vous condamne !

Au centre de la chapelle, la vieille dame fit encore craquer le bois de sa chaise. Les mains jointes et la tête légèrement baissée, elle continuait à psalmodier sa prière avec la conviction que le miracle de la rémission s'accomplirait pour un proche.

Patrick Mac Callaugh interrogea du regard le vieil homme puis, tout en serrant un peu plus dans sa main la grêle épaule de celui-ci, il demanda :

— Prudent ? Prudent pour quoi ? Pourquoi devrais-je être prudent, Jo ? Dites-moi voir…

Le vieillard se mit à tousser et à cracher bruyamment. Après avoir réussi à reprendre son souffle, farfouillé dans l'une de ses poches et en avoir retiré une petite clé, il répondit au romancier :

— … voici la clé de chez moi… vous vous rendrez à mon domicile, vous savez bien où j'ai passé toute ma putain de vie, non ?

— C'est quoi cette connerie…

— … vous vous rendrez dans ma chambre à l'étage, fit Jo en brassant l'air d'une main comme pour lui faire comprendre de le laisser continuer, vous ouvrirez mon armoire qui se trouve près de la fenêtre et à l'intérieur vous y trouverez une boîte de biscuits *« Sugar Cookies »*…

Mac Callaugh colla son oreille tout contre les lèvres de Jo dont la voix s'affaiblissait de plus en plus.

— … vous ouvrirez cette boîte et vous trouverez alors ce que vous cherchez…

La vieille dame se leva soudain en faisant grincer son prie-Dieu et rejoignit l'entrée. Mac Callaugh l'observa et, à l'instant même où celle-ci allait ouvrir la grande porte du sanctuaire, elle se retourna et observa à son tour l'Irlandais. Puis, d'une voix douce elle déclara presque en chuchotant :

— C'est beau. Je n'ai jamais rien vu d'autre d'aussi humain et altruiste. Accompagner cet être, l'escorter jusqu'aux portes de l'éternel devant la croix, je trouve cela d'une humanité rare… mes condoléances mon cher monsieur.

Ahuri, Mac Callaugh la regarda ouvrir la porte et disparaître dans la blanche lumière de l'extérieur. Ce n'est que lorsque la pénombre enveloppa de nouveau l'intérieur de la chapelle que l'écrivain revint à lui. Encore absorbé par les paroles de la vieille femme, il tourna lentement la tête et son regard se posa sur le visage apaisé de Jo.

Ce dernier venait de rendre les armes et de s'éteindre discrètement. La tête renversée sur le côté, les yeux ouverts, il semblait avoir atteint les portes de la mort avec pour dernière vision le christ sur sa croix, le christ sur une croix renversée…

16

Wellington, État de l'Ohio/ États-Unis, **juin 1981**

Ils débarquèrent à Wellington.

Victoria gara méthodiquement la Chevrolet devant le grand portail ouvert sur la propriété, éteignit la radio puis, après avoir lancé un sourire complice à Freddy Lawrence, coupa le moteur et ouvrit sa portière.

Au même instant, une femme d'une cinquantaine d'années apparut sur la terrasse de la maison qui se trouvait au bout du chemin boueux.

Belle, grande, de longs cheveux blonds ramenés en un chignon hérissé, encore vêtue d'une robe de nuit aux allures de chiffon sale, Eileen Sterling Fitzgerald fumait une cigarette en buvant son café. Elle portait une paire de lunettes noires aux verres démesurés.

Lorsque les deux flics arrivèrent à sa hauteur, elle eut un mouvement de recul et fronça les sourcils. Intriguée, elle s'avança prudemment et demanda :

— Bonjour, c'est pour quoi ? Vous cherchez quelqu'un ?

— Vous êtes bien Eileen Sterling Fitzgerald ? jeta froidement Victoria Fletcher en s'approchant de la terrasse.

Eileen leva les sourcils d'étonnement, décroisa les bras, jeta sa cigarette au sol et posa sa tasse de café sur la table en teck. Elle écrasa le mégot de la pointe de sa semelle et répondit :

— Mais… vous êtes qui ? Des inspecteurs du fisc ?

— Non, madame, rétorqua Freddy Lawrence, seulement des inspecteurs de police. Nous venons de Cleveland et pour l'instruction d'une enquête en cours, nous avons besoin de vous poser des questions capitales…

— Ah ouais ? Et quel genre de questions ?

— De celles dont il va falloir que vous répondiez chère madame, lança sèchement Fletcher en s'approchant de la femme au chignon, vous êtes bien Eileen Sterling Fitzgerald ?

La grande blonde acquiesça d'un signe de tête en tirant une chaise qui se trouvait près de la longue table de teck. Elle s'assit, alluma une autre cigarette et fit mine d'observer l'horizon qui se perdait aux lisières des champs agricoles, jusqu'aux limites des grands espaces de terre qui encerclaient la propriété.

— Comment vous m'avez retrouvée ? Je… vous savez, je n'ai rien fait de mal, je voulais juste échapper au fisc et disparaître aux yeux de certaines personnes, c'est tout…

Fletcher enchaîna :

— Ce sont certaines traces bancaires qui nous ont menés jusqu'à vous. Le fait d'utiliser votre nom de jeune fille vous a protégée jusque-là, vis à vis de certains services administratifs, mais il apparaît que votre nom a refait surface concernant une enquête criminelle dont nous avons la charge mon collègue et moi…

— Criminelle ? grinça-t-elle en fronçant les sourcils, mon Dieu, mais qu'est-ce que ça veut dire ?

— Contentez-vous de répondre à nos questions madame Fitzgerald, continua Victoria Fletcher, lorsque vous viviez à Cleveland, vous étiez bien propriétaire avec votre mari de la maison du lotissement *« Black Flower »* sur Woodland Avenue, près de la casse automobile ?

— C'est exact... mais...

— Votre défunt mari et vous-même avez racheté cette baraque à la veuve Mac Callaugh en 1976, c'est toujours exact ?

— C'est toujours exact... répondit la belle blonde en réajustant ses lunettes de soleil.

Freddy Lawrence l'observait. Son regard s'attardait sur ses mollets et paraissait se préoccuper de la naissance de ses cuisses douces et charnues, dont une robe de nuit un peu courte et presque transparente permettait de se délecter.

Le flic paraissait pensif, anxieux. Il ne prenait que très peu part à l'interrogatoire que Fletcher faisait subir à la grande blonde.

— Si nous résumons, enchaîna Fletcher en s'adressant à la femme avec un ton toujours aussi cassant, vous avez acheté cette baraque en 76 à madame Amy Mac Callaugh puis, malheureusement, votre mari est décédé deux ans plus tard, en 1978... c'est bien ça ?

Elle acquiesça silencieusement d'un signe de tête.

Son visage semblait de porcelaine tellement sa peau était blanche. L'on pouvait deviner sur son front et aux coins de ses yeux quelques fines ridules qui creusaient sa peau, mais le temps n'avait en rien altéré son incontestable beauté.

Elle reniflait par petits à-coups, comme si elle cherchait à comprendre la singularité olfactive qu'elle venait de déceler, à décoder ce que son cerveau venait de lui transmettre.

Intriguée, elle sembla se souvenir d'un élément mais celui-ci paraissait trop lointain, confus, perdu dans les arcanes de sa mémoire. Elle se leva alors et commença à se rapprocher des deux flics puis, un frêle sourire crayonné sur les lèvres, elle demanda presque à voix basse :

— Dites-moi, je voulais savoir ce que vous faites ici, ce que vous me voulez et quel est le rapport avec mon mari, la veuve Mac Callaugh et cette maudite baraque ?

Fletcher et Lawrence se regardèrent puis, tout en faisant quelques pas, le flic respira un grand coup et déclara :

— Cette maudite baraque, comme vous dites, a été apparemment le théâtre d'effroyables drames. Lors des récents travaux de destruction du lotissement *« Black Flower »*, des ouvriers ont rompu la dalle de votre ancienne maison et ont mis à jour un charnier humain. Plusieurs restes de cadavres ont été déterrés du vide sanitaire. D'après notre expert en médecine légale, les corps des victimes ont été enfouis voilà deux ans, peut-être trois…

— Vous êtes en train de me dire que ma maison abritait des macchabées ? Mais c'est horrible… bredouilla Eileen Fitzgerald en essayant de se rapprocher du flic.

— C'est ce que je suis exactement en train de vous dire ; d'après les autopsies pratiquées, et malgré l'importante dégradation des corps, le légiste reste formel : il s'agit de victimes de sexe masculin avec un processus de putréfaction vieux d'au moins deux ans. Je vous parle de cela car nous écartons officiellement Amy Mac Callaugh de notre liste de suspect, puisqu'elle vous a vendu la maison en 1976. Si ces meurtres ont été commis en 1979 pour la plupart, vous comprenez mieux la raison pour laquelle nous sommes ici aujourd'hui…

Eileen Fitzgerald ajusta sur son nez ses énormes lunettes et tritura son chignon. Elle s'éclaircit la voix puis explosa soudain :

— Vous êtes en train de me dire que je me retrouve sur la liste des suspects, c'est ça ? jeta-t-elle en joignant des gestes de colère à ses mots.

Victoria Fletcher se rapprocha d'Eileen et posa une main amicale sur son épaule puis, d'une voix basse, elle souffla presque dans le creux de son oreille :

— Allons, Eileen, personne n'accuse personne ici… nous voulons juste comprendre ce qui s'est passé, c'est tout. Nous comprenons que vous ayez pu fuir Cleveland, reprendre votre nom de jeune fille, ne pas vous acquitter de vos dettes fiscales, nous comprenons que le décès de votre mari ait pu vous pousser à fuir, mais nous ne comprenons pas ce que foutaient ces corps humains sous votre maison. Nous constatons juste que votre fuite peut effectivement attiser nos soupçons à votre égard…

Freddy Lawrence descendit soudain le petit escalier de la terrasse et rejoignit le chemin qui menait au véhicule, tout au bout, au bord de la route. En levant la main, il s'adressa à Fletcher sans se retourner :

— Continuez, Victoria, je retourne au véhicule chercher le dossier d'instruction…

Fletcher acquiesça d'un signe de tête et continua avec la femme aux lunettes noires :

—Il va falloir nous parler, Eileen, nous dire si ces dernières années au « Black Flower » il s'est passé certaines choses inhabituelles, je ne sais pas, des voisins suspects, des personnes étrangères au lotissement qui auraient pu rôder autour des propriétés, des disputes… il va falloir nous aider, vous comprenez ?

Alors, à l'instant même où la jeune enquêtrice allait insister sur l'importance du moindre témoignage, ses yeux se posèrent sur une chaise restée en retrait dans un coin de la terrasse. Son regard se figea. Elle ne percuta pas tout de suite mais sentit un malaise l'envahir.

Lentement, elle se retourna et observa Lawrence, au loin, qui venait d'entrer dans le véhicule.

Sur la chaise, le dossier d'instruction était posé bien à plat, ouvert sur une série de photos, une galerie de portraits qui semblaient représenter des jeunes hommes.

Fletcher s'empara des documents et revint près d'Eileen Fitzgerald.

— Eileen, voilà… nos services de recherches ainsi que les services médicaux et d'identification odontologique ont pu découvrir qui étaient les victimes. Bien sûr, les familles n'ont pas été encore prévenues, c'est pourquoi, lorsque je vous aurai montré ces photos, je vous demanderai de rester discrète et de n'en parler à personne…

Eileen Fitzgerald pencha brusquement la tête sur le côté, semblant scruter Fletcher fixement derrière le verre noir de ses lunettes, comme si cette dernière venait de s'exprimer avec stupidité…

— Les photos ? Mais je…

— Il n'y a rien de malsain… il ne s'agit que de portraits, des photos des victimes qui nous ont été fournies par les établissements scolaires que fréquentaient ces pauvres garçons…

— Mais, Sergent Fletcher, je…

— Ils étaient tous très jeunes, quinze ans pour le plus jeune, pour la plupart de race noire… regardez ces photos, insista Victoria Fletcher en lui fourrant les clichés sous le nez, ces visages vont peut-être vous rappeler quelque chose, vous avez peut-être vu traîner l'un d'eux dans votre quartier, ou être en contact avec un homme qui vous aurait semblé louche…

Eileen Fitzgerald attrapa alors le poignet du sergent Fletcher et enleva brusquement ses lunettes noires.

Le regard du flic se cristallisa. Un battement de cœur soudainement plus violent la fit déglutir et lui serra la gorge à mesure que son regard plongeait dans celui d'Eileen.

— Sergent, cela fait six ans que je suis aveugle … depuis la perte de mon nouveau-né. Cette fausse couche a changé ma vie à tout jamais…

17

Blake memoria

Il se souvenait de son parcours. Depuis le tout début.

Pouvait-il seulement appeler cela un parcours ? C'était la question qui venait de façon récurrente s'intercaler entre les images des meurtres et ce qu'il était devenu.

Le 2 et le 27 octobre 1970, à Slavic Village, l'appartement du 3760 East 65 th Street s'était encore imprégné du sang et de l'odeur des victimes de Blake.

David Clarke, 23 ans, de race noire, avait vécu ses dernières heures entre les mains du monstre de Cleveland. Après l'avoir rencontré et séduit au club 777, Blake avait attiré David au 3760, lui avait offert un verre d'alcool dans lequel il avait dilué de puissants somnifères et l'avait ensuite étranglé.

Blake avait fini par abuser sexuellement de Clarke pendant de longues heures et s'était adonné à une interminable séance de photos avec le corps de la victime.

Les clichés resteraient le triste témoignage de la cruauté infernale de Blake, mettant en scène le corps dans des positions dégradantes et révélant les actes de tortures par l'importance des blessures et des plaies apparentes.

Le monstre avait fini par démembrer David Clarke. Il en avait conservé ses testicules et son cœur, avait dévoré son foie et diverses pièces de chair.

Les restes avaient été introduits dans un baril rempli

d'acide.

Le 27 octobre, Curtis Thomson, 19 ans, de race noire également, avait rencontré la mort dans les mêmes circonstances et dans les mêmes lieux que David Clarke. À un détail près : Blake avait à cet instant-là ressenti le besoin absolu de trancher la gorge du jeune Curtis, loin de son mode opératoire qui pourtant était resté le même et se répétait à chaque meurtre.

Ces actes cruels qu'il infligeait à ses victimes lui permettaient de replonger dans ce qui avait été son enfance, son enfance solitaire et troublée.

Enfant, il aimait disséquer de petits animaux. Une fois plongé dans le monde adulte, Blake avait transposé cette passion, transféré ce désir d'examiner l'intérieur d'un corps chez l'être humain. De pulsion sexuelle, cette pulsion était devenue meurtrière.

Le plaisir de pénétrer un corps, non seulement avec le sexe mais aussi avec la vue, et ainsi jouir de cette possession ne lui avait pas suffi bien longtemps.

Lorsqu'il ramenait chez lui des marginaux tel que des sans-abris, des homosexuels juvéniles, drogués et livrés au monde de la nuit et de la rue, c'était constamment pour assouvir cet appétit sexuel, ce désir de jeunes garçons qui le dévorait. Malheureusement, cela tournait toujours au cauchemar lorsqu'il offrait un verre d'alcool à sa victime. Les puissants neuroleptiques dilués au liquide sonnaient alors le glas du pauvre garçon qui avait eu le malheur de mettre les pieds chez Blake.

Le véritable Blake ne se révélait qu'une fois sa victime décédée. Commençait alors l'ignoble processus de l'acte sexuel nécrophile avec le cadavre, pensant ainsi posséder à jamais sa victime.

Il aimait aussi mutiler les corps et explorer les différentes façons de mettre en scène les victimes, comme des jouets qu'il manipulait tout d'abord et qu'il photographiait ensuite.

Après avoir suffisamment assouvi ses pulsions, Blake se devait ensuite de faire disparaître toutes les parties du corps qui ne lui seraient d'aucune utilité. Il le démembrait donc avec un couteau de cuisine très tranchant, lentement et avec application dans sa propre baignoire.

Les troncs humains restants étaient systématiquement découpés et plongés dans un baril d'acide qui permettait, de façon très efficace, de décoller les chairs et de les dissoudre plus aisément. La plupart du temps, Blake jetait à la poubelle l'espèce de gelée immonde consécutive à ce traitement. Parfois, il gardait certains os pour la décoration et d'autres fois il les concassait, les pulvérisait pour enfin les faire disparaître dans la cuvette des toilettes.

« La première fois, je n'ai pas su quoi faire avec les restes du corps mais, une fois que j'ai commencé à le faire, c'est devenu sexuellement excitant pour moi... »

Voilà ce que déclara Blake, bien plus tard, juste avant son procès, alors que sa folie meurtrière n'avait plus aucune autre limite que les confins de l'enfer...

*

Wellington, État de l'Ohio/ États-Unis, **juin 1981.**

La chaleur plombait encore la nuit en cette fin juin. Aucun souffle d'air ne fendait les alentours de

Wellington, pas un bruit aux abords de sa campagne environnante, mis à part ce téléphone qui sonnait, quelque part, brisant le silence mortuaire qui envenimait les lieux.

Par delà la fenêtre entrouverte d'une maison, la sonnerie retentissante d'un poste téléphonique, comme un long cri dans la nuit, une plainte ou peut-être même un hurlement.

Eileen Fitzgerald sursauta. Le souffle court, elle se redressa et s'assit dans son lit, hagarde, le cerveau encore embrumé de sommeil et le crâne douloureux.

Elle se pencha légèrement sur le côté et décrocha le combiné, fébrile, encore secouée par la rudesse de son réveil.

« Eileen... » fit la voix.

Une voix rêche, basse, sourde et lointaine. Peut-être était-elle camouflée, modifiée.

— Qui est à l'appareil ?

« Tu le sais petite salope... et tu vois, il est deux heures du matin et je pense à toi, oui je pense toujours à toi... »

—... non, je ne sais pas... je ne sais pas qui vous êtes, et si vous êtes un pauvre malade je vous conseille de vous faire soigner...

« Non, Eileen, tu sais que je ne suis pas malade, je suis toujours là, je viendrai très bientôt pour en finir avec toi avant que tu ne retrouves la mémoire, bien avant que tout cela ne te dépasse et ne nous emporte tous les deux aux lisières de la folie... »

— Qui êtes-vous, putain ? Que me voulez-vous ? Je risque d'appeler la police et de signaler cet appel...

Il y eut un rire étouffé à l'autre bout de la ligne, un ricanement étrange, puis la voix qui revint, toujours aussi pondérée.

« Eileen, tu n'appelleras pas la police, tu ne feras rien, tu resteras torturée toute la nuit, à chercher qui je suis et à replonger dans ta mémoire... »

—Pour la dernière fois, qui êtes-vous ? Je vais raccrocher…

« Qui êtes-vous ? Et toi ? Qui es-tu, hein, petite traînée ? Je vais te le dire ce que tu es... tu es mon erreur de parcours et tu dois mourir !»

Eileen Fitzgerald raccrocha d'une main tremblante qu'elle ne maîtrisait plus. Son pouls venait de s'accélérer et elle ressentit une gêne dans la poitrine.

Le silence retomba sur Wellington et le téléphone resta muet.

Dans le crâne d'Eileen, un amalgame bruissant d'images et de sons se mit à cavaler, à s'extraire des casiers de sa mémoire, et la ramena lentement à une époque où le jour entrait encore dans son esprit…

18

Fort Peck Lake, État du Montana/ États-Unis,
juillet 1981.

Le vieux ne lui avait pas laissé le choix.

Un vol pénible, ennuyeux et interminable avait été là la seule option pour rejoindre les contrées du Montana.

Dix-huit heures de voyage avec deux escales et l'obligation de passer la nuit à Denver, dans le Colorado, avait rendu Patrick Mac Callaugh très irritable. Néanmoins, lorsqu'il posa son pied sur le tarmac du Glasgow International Airport, l'Irlandais eut un sourire et sentit que le vent avait tourné, que désormais ce qu'il allait découvrir au domicile du vieux Jo allait définitivement sceller sa carrière de romancier.

Il dût ensuite se rendre jusqu'à Nashua, dans le proche comté de Valley, le petit village de 270 habitants où Jo possédait son exploitation fermière, à quelques encablures du lac et des zones montagneuses.

Le temps du voyage avait été pour lui une unité de réflexion, le temps d'essayer de rassembler les maigres pièces du puzzle que le vieux lui avait fournies. Il réentendait cette phrase ultime, effrayante qu'il lui avait alors lancé en évoquant cette bête monstrueuse, ce jeune garçon qui s'adonnait à un rituel satanique : *« ... ce gosse n'avait que treize ans et, alors qu'il ricanait, il m'observait du coin de l'œil tout en essuyant sa bouche ensanglantée du revers de sa manche... »*

Mac Callaugh ferma les yeux et revit le visage cireux de Jo, sa tête penchée sur le côté et son corps mou, maigre, inanimé dans son fauteuil roulant alors qu'il venait de quitter la vie.

La pénombre glaciale de la petite chapelle avait happé le vieux Jo et, dans une dernière révérence, un dernier acte de bravoure, celui-ci avait maintenu closes les portes de sa mémoire.

Seule la clé que Jo avait remise à Mac Callaugh allait pouvoir ramener au grand jour les terribles secrets, ramener à la surface les effroyables évènements enfouis depuis plus de vingt-cinq ans…

Le pas alerte, Mac Callaugh s'engagea sur le chemin principal qui menait à la maison ; un chemin sec et caillouteux, truffé d'ornières et de touffes d'herbe sèche.

La propriété s'étalait sur une vaste étendue de terres agricoles, un infini chapelet de zones cultivables qui se fondaient dans les tons bruns, noirs et gris d'une terre grillée par un soleil d'été.

Plus loin, sur sa droite, l'Irlandais aperçut le gigantesque bâtiment qui abritait alors le bétail avec, proche de sa porte d'entrée, l'engin agricole derrière lequel s'était déroulée l'inquiétante scène que Jo lui avait décrite. La moissonneuse rouillée n'avait pas bougé depuis 1955, figée par le temps, muette et immobile dans son carcan de végétation comme un titan endormi depuis des siècles.

Un spasme secoua Mac Callaugh.

Il crut percevoir une voix, un rire d'enfant, des chuchotements peut-être…

Il savait, il connaissait l'existence de ce terrible secret qu'il pensait être une légende, un mythe, une histoire de croque-mitaine pour effrayer les gosses récalcitrants.

Mais toutes ces années de recherches, d'enquêtes, n'avaient fait que confirmer ce qu'il avait présagé jusque-là.

Il ne s'agissait pas d'un être fantasmatique, d'une créature imaginaire, non, il s'agissait bel et bien du mal… du mal incarné.

Quel détail avait bien pu le mettre sur la piste ? Quel avait été l'élément déclencheur qui l'avait forcé à croire au pire et à l'invraisemblable ?

Il ne savait plus trop. Mais il savait malgré tout qu'il touchait au but. Il savait qu'il démasquerait le monstre, le livrerait à la police et pourrait enfin écrire toute cette effroyable histoire…

*

Cleveland, État de l'Ohio/ États-Unis, **juillet 1981.**

Victoria Fletcher se remémora la main de Gary, rapide, agile comme une araignée emmaillotant une proie facile prise au piège dans sa toile fatale.

C'était comme si elle revivait cet instant. Aussi douloureusement. Elle en perçut toutes les répugnantes sensations ; le dégoût, la nausée, la fièvre et l'effroi d'avoir perdu quelque chose ce jour-là, une certaine innocence et peut-être plus.

Était-ce là l'origine de son renoncement à se livrer dans une relation amoureuse ? Était-ce la raison pour laquelle elle fuyait les hommes depuis toutes ces années ? Était-ce l'unique raison qui l'avait poussée à devenir ce qu'elle était devenue, cet officier de police déterminé, prêt à combattre le mal, le crime ?

Gary, l'ex-compagnon de sa mère, ne lui avait laissé aucune alternative. Il lui avait fallu subir.

Les attouchements répétés d'un homme à la sexualité incongrue, homosexuel, pédophile et déséquilibré, avaient fini par avoir raison d'une gamine perdue.

Quelle avait été la personnalité profonde de Gary ?

Victoria l'ignorait, elle ne le savait pas, elle ne l'avait jamais su. Elle s'était contentée de se recroqueviller, se blinder, se protéger de cette espèce de primate vulgaire et malodorant qu'on appelait l'Homme.

Elle s'était toujours protégée des dérives du sexe et de tout ce qui y avait trait.

À un moment de son existence, l'introspection s'était avérée indispensable mais elle avait préféré la thérapie que lui procurait son travail, la thérapie du flic de terrain, à celle des cabinets aseptisés de quelques médecins roublards.

Victoria avait un besoin indéniable de chaleur humaine et Freddy Lawrence en était peut-être sa source providentielle…

19

Cleveland, État de l'Ohio/ États-Unis, **juillet 1981.**

« Cette chaleur, j'vous jure ! J'ai l'impression de fondre ! Et nous ne sommes pas au bout de nos peines, Victoria, ils annoncent un mois d'août caniculaire… » lança Lawrence en ouvrant l'ensemble des fenêtres-guillotine du bureau.

Victoria Fletcher l'observait se démener comme un diable pour aérer la pièce. Elle savait que Lawrence se trouvait dans une situation inconfortable, elle savait que le flic était embarrassé par son odeur corporelle et qu'il aurait voulu s'effacer à cet instant-là. Il suait à grosses gouttes et essuyait son front du revers de sa manche, essayant de paraître le plus serein possible aux yeux de sa coéquipière en lui envoyant un sourire contrit.

Les locaux d'Ontario Street étaient exigus et la tâche n'allait pas être aisée ; un débriefing avec Victoria relevait du défi pour la fierté de Lawrence, surtout par cette chaleur !

Le capitaine Levy avait maintes et maintes fois fait remonter le dossier aux services municipaux mais, même en dépit des courbettes qu'il avait accordées au maire, rien n'y avait fait. La police de Cleveland devait continuer à se contenter de ce qu'elle possédait et être efficace ; voilà tout ce qu'on lui demandait. Ce qui était certain, c'était que la Police Homicid Unit de Cleveland n'était pas prête à quitter les trottoirs d'Ontario Street.

— Je… je voulais vous faire passer ce contact, jeta Victoria en tendant au flic un bout de papier, je pense que vous devriez consulter ce gars, c'est un très bon médecin…

Lawrence parut tomber des nues et fronça les sourcils.

— Qu'est-ce que c'est, Fletcher ?

— Eh bien… vous savez, je vous en ai parlé… c'est un endocrinologue, pour vos problèmes hormonaux…

Le flic baissa les yeux tout en remerciant silencieusement sa collègue d'un signe de tête et un clin d'œil.

Victoria Fletcher insista.

— Vous n'allez tout de même pas me dire que vous êtes gêné ? Je vous l'ai déjà dit, je comprends, nous avons tous nos soucis. Certains flics sont des putains d'alcooliques qui font la joie des romanciers, certains sont cons, d'autres sont tout simplement incompétents…

— … et d'autres sont les pires criminels qui soient, ajouta-t-il en souriant.

— … j'ai aussi mes soucis, Lawrence, moi-même je suis quelqu'un de terriblement torturé, vous n'avez pas idée… souffla Victoria, un sourire en coin.

Freddy Lawrence écarquilla de gros yeux, puis entreprit de s'asseoir toujours en observant sa coéquipière. Il passa la paume de sa main dans sa barbe naissante et lui demanda :

— Vous, Fletcher ? Cela me surprend, vous m'avez toujours paru heureuse, volontaire, souriante…

— Et pourtant, j'ai aussi mes soucis… mais ne nous écartons pas du sujet…

— Il est vrai que je ne vous ai jamais vue avec un amoureux, fit-il en riant, mais vos attentes sont peut-être ailleurs… quoi qu'il en soit, beaucoup d'hommes seraient prêts à mieux vous connaître, j'en reste persuadé…

Victoria laissa couler sur le flic un regard abattu, un long soupir en guise de réponse.

Lawrence enfonça le clou :

— Il faudrait être aveugle pour ne pas voir la femme séduisante que vous êtes, ça saute aux yeux…

— Justement, en parlant d'aveugle, dois-je vous rappeler que nous sommes ici pour faire le point sur cette affaire ?

Lawrence acquiesça. Victoria embraya :

— Pour moi, Eileen Fitzgerald n'est pas nette, elle ne nous dit pas tout et nous cache des points clés dans cette affaire…

— Qu'est-ce qui vous fait dire ça ?

— Je sais pas… une sensation, j'ai l'impression que cette femme sait des choses à propos de ces meurtres. Lorsqu'elle a commencé à évoquer la perte de son bébé, elle s'est entièrement refermée et a voulu mettre un terme à l'entretien. Lorsqu'on l'interrogeait, elle paraissait troublée, fuyante, comme si elle en savait beaucoup trop…

Lawrence se leva et colla son nez sur le carreau de la fenêtre, les yeux dans le vague. Il souleva un peu plus le cadre pour laisser entrer un filet d'air, se retourna et dit :

— Laissez tomber, Victoria, cette piste ne vaut rien. Cette bonne femme est non-voyante, seule et déprimée. Elle est probablement traumatisée par la perte de son enfant, le décès de son mari quelques années plus tard et certainement par le fait que nous lui avons appris que son ancienne baraque était un cimetière…

— Quoi ?

— J'vous dis que cette piste ne mènera nulle part… il faut que nous approfondissions l'enquête de voisinage.

La plupart des résidents de cet ancien lotissement y ont vécu de nombreuses années… ils ont certainement vu ou entendu quelque chose, eux.

Victoria n'en revenait pas.

Freddy Lawrence venait de lui couper l'herbe sous le pied. Il était responsable de cette affaire et il comptait bien en reprendre le contrôle.

— Freddy ! Vous vous trompez ! Cette bonne femme nous ment, j'en suis persuadée… grinça l'enquêtrice sur un ton glacial.

Lawrence s'approcha d'elle, observa le petit bout de papier qu'elle lui avait confié et sur lequel y était inscrit un nom vaguement asiatique, haussa les épaules et dit calmement :

— Cette femme est perturbée car la vie ne lui a pas laissé le choix, Victoria, elle a fui Cleveland car elle voulait refaire sa vie, c'est tout… non, je crois par contre qu'il faut que nous nous concentrions sur quelqu'un d'autre, un homme qu'il nous faudrait rencontrer…

— Ah bon ? Et qui donc ?

— Je crois que le fils d'Amy Mac Callaugh pourrait nous apprendre certaines choses…

— Patrick Mac Callaugh ? Quel est le rapport ?

Un bourdonnement se mêla soudain à la rumeur de la rue, pénétra par la fenêtre entrouverte puis s'amenuisa jusqu'à disparaître.

Lawrence leva les yeux et observa la traînée laiteuse qu'avait laissé l'Airbus dans son sillage.

Il souffla ensuite :

— Il a vécu dans la maison de Woodland Avenue… et s'il y a bien une personne qui peut nous livrer l'historique de la maison, du quartier, les rapports humains qui existaient entre ses parents et le voisinage… c'est lui !

20

Blake memoria/ **juillet 1981.**

Il n'avait pas mis longtemps pour maîtriser la situation.

Eileen Fitzgerald avait à peine crié, elle avait juste balancé un juron inaudible au moment où Blake avait fondu sur elle.

Il avait enfoncé toute la longueur de la lame dans son bas-ventre ; un long couteau à désosser qui avait traversé le corps de la pauvre femme.

Une quantité impressionnante de sang s'était épanchée sur le lit et avait été aussitôt absorbée par le matelas et les draps qui, déjà, semblaient étreindre le corps comme dans une dernière fresque monochrome et macabre.

Blake n'aimait pas les femmes. Elles avaient depuis toujours été responsables de toutes les désastreuses conséquences qui l'avaient mené jusqu'ici. D'ailleurs, ce *« ici »,* n'était-il pas ailleurs ? Sa mère aussi, elle, restait une des grandes responsables de sa dégringolade. En l'ayant forcé à partager son ventre avec son jumeau, elle avait inconsciemment déclenché en lui la terrible mécanique de l'instinct de survie.

Quelques neurones supplémentaires lui avaient procuré la conscience suffisante pour qu'il élimine *« l'intrus »*, pour qu'il tue l'ennemi dans l'œuf.

Mais il n'avait jamais tué de femmes. Avec elles, le

geste était trop mécanique, banal, tout paraissait insipide et dérisoire dans cet acte. Il était loin de ressentir l'émotion qui le submergeait lorsqu'il mettait un terme à l'existence d'un jeune type, un jeune noir ou un jeune asiatique encore inexpérimenté.

Lorsqu'il avait poignardé Eileen Fitzgerald, il n'avait eu aucune érection et n'avait pas ressenti ce besoin de la pénétrer, de jouir en elle ni même de la photographier. Il l'avait juste observée se vider de son sang comme une truie grasse à l'abattoir, comme une chienne qui venait de se faire tamponner par une voiture sur un bord de route.

Cela faisait plusieurs jours qu'il était sur sa piste.

Blake savait qu'Eileen le reconnaîtrait et le balancerait aux flics. Elle n'avait pas répondu à toutes les questions que lui avait posées Victoria Fletcher, ces récents jours, mais ceci avait suffit pour éveiller sa crainte d'être démasqué.

Avant de quitter la maison d'Eileen Fitzgerald, Blake avait scruté tout autour de lui pour vérifier qu'il n'avait laissé aucune traces compromettantes. Son regard s'était ensuite posé sur le corps ensanglanté de la victime et s'était arrêté sur son visage.

Il revit alors furtivement les quelques minutes qui avaient précédé son acte punitif :

— Chuuuuuuuttt ! N'aie pas peur, Eileen, je ne serai pas long, tu ne sentiras pas grand-chose…

(La main aux doigts noueux qu'il avait posée sur sa bouche n'avait laissé passer que quelques petits cris de panique étouffés.)

— Comme dans quatre-vingts pour cent des cas, les meurtres sont commis par un membre de la famille ou un individu très proche de la victime, alors tu vois, aujourd'hui, chère Eileen, tu as l'honneur de faire partie

de cette probabilité... je sais que tu me connais, je sais que tu sais qui je suis. Je sais aussi que tu finiras par leur parler du diable...

Eileen avait eu un hoquet de surprise au moment où le froid de l'acier l'avait pénétrée. Ses yeux grands ouverts ne lui avaient pas permis de voir le visage de son assassin ni même ne serait-ce que sa silhouette. Entrouverts sur les ténèbres depuis déjà des années, ils ne lui avaient pas non plus permis de faire la différence lorsque la mort l'avait arrachée à la vie le temps d'un dernier souffle.

Pour la première fois, une lueur éblouissante avait éclaté au fond de son crâne, juste à l'instant où la lame avait traversé son ventre pour perforer le colon et sectionner une artère.

Ce qui se produisit ensuite, elle n'en ressentit aucune douleur ; la mort l'avait déjà emportée...

*

Fort Peck Lake, État du Montana/ États-Unis,
juillet 1981.

La serrure craqua lorsqu'il tourna la clé.

Il pénétra ensuite lentement dans le couloir, avança prudemment dans la pénombre et buta sur un carton posé au sol. L'odeur de moisissure, mêlée à un léger retour de pisse de chat, lui apporta toute l'aversion des souvenirs qui le rongeaient.

Mac Callaugh avança encore et distingua une porte entrouverte sur la droite et, un peu plus loin, noyée dans l'obscurité, une seconde porte fermée.

Son regard glissa ensuite sur la tapisserie qui ornait

les murs du corridor ; une espèce de vieux papier jauni et illustré par une scène démentielle, une sorte de massacre ancestral et légal, un morceau choisi d'une journée de chasse à courre. Il était question de grande vénerie et de toute son armada de chevaux, de chiens, de cors de chasse et de tout son troupeau humain, massacreur de chevreuils, de cerfs, de loups et de sangliers. L'illustration de cette tapisserie révélait à elle seule toute la stupidité de l'être humain à idéaliser un rite. Toute cette saloperie sacralisée, ce goût du sang porté par la barbarie de l'Homme se déroulait à perte de vue sur les murs, se noyait jusque dans les profondeurs de la maison.

L'Irlandais se retourna alors, s'avança jusqu'à la porte d'entrée encore ouverte et marqua un temps d'arrêt sur le seuil. Il observa l'horizon et les champs alentours. Les terres agricoles, baignées par la lueur du jour qui déclinait, semblaient s'assombrir et ne former qu'un trou béant à mesure que la nuit descendait, comme si un accès direct aux enfers se trouvait là, comme si les parcelles de terre allaient s'ouvrir et déverser une lave incandescente sur le village qui s'endormait.

Il y avait à la fois comme quelque chose d'étrange et très lunaire qui se dégageait des lieux, comme si avaient été emprisonnés dans une autre dimension le murmure, la rumeur du trafic et l'effervescence de l'existence.

Au loin, un ciel bas et noir rejoignait sur la ligne d'horizon les terres sombres de Nashua.

Mac Callaugh referma la porte et replongea dans la pénombre du corridor. Il avança jusqu'à la première porte qu'il poussa, pénétra dans un vaste salon plongé dans une semi-obscurité, jeta un rapide coup d'œil à l'intérieur et ressortit de la pièce. Un peu plus loin dans le couloir, la seconde porte entrebâillée lui permit d'entrevoir une cuisine et les vestiges d'une vaisselle encore en vrac dans un évier en inox. Il aperçut une colonie de rampants qui grouillaient entre les casseroles et les assiettes ; probablement des cafards.

Il referma doucement la porte, avança encore un peu dans le vestibule et s'immobilisa face à l'escalier qui menait à l'étage. La structure en colimaçon déployait ses armatures de fer forgé jusqu'aux ténèbres qui régnaient à l'étage, s'étirant comme un scorpion noir que le temps avait figé…

*

Cleveland, État de l'Ohio/ États-Unis, **juillet 1981.**

« Comment ça, *plus dans le coin ?* » avait-il hurlé en postillonnant sur le micro de son téléphone.

À l'autre bout de la ligne, la voix s'était éteinte, ne laissant percevoir que le son d'une respiration bruyante et saccadée.

Freddy Lawrence, les jambes allongées sur son bureau, se massa le front en laissant échapper un soupir de désespoir, un long râle de dépit qui en disait long sur sa patience toute relative et la fatigue accumulée ces derniers jours.

Il laissa aller son regard dans le vague, le laissa se perdre par delà la fenêtre entrouverte, dans les lueurs de la nuit tombante qui commençait à envelopper Ontario Street.

La voix féminine, sèche, relança la machine :

— Qu'est-ce que vous lui voulez à mon fils ? Hein ? Vous savez, il est très occupé en ce moment et il…

Lawrence lui coupa odieusement la parole :

— Il n'y a rien de bien grave madame Mac Callaugh, nous voudrions juste l'entendre dans le cadre de l'affaire des corps retrouvés dans votre ancienne maison, dans le lotissement du Black Flower, sur Woodland Avenue…

— Quoi ? Vous m'avez déjà interrogée là-dessus et je vous ai déjà dit que nous avions revendu cette maison de cauchemar à Eileen…

— Je sais… madame Mac Callaugh, nous savons tout ça, nous voudrions juste entendre votre fils concernant son enfance, son adolescence tout du moins. Peut-être que, lorsque vous viviez dans le quartier de Woodland Avenue, votre fils aurait vu ou entendu quelque chose d'important, des détails qui pouvaient paraître anodins à l'époque mais qui pourraient se révéler très importants aujourd'hui…

La femme expira fort, comme pour marquer son exaspération, puis enchaîna :

— Vous savez, Patrick ne traînait pas trop dehors, c'était un petit très solitaire aussi… il avait en fait très peu d'amis. Ce gamin était obsédé par la lecture, les études. Il passait son temps à lire des romans d'Edgar Allan Poe et les poésies noires de William Blake, confiné dans sa chambre à longueur de temps…

— Mais peut-être connaissait-il d'autres gamins du quartier qui auraient, eux, vu ou entendu quelque chose, un truc qui pourrait nous mettre sur la piste…

— J'vous dis, mon gosse c'était un sauvage, il n'avait pas de copains… à part cette gamine qu'il voyait de temps à autre…

— « Cette gamine » ? Développez…

Amy Mac Callaugh sembla réfléchir. À l'autre bout de la ligne, quelques crépitements et le bourdonnement ronflant de la communication. Alors, après quelques secondes silencieuses, la voix se décida :

— C'était une petite du quartier, une fillette très malheureuse. Je crois qu'elle s'était faite abuser par le compagnon de sa mère, ou avait-elle subi des attouchements, je ne sais plus… quoi qu'il en soit, nous avons appris la nouvelle le jour où la police est venue pour embarquer le gars. Patrick était très proche de cette gamine, et il a eu le cœur brisé lorsqu'elle a quitté le lotissement….

— Vous vous souvenez de son nom ? Essayez de vous souvenir, madame Mac Callaugh…

De nouveau, un blanc sur la ligne.

— Non… j'ai beau essayer mais non, dit-elle en ricanant, je deviens trop vieille et ma mémoire se vide…

Lawrence soupira, puis observa le bureau face à lui et le siège vide.

Il avait laissé Victoria quitter son service relativement tôt, lui suggérant de se reposer. Il la trouvait trop investie dans cette affaire et lui avait proposé de lever le pied pour la soirée, et lui avait promis qu'il se chargerait de contacter la mère du romancier.

Il relança l'Irlandaise :

— Madame Mac Callaugh, où puis-je trouver votre fils ? Il va falloir que vous me communiquiez son adresse, son contact téléphonique…

— Ce n'est pas la peine, il n'est pas très loin. Il m'a rendu visite très récemment. Il est venu du Wyoming spécialement pour travailler sur son nouveau roman ; une sorte de biographie romancée sur la vie d'un vieil ermite qui aurait vécu en milieu sauvage …

— Et donc ? demanda Lawrence, impatient.

— … et donc il devrait se trouver à Brecksville, à

vingt minutes de Cleveland. Il est descendu au *Pilgrim Inn Hotel*...

— Pour son... reportage ?

— Oui... pour interroger ce vieil homme, recueillir ses mémoires. Ce n'était pas facile les premiers jours, ça le rendait triste. Ce vieillard rongé par la maladie, l'ambiance étouffante et aseptisée du centre de soins palliatifs... tout ce protocole...

Lawrence se leva alors d'un bond, manquant d'arracher le cordon du téléphone. Il se tenait droit. D'où il se trouvait, il apercevait la rue qui s'habillait lentement des couleurs nocturnes et du reflet blafard des réverbères. Il tremblait. Il sentit soudain une vague de givre qui figea ses viscères, son cœur qui tambourina fort dans sa poitrine et la sensation de perdre le contrôle.

Il interrompit Amy Mac Callaugh qui s'était lancée dans un pathétique laïus concernant l'accompagnement de fin de vie et la dignité humaine.

— Madame Mac Callaugh... vous me dites que votre fils rendait visite à un vieillard ? Dans un centre de soins palliatifs, à Brecksville ? C'est bien ça ?

La vieille femme répondit aussitôt, presque heureuse qu'un flic s'intéressât tant au talent et aux projets littéraires de son rejeton :

— Oui monsieur, un gars avec un sacré passé même, malade, en phase terminale d'un cancer. Il s'agit bien de l'unité de soins palliatifs de Brecksville, oui...

Freddy Lawrence avait raccroché avant même que son interlocutrice n'ait fini sa phrase.

Arrivé sur le trottoir, devant l'immeuble des locaux du P.H.U, Lawrence, essoufflé, grimpa dans la Chevrolet Caprice et démarra en trombe.

Il fallait qu'il en ait le cœur net. Qu'il fasse le

ménage et qu'il mette de l'ordre dans sa vie.

Il ne savait plus comment tout cela avait commencé…

Ce qu'il savait, c'était que vingt minutes le séparaient de la vérité…

21

Il lui sembla que le cauchemar n'en finissait plus de la pénétrer et de la dévorer.

En sueur, fiévreuse, Victoria Fletcher était ramassée dans le fond de son lit. Du songe érotique qui avait accompagné sa première phase de sommeil, elle était passée à une série de séquences morcelées d'images terrifiantes. Freddy Lawrence, l'éphèbe de ses fantasmes secrets, s'était soudainement mué en une sorte de monstre hideux qui exhalait une odeur de putréfaction insupportable.

Pendant que celui-ci s'activait à lui donner du plaisir, arc-bouté sur elle dans un lit démesuré qui occupait la moitié de la pièce, il lui avait avoué la perversion de ses orientations sexuelles. Ensuite, s'excusant de l'odeur qui flottait tout autour de lui, il lui avait alors conseillé de jeter un œil sous la couche de leurs ébats.

Terrifiée, Victoria s'était alors exécutée et était restée pétrifiée par la vision qui était venue imprimer sa rétine. Aucun son n'était sorti de sa bouche, aucun cri d'effroi, pendant que Freddy Lawrence s'époumonait à hurler toujours en gardant le rythme de son mouvement coïtal : « Ce n'est pas moi ! Ce n'est pas moi ! ».

Victoria s'était alors demandé si les cris de détresse du flic avaient un lien avec les cadavres qui pourrissaient sous le lit. Une multitude de macchabées étendus à perte de vue...

Le réveil fut brutal. Surtout lorsque la voix à l'autre bout du fil lui annonça qu'un meurtre sanglant avait été commis dans le comté de Lorain, à Wellington même.

Le cadavre que les flics avaient enveloppé dans un sac de polyuréthane noir se nommait Eileen Starling Fitzgerald…

*

Fort Peck Lake, État du Montana/ États-Unis,
juillet 1981.

L'escalier craqua et les pas de Mac Callaugh soulevèrent la strate de poussière qui recouvrait les marches depuis des années.

Lentement, il grimpa le colimaçon qui menait à l'étage et donnait accès aux chambres à coucher.

Son cœur battait fort. Il se remémorait les dernières paroles de Jo et pressentit le pire : *« ... vous ouvrirez cette boîte et vous trouverez alors ce que vous cherchez... »*. La phrase retentissait encore dans son crâne comme une litanie obsédante.

Au sommet de l'escalier, malgré la pénombre, il réussit à distinguer deux portes éclairées par la faible lumière qui filtrait par les interstices des volets clos.

Il régnait un silence pesant à l'intérieur de la maison, lourd comme une chape de plomb, écrasante.

Mac Callaugh pénétra dans la première chambre qui baignait dans un léger clair-obscur. Il se précipita alors sur la fenêtre, l'ouvrit, puis poussa les volets qui s'écartèrent dans un craquement sinistre.

La lueur du crépuscule pénétra la chambre et Mac

Callaugh sursauta lorsqu'il aperçut l'étagère au-dessus de la tête de lit.

Toute une ribambelle de petits animaux, et plus particulièrement des rongeurs, s'étalaient les uns à côté des autres dans un parfait état de conservation. Indéniablement, le taxidermiste avait réalisé un travail d'orfèvre. La vie semblait encore subsister dans les petites billes noires des animaux morts, comme si ceux-ci n'étaient figés que le temps d'un instant et qu'ils allaient soudainement s'animer. L'Irlandais observa les deux écureuils en grimaçant, le rat, un blaireau et un lièvre qui se faisaient face, puis distingua la couche de poussière qui les recouvrait. Dans le prolongement du mur d'autres étagères en bois, telles un mausolée, étaient garnies d'une multitude de crânes d'animaux ; d'os de pattes, de dents, incisives et canines.

Patrick Mac Callaugh frissonna. Les bois de cervidé qui pendaient du plafond en guise de lustre le stupéfièrent.

Oui, dès cet instant il en fut persuadé, il était certain de se trouver dans l'antichambre du mal, certain que *la bête* s'était amusée de ces animaux empaillés et de ces crânes de lapins.

La tête lui tourna. Il perçut comme un parfum étrange, comme si les murs se mettaient à exsuder le passé, comme si le papier peint allait s'ouvrir sur la paroi et laisser apparaître une brèche, une faille qui le conduirait chez le diable, droit aux enfers.

Il reprit conscience et sortit de la chambre. Celle de Jo était à côté, à quelques pas seulement.

Il poussa la porte qui grinça et entra dans la pièce qui sentait l'urine de chat. Il y faisait frais. Lorsqu'il entreprit d'ouvrir la fenêtre pour laisser entrer un peu d'air et de lumière, il comprit aussitôt pourquoi la fraîcheur et l'humidité avaient envahi la chambre. Le cadre en bois de la fenêtre avait joué avec le temps et s'était voilé, laissant passer l'eau, le froid et les insectes.

Il ouvrit les volets et la clarté lunaire de la nuit inonda la pièce, rasant les lames du plancher, pour révéler ainsi la couche de poussière qui les recouvraient et les empreintes de pas qu'avait laissé Mac Callaugh.

Il se retourna et jeta un œil circulaire, s'attarda sur le lit, vague forme crasseuse recouverte de haillons et de couvertures usées, puis son regard glissa ensuite dans le fond de la pièce. Là, il contempla la grande armoire de chêne, immuable et massive comme la gardienne silencieuse des secrets.

La tête lui tournait de plus belle. Une sensation de dégoût le fit frémir. Il vacilla quelques secondes, ferma les yeux, inspira profondément et les rouvrit sur l'armoire qui paraissait se muer en une silhouette terrifiante. Il lui sembla qu'elle projetait depuis son miroir le reflet d'un homme sans visage, d'un homme soudainement revenu d'un lointain passé.

Patrick Mac Callaugh avança d'un pas hésitant et se positionna devant le bahut. Il caressa la lourde porte de chêne, hésita, puis tourna la clé dans la serrure et ouvrit le panneau de bois. Une odeur de naphtaline et de renfermé l'agressa aussitôt, une odeur que le temps avait emprisonnée et transformé en une fragrance âcre.

Sur les rayonnages s'empilaient des dossiers cartonnés, des papiers, des factures. Sur la partie droite, une barre de penderie sur laquelle étaient suspendues quelques chemises et, plus haut, quelques rayons recouverts d'un tapis de mouches et d'araignées desséchées.

Mac Callaugh ouvrit alors le seul et unique tiroir qui

se trouvait fixé sous un rayon.

La boîte de biscuits était là ; une boîte ordinaire de *« Sugar Cookies »*...

*

Brecksville, État de l'Ohio/ États-Unis, **juillet 1981.**

22 heures 15.

L'horloge du hall lui renvoya le mouvement de la trotteuse comme le signal d'un compte à rebours inexorable, le début d'une course contre la montre qu'il lui fallait remporter à tout prix.

Il traversa le vaste hall de l'accueil au sol moquetté, jeta un œil sur le salon et se précipita sur le grand comptoir derrière lequel se tenait un homme à l'allure filiforme et au visage émacié. Ce dernier, surpris, lui envoya ensuite un large sourire commercial :

— Monsieur, bonsoir, bienvenue au *Pilgrim Inn Hotel*, que puis-je pour vous ?

Freddy Lawrence lui renvoya un sourire crispé et sortit maladroitement sa plaque officielle qu'il fourra sous le nez du réceptionniste.

— Je suis le lieutenant Lawrence, de la police de Cleveland. Pour les besoins d'une enquête en cours, je vous prierais de bien vouloir me dire si vous avez un client qui est descendu à votre hôtel répondant au nom de Patrick Mac Callaugh…

Le grand maigre se mit à ricaner comme si Lawrence venait de débiter une monstrueuse ineptie. Il se pencha en avant et demanda :

— Je pourrais revoir votre plaque, Lieutenant ?

— Non ! Vous l'avez vue… Je vous demande à présent de me présenter votre registre…

Le sourire du réceptionniste s'effrita aussitôt pour laisser place à une moue dubitative.

Il tourna le moniteur de l'ordinateur face à Lawrence et posa son doigt sur le verre de l'écran.

— Voilà, c'est ce nom, Patrick Mac Callaugh… il est arrivé fin juin. Vous avez lu ses bouquins ?

— Vous pensez sincèrement que j'ai que ça à foutre ? Où est-il ? Quelle chambre ?

L'autre parut surpris. Au moment où il allait répondre, Freddy Lawrence continua :

— Je suppose qu'il vous a déjà réglé le montant de son séjour ?

— Oui, effectivement, mais il m'a demandé de lui garder la chambre car il sera de retour dans deux jours…

— De retour ? Comment ça ? Il s'est absenté ?

— Exact…

— Où ça ?

L'homme au visage émacié ricana de nouveau.

— Mais enfin, monsieur, lança-t-il avec un sourire de faux-cul, comprenez bien que je ne m'intéresse pas à la vie privée des clients de l'hôtel…

Lawrence hocha la tête.

Le réceptionniste embraya :

— Vous êtes de Cleveland ?

— Pourquoi ? demanda Lawrence en lui jetant un regard noir.

— Non, comme ça, votre nom me dit quelque chose… c'est pour ça. Vous n'avez pas de famille dans le coin ?

— Dites-moi, cher monsieur, vous ne vous intéressez pas à la vie privée de vos clients mais à celle des flics du coin, oui… étrange, non ?

— Vous vous méprenez, c'est juste que…

— C'est juste que *quoi* ? Ma famille je l'ai oubliée… les seuls bribes de souvenirs que j'en conserve j'aimerais les faire disparaître…

L'homme sembla presque désolé. Il haussa les épaules et demanda :

— Bon, concrètement, que puis-je faire pour vous, Lieutenant ?

— Quel est le numéro de chambre de Mac Callaugh ?

— La 213, mais…

Lawrence tendit la paume de sa main devant lui.

— Donnez-moi le passe de sa chambre, ma mémoire vient soudainement de me rappeler que la famille c'est important…

22

Wellington, État de l'Ohio/ États-Unis, **juillet 1981.**

Quel horrible cauchemar ! Freddy Lawrence en train de la baiser au-dessus d'un tas de macchabées…

Victoria savait que son enfance lui avait laissé quelques vilaines cicatrices, des marques qui, d'aucune manière, ne s'effaceraient facilement. Les diverses thérapies qu'elle avait suivies n'avaient pas suffi à occulter cette mémoire souillée, à vaincre ce traumatisme qui la perturbait.

Si l'horreur avait un visage, se serait celui d'un homme.

Si la terreur portait un nom il s'agirait sans conteste de celui de « Gary ».

Le jeune flic en tenue lui tendit la tasse de café fumant puis lui accorda un sourire compatissant.

L'effervescence, la lumière crue des projecteurs installés partout autour de la scène de crime, les photos, les flashes qui palpitaient et se fracassaient sur les murs, le violent contraste des draps blancs souillés par ce sang encore étincelant, frais, abondant, lui procura un étrange vertige. La vision du corps exsangue, les pupilles laiteuses du cadavre, ses yeux grands ouverts, figés sur l'ouverture de la fenêtre, finirent par lui retourner le ventre et la forcer à s'asseoir.

Victoria Fletcher bâilla, se frotta les yeux et

frissonna, le crâne encore pollué des images de son atroce cauchemar.

La pièce grouillait de flics en uniforme et en civil. Les voix se faisaient fortes et le chuchotement incessant sembla lui perforer les tympans comme si un escadron de mouches s'introduisait dans ses oreilles.

Un grand type s'avança. Visage hâlé, grêlé, le type mexicain accentué par une grosse moustache brune, une coupe de cheveux indéfinissable et un accent hispanique très fort.

— Ca va aller ? C'est violent, je sais, mais en même temps ce n'est pas tous les jours qu'il se passe ce genre de connerie à Wellington…

Fletcher le dévisagea. Lentement, elle décolla ses lèvres encore scellées depuis son réveil :

— Putain, mais qu'est-ce que vous croyez ? Que je griffonne de la paperasse à longueur de journée dans mon bureau d'Ontario Street ? J'ai déjà vu des tas de cadavres, bordel ! Si vous voulez tout savoir, votre côté macho latino m'écœure bien plus que cette putain de scène de crime !

— Hey ! Je voulais pas vous faire chier, j'essayais juste d'être sympa, c'est tout. Vous êtes arrivée ici complètement hagarde, je voulais…

— Je dormais, il est vingt-trois heures... bon, si vous me disiez plutôt pourquoi je suis ici, on avancerait un peu… fit-elle, blasée.

— Vous connaissiez la victime ? dit-il en désignant du bout de l'index le corps ensanglanté sur le lit, sans même prendre la peine de se retourner.

— Pas vraiment, non, je suis venue ici la dernière fois pour prendre quelques renseignements…

— Oui, oui, nous savons tout cela Sergent, nous

savons qu'Eileen Fitzgerald était l'une des propriétaires de cette baraque où vous avez retrouvé tous ces cadavres…

Fletcher haussa les épaules.

— Et ? fit-elle en ricanant.

— Vous vous doutez bien que nous allons nous occuper de cette affaire, que la police du comté de Lorain se chargera de cet homicide… vous le savez ?

— Oui ! Putain d'merde ! Mais à quoi vous jouez, là, inspecteur machin, hein ?

— Je suis le lieutenant Henrique Ramos, pardon, je ne m'étais pas présenté…

Le légiste passa près du Mexicain et souffla quelques mots au creux de son oreille, puis s'éclipsa silencieusement. Deux gars de l'équipe du coroner enveloppèrent le corps et chargèrent celui-ci sur la civière avec des gestes lents et religieux.

— Bon, écoutez Ramos, il va falloir que nous accordions nos violons, jeta Fletcher, je sais que vous prenez en charge cette affaire, ok, pas de problèmes. Je sais aussi que vous allez enquêter au mieux, que vous et votre équipe de culs-terreux vous allez vous défoncer mais je suis quasiment certaine que le meurtre de cette pauvre femme est lié à notre affaire, qu'elle est même peut-être morte à cause de notre visite de l'autre fois… donc je ne lâcherai pas, je ne vous lâcherai pas, je veux être sur le coup…

— Les culs-terreux feront de leur mieux, Sergent Fletcher, et…

— Dites-moi plutôt ce que j'ai envie d'entendre, Ramos…

L'autre inclina la tête sur le côté, simulant l'incompréhension. Victoria insista :

— Vous savez où je veux en venir. Vous me mettez

sur le coup, je veux faire partie de l'équation, vous me faites part de tout ce que vous découvrirez au cours de cette enquête et en retour je vous mets au parfum, je vous ouvre nos dossiers concernant Eileen Fitzgerald…

Ramos la scruta intensément.

— Qui vous dit que ce meurtre est lié avec votre affaire de cadavres ? Vous voulez le fond de ma pensée, vraiment ?

— J'en ai rien à foutre du fond de votre pensée, Ramos, je vous dis que tout ça est lié… comment a-t-elle été trucidée ? demanda Victoria en observant le brancard que les gars tiraient au dehors.

— Elle a encaissé plusieurs coups de couteau dans le ventre, les organes vitaux ont été touchés et elle s'est vidée…

— Ça ne correspond pas… il y a un truc qui merde…

— Qu'est-ce qui ne correspond pas ?

Victoria observa Ramos comme si celui-ci débarquait de la lune.

— Le mode opératoire ! Cela ne correspond pas avec les méthodes utilisées par notre tueur jusque-là…

Ramos soupira longuement, s'assit près de Victoria sans la lâcher du regard et dit doucement en posant sa main sur son épaule :

— Je veux bien que nous collaborions, Sergent, mais avant cela il faut que je vous fasse une confidence. Nous vous avons prévenue cette nuit pour le meurtre d'Eileen Fitzgerald car nous voulions savoir pourquoi vous étiez venus l'interroger ici, chez elle, avec votre collègue… elle s'était confiée à un proche voisin, elle lui avait fait part de cette visite de la police de Cleveland…

— Ouais… et c'est quoi cette confidence ?

— Mes hommes ont fait un tour dans la baraque et ont visité plusieurs pièces. Dans le bureau d'Eileen ils ont trouvé une boîte, avec des lettres et des photos…

— Ouais… je vous suis, et alors ? C'est quoi cette putain d'info ?

— Certaines lettres datent de plusieurs années, des correspondances enflammées entre Eileen et son amant d'alors…

Victoria Fletcher fronça les sourcils et se leva. Elle posa son gobelet de café, approcha son visage de celui du Mexicain et souffla près de son oreille :

— Ramos… vous allez me dire que vous avez son nom ? C'est ça ? Dites-moi que vous savez de qui il s'agit…

— Nous avons beaucoup mieux, Sergent Fletcher, il apparaît sur toutes les photos qu'Eileen avait conservées…

— QUI ? hurla Fletcher, les dents serrées de rage et le regard flamboyant.

— Je suis désolé mais… il s'agit de quelqu'un que vous connaissez parfaitement…

*

Blake memoria/ **juillet 1981.**

Blake n'avait jamais pris en considération le fait qu'il puisse un jour se faire prendre, qu'une erreur puisse le mener à sa perte.

Le passé le rattrapait.

Il aurait voulu qu'à cet instant tout s'efface, que rien de tout ceci n'ait commencé mais, comme une douleur lancinante, les images et les sons venaient constamment creuser sa mémoire et il se revoyait enfant, à la ferme de son père. Il réentendait le son que produisaient les os des animaux morts lorsqu'il les jetait dans le grand seau de métal. Il se remémorait cette odeur infecte, forte, pénétrante, de l'urine et de la merde des rongeurs qui souillaient les clapiers dans l'immense grange. Il revoyait les dépouilles pestilentielles des lapins crevés, de ces bêtes à fourrure aux faciès étranges et déformés par la décomposition. Les cadavres des bestioles qui s'étendaient à perte de vue, décimés par l'épidémie et alignés le long des interminables clapiers de l'élevage paternel, inoculaient chaque fois en lui cet indicible sensation de naufrage, de perte d'identité. Invraisemblablement, le petit garçon qu'il fut avait poussé comme une plante privée de lumière, et la mort, la désolation, ainsi que la solitude, furent le terreau stérile et l'engrais acide qui avaient rongé ses racines.

Blake n'en voulait pas à son père. Blake n'en voulait pas à son oncle.

Tous ces animaux morts qu'il avait éventrés pour étudier leur contenu, pour assouvir sa curiosité et son besoin de brasser leurs entrailles pourrissantes alors qu'il n'était qu'un enfant, n'avaient été que le canal conducteur et déclencheur de ce qui allait devenir sa folie, la décrépitude de son esprit humain.

Sa sexualité désordonnée, imprécise, son goût prononcé pour les garçons dès son plus jeune âge, la frustration, le désastre du couple de ses parents, le décès de sa mère, la solitude, toute cette folie, cette souffrance, tous ces fragments douloureux de sa vie n'avaient fait que contribuer à l'aboutissement de ce qu'il était devenu.

Très tôt, ce désir infernal et animal. Ce mal qui

s'insinuait dans son bas-ventre chaque fois qu'il apercevait un jeune homme qui l'attirait, ce sexe qui se raidissait jusqu'à le faire souffrir, tout ce diabolique mécanisme qui ne l'avait jamais quitté avait fait de lui l'esclave du mal. Blake n'avait jamais su réfréner ses désirs, ses pulsions sanglantes… il ne l'avait jamais pu.

Mais voilà qu'aujourd'hui, de nouveau, il fallait qu'il tue.

Il fallait qu'il tue non pas pour son propre plaisir, mais pour sa propre survie…

23

Brecksville, État de l'Ohio/ États-Unis, **juillet 1981.**

213.

Le nombre en laiton brillait sur la surface acajou de la porte.

Freddy Lawrence introduisit le passe dans la serrure, tourna la poignée et ouvrit enfin. Il éclaira la chambre qui s'illumina d'une douche de lumière fade, une lueur poussive diffusée par les appliques murales.

Un lit. Un téléviseur. Un meuble. Une chaise. C'était tout.

Près du petit meuble, un sac à dos ainsi qu'une serviette de cuir étaient flanqués sur le sol.

Lawrence se précipita sur les objets et commença à déballer le sac de voyage. Des vêtements, des chaussures et des affaires de toilettes s'étalaient sur le lit à mesure qu'il vidait le contenu du sac.

Le flic marmonna et ouvrit ensuite fébrilement la serviette de cuir marron. Péniblement, il déboucla la sangle d'un dossier cartonné et un tas de papiers et de photos dégringola sur le lit.

Freddy Lawrence s'installa sur le lit, le dossier rouge sur les genoux. Il commença à en examiner le contenu, avide de ce que pouvaient lui apprendre les documents qu'il feuilletait.

Au bout de quelques lignes lues sur un document officiel siglé du logo de la ville de Brecksville, Lawrence sentit que son sang se figeait, se cristallisait dans toutes les veines de son corps.

Il resta bouche bée, les yeux exorbités sur les dernières lignes qu'il venait de lire. La photo qui accompagnait le document vint lui confirmer l'ampleur du désastre qu'il pressentait déjà depuis quelques heures…

*

Fort Peck Lake, État du Montana/ États-Unis,
juillet 1981.

Il tenait la boîte de *« Sugar Cookies »* entre ses mains d'une manière étrange, un peu comme si le métal de celle-ci allait soudainement se mettre à rougeoyer et lui griller la peau des mains.

Son cœur battait. Fort.

Il sentait qu'une présence maléfique se promenait dans la maison depuis les entrailles de celle-ci, depuis sa cave jusqu'au grenier envahi par la poussière et les excréments de rats, partout, dans chaque pièce obscure, dans chaque recoin. C'était comme si les murs respiraient, produisaient un souffle presque imperceptible, un murmure étrange.

Patrick Mac Callaugh ouvrit alors la boîte et analysa rapidement son contenu : des clés, deux coquillages, une patte de lapin porte-bonheur, une paire de lunettes, des papiers, des photos, une mèche de cheveux.

Il risqua une main hésitante à l'intérieur de la boîte de biscuits et caressa du bout du doigt la mèche blonde. Les cheveux étaient retenus par un fil de couleur, un fil de laine bleu. Ce n'est que lorsqu'il déplia le document qu'il recherchait que son cœur se mit à bondir dans sa poitrine, et qu'un dard glacial le transperça de part en part.

La photo noir et blanc reliée au document par un trombone lui porta le coup fatal, lui procura un prodigieux vertige qui le fit vaciller.

Il ne sut alors, à cet instant-là, réfréner le flot d'émotion qui vint le submerger et il se laissa aller, longuement, laissant fuir dans le sel de ses larmes toute la rancœur, l'amertume, s'expiant de la douleur que lui avait infligée la trahison…

*

Wellington, État de l'Ohio/ États-Unis, **juillet 1981.**

Freddy Lawrence.

Le nom avait retenti à ses oreilles de manière distendue, s'était étiré comme un chewing-gum que l'on retire de sa semelle.

Victoria Fletcher avait sursauté, surprise. Le choc avait été violent, un peu comme lorsque l'on commence à s'assoupir dans un train, la tête contre la vitre, et que soudainement une autre rame nous croise à toute vitesse et propage l'onde de choc contre la paroi de verre.

La jeune enquêtrice eut un mouvement de recul et s'éloigna de Ramos, cherchant un peu d'air. Il lui sembla que tout se rétractait autour d'elle, que l'oxygène venait à manquer et que sa respiration se faisait courte. Elle eut comme la sensation de ne pouvoir se dépêtrer de cette angoissante atmosphère dans laquelle elle glissait depuis son arrivée.

Elle déglutit péniblement et susurra :

— … vous… vous êtes certain de ce que vous avancez ? Vous êtes sûr que l'on parle de la même personne ?

— Absolument, Victoria, tout à fait certain…

Victoria Fletcher parut troublée par le soudain besoin qu'eut Ramos de l'appeler par son prénom. Elle fronça les sourcils et à l'instant même où elle voulut questionner de nouveau l'inspecteur, celui-ci hurla, les deux mains devant la bouche en porte-voix :

— Clark ! Rappliquez avec les pièces à conviction…

Un jeune homme, la trentaine encore devant lui, apparut silencieusement dans l'encadrement de la porte. Il paraissait n'avoir jamais quitté l'adolescence, avoir conservé ce visage abruti, cette apparence léthargique qu'ont les gamins en pleine crise existentielle.

Il s'avança avec une grande pochette plastique entre les mains, lâcha un sourire à Fletcher en lui accordant un signe de tête qui avait tout d'un bonjour, puis remit le sachet à Ramos.

Le latino enfila une paire de gants latex, fit un signe au jeune homme en guise de remerciement et lui demanda de les laisser seuls, Fletcher et lui.

L'enquêtrice semblait être sortie de la torpeur qu'avait provoquée la surprise. Elle se mit à rugir soudainement comme une lionne protégeant ses petits :

— Putain, Ramos ! Vous vous foutez de ma gueule ? C'est quoi ce cirque ? Vous parlez à demi-mots, vous me donnez à becqueter comme ça vous chante… vous jouez à quoi ? C'est quoi ce problème avec Freddy Lawrence ?

Ramos extirpa les photos et les lettres contenues dans la pochette plastique.

— Le problème ? Je ne sais pas si l'on peut parler de problème mais ce que je sais, c'est que votre collègue connaissait la victime et…

— Et quoi ?

— … et qu'ils ont été amants pendant quelque temps.

Victoria se figea. Elle sentit l'amertume remonter de ses viscères jusqu'à sa gorge. Elle perçut comme un souffle froid qui s'insinua sous ses vêtements et la pénétra, transperça le moindre millimètre carré de sa peau.

Le temps venait de s'interrompre et, à mesure que Ramos disposait une à une les photos sur le lit sanglant, Victoria voyait défiler des baisers, des regards tendres, des sourires qui glissaient sur la surface glacée des clichés jaunis par le temps. Victoria ne croyait plus aux fées et aux princes charmants depuis bien longtemps mais là, sur la photo, il n'y avait aucun doute possible : il s'agissait bien de Freddy Lawrence qui enlaçait Eileen Fitzgerald devant le château de la belle au bois dormant, à Disneyland…

Deuxième partie

Et la lumière fut !

24

Brecksville, État de l'Ohio/ États-Unis, **juillet 1981.**

C'était un peu comme si un bloc de titane s'était écroulé silencieusement depuis les cieux et s'était écrasé sur son crâne.

Une lumière crue lui avait traversé la cervelle, avait fendu son esprit vacillant d'un arc électrique et lui avait apporté la réponse.

Il aurait voulu croire le contraire, ne pas croire ce que sa conscience imprimait.

Le document qui brûlait les doigts de Freddy Lawrence était la preuve incontestable, indéniable, que tout ce qu'il y avait de plus noir et d'effrayant pouvait sommeiller en silence pendant des décennies, sans jamais venir perturber le cours de l'existence...

Le flic s'allongea sur le lit, respira un grand coup et ferma les yeux.

Il y avait encore et encore ces images de grands espaces qui défilaient derrière la peau fragile de ses paupières, les grands froids, le torrent bruyant qui se déployait à perte de vue et, au loin, les immenses et inaccessibles sommets enneigés de la grande chaîne montagneuse.

Il posa le précieux document sur sa poitrine et se laissa emporter encore un peu plus par les remous de ses souvenirs, laissa palpiter les images de ce qui avait été le désastre de son enfance, l'échec de ce qui allait devenir sa future existence.

Il plongea encore plus profondément en se laissant envahir par sa mémoire.

Le choc. Le vieux cerf éventré, fendu en deux comme un abricot mûr oscillait encore sur la monstrueuse esse d'acier.

Les entrailles fumantes, quelque part dans un coin de la grange, le sang répandu sous la bête ouverte comme une bouche édentée, l'odeur cuivrée des fluides de l'animal, l'odeur sauvage, la forêt, la nuit qui enveloppait tous les soirs les grandes plaines le ramenèrent soudain au présent.

Freddy Lawrence sursauta et ouvrit les paupières.

D'une main tremblante, il s'empara du papier qui reposait sur son torse et observa une dernière fois la signature au bas du document.

Il n'y avait plus aucun doute. La signature était bien celle de son père et y avait été déposée presque quarante ans plus tôt. Elle attestait formellement que l'homme reconnaissait la paternité de l'enfant né à la date indiquée.

Un enfant. Un nom.

Freddy Lawrence connaissait ce nom.

Freddy Lawrence connaissait l'homme qui fut cet enfant et il devait impérativement le retrouver. Coûte que coûte…

*

Fort Peck Lake, État du Montana/ États-Unis,
juillet 1981.

« Bordel de nom-de-Dieu ! » avait aussitôt pensé Mac Callaugh.

Il tenait entre ses doigts une mèche de cheveux de son demi-frère. Ce demi-frère qu'il n'avait jamais connu.

La photo noir et blanc qu'il tenait de l'autre main le représentait dans un landau double, aux côtés d'un autre enfant moins chétif que lui, langé et habillé d'une grenouillère blanche.

À mesure qu'il observait la photo, sa respiration se faisait irrégulière, son cœur battait fort. C'était comme si l'émotion s'employait à le faire mourir à petit feu, comme si ce qu'il venait de découvrir ne devait jamais franchir les frontières de sa propre conscience.

Le vieux Jo lui avait bien parlé du diable. Ce n'était pas ce qui le faisait frissonner.

Ce qui l'effrayait c'était de voir cet enfant âgé d'à peine un an sur cette photo, à ses côtés, qui souriait étrangement en observant fixement l'objectif ; c'était aussi de prendre conscience qu'à cet instant précis le mal n'avait pas encore gangrené l'esprit du jeune enfant, que ce dernier était encore pur et innocent, blanc et vierge de tous crimes et horreurs.

Ce qui terrorisait surtout Patrick Mac Callaugh, avant même de faire la somme des victimes qui avaient croisé le chemin du monstre, c'était de savoir qu'il était lui-même le frère du diable…

*

Cleveland, État de l'Ohio/ États-Unis, **juillet 1981.**

À neuf heures pétantes elle déboula dans le hall du P.H.U. À l'extérieur, Ontario Street semblait déjà bouillonner, vibrer de ses hordes d'humains qui palpitaient au rythme des heures, irrémédiablement conditionnés pour un quotidien désormais routinier, happés par le labeur nourricier.

Victoria Fletcher n'avait quasiment pas dormi depuis son ignoble réveil. Elle avait encore en tête l'épouvantable cauchemar qui l'avait mise en scène avec Freddy Lawrence, nue, se faisant prendre sauvagement sur un tapis de morts. Elle avait encore en rémanence, fraîchement tatouée au creux de son esprit, la scène sanglante du corps livide d'Eileen Fitzgerald sur son lit, les révélations de Ramos et les photos qui avaient défilé devant ses yeux comme un train fou.

Qui étaient ces étranges médecins dont lui avait parlé Yaakov Levy, lors de son appel téléphonique ?

Elle évita l'ascenseur, envoya quelques sourires à ses collègues qui traînaient dans les couloirs comme des fantômes égarés, grimpa quatre à quatre les marches du grand escalier en granit sombre et se retrouva au premier étage. Elle longea le grand corridor, passa devant son bureau, puis s'arrêta deux portes plus loin.

Fletcher lorgna la plaque en laiton : *« Capitaine Yaakov Levy »*. Elle frappa brièvement deux coups.

Une voix. Un ordre.

Elle entra.

Sa surprise fut de taille lorsqu'elle pénétra dans le bureau de son supérieur.

Le café était servi et une délicieuse odeur de beignets flottait dans la pièce.

Deux hommes se tenaient également attablés, visiblement satisfaits de voir enfin apparaître celle qu'ils attendaient tous. Ils portaient tous les deux un costume sombre, étaient âgés d'environ une soixantaine d'années et avaient le teint pâle, presque gris.

Levy lui présenta une chaise.

— Installez-vous, Sergent Fletcher. Je vous ai convoquée d'urgence car j'avoue avoir été surpris par la teneur de vos propos d'hier soir et ces messieurs…

— Capitaine, l'interrompit-elle, je ne sais pas ce que ça vaut… mais ce flic de Wellington m'a effectivement montré ces putains de photos…

Les deux hommes attablés se retournèrent et scrutèrent Fletcher, ébahis. Elle se retourna et leur donna une molle poignée de main.

— Je suis désolée, messieurs, veuillez excuser mon langage peu châtié mais je suis un peu secouée, là, je suis le sergent Fletcher…

— Nous savons qui vous êtes, mademoiselle Fletcher, claironna le plus âgé, c'est vous que nous sommes venus voir…

— Moi ? Mais… fit-elle en écarquillant les yeux.

Levy s'approcha et souffla près de son oreille :

— J'ai voulu vous prévenir mais je n'en ai pas eu le temps. Ces messieurs sont médecins, enfin, le plus jeune est psychiatre, l'autre est généraliste…

— Putain ! Patron ! J'comprends rien, là… vous êtes conscient de la gravité de la situation ou quoi ? Freddy Lawrence connaissait la victime de Wellington, il était son amant ! Lawrence baisait Eileen Fitzgerald et il a juste omis de nous faire savoir ce détail, bordel ! fit-elle tout en grimpant dans les tours.

Les deux médecins semblèrent s'impatienter. Yaakov Levy leur envoya un signe de la main comme pour leur faire comprendre qu'il réglait un dernier détail.

— Fletcher, Lawrence n'a pas donné signe de vie depuis avant-hier soir, si vous lui connaissez des problèmes il faut me le faire savoir…

— Je vous dis qu'il nous a caché le fait qu'il connaissait le témoin principal de notre affaire ! Ça vous suffit pas, ça ? Eileen était non-voyante, elle ne pouvait pas le reconnaître lorsque nous l'avons interrogée… Lawrence se trouve mêlé à une sale affaire à mon avis, il a des problèmes, j'en suis convaincue…

Levy acquiesça en fermant les yeux et en hochant la tête.

— Victoria, nous verrons cela plus tard… ces messieurs voudraient que l'on s'entretienne avec eux…

— Qui sont ces cols blancs ? pesta-t-elle en regardant dédaigneusement les deux hommes.

— Je vous l'ai dit, des médecins…

— Mais…

Le plus âgé des deux hommes se leva alors et s'approcha de la jeune enquêtrice.

— Mademoiselle Fletcher, je suis le docteur Oldmann… vous ne vous souvenez probablement plus de moi, vous étiez gamine…

Victoria parut tout d'abord surprise puis, en haussant les épaules, elle éclata d'un rire franc.

— Mais enfin, à quoi ça rime tout ça ? Hein ? fit-elle en se retournant et en faisant face à son supérieur.

Le médecin continua :

— Victoria… j'ai très bien connu Anna…

— Ma mère ? Vous avez connu ma mère ? rétorqua-t-elle, intriguée.

— J'ai connu cette femme courageuse, oui, et…

Il laissa s'installer un silence succinct et l'homme à ses côtés se racla la gorge.

— J'ai très bien connu Gary, aussi… je…

— Ne venez pas me parler de cet enfoiré de merde ! Je sais qu'il croupit encore en prison et qu'il est très bien où il se trouve. Ne venez pas rouvrir de vieilles blessures, Docteur… on devrait couper les couilles de tous ces violeurs de gosses !

Victoria tira une chaise et s'installa face aux deux hommes. Elle posa ses coudes sur la table et posa ses mains sous sa mâchoire, comme pour soutenir sa tête qui lui semblait être devenue trop lourde.

— Je vous écoute, Docteur Oldmann… mais faites vite, j'ai du travail…

Le capitaine Levy récupéra un dossier sur le coin de la table et s'éclipsa. Il referma silencieusement la porte et Oldmann embraya aussitôt :

— Je vous présente le docteur Barney, fit-il en désignant l'homme aux cheveux mi-longs et grisonnants qui demeurait silencieux. Vous ne vous souvenez pas non plus de lui mais lui, il vous connaît Victoria, c'est lui qui a établi le rapport médical vous concernant, ce *« fameux »* jour…

— Ce *« fameux »* jour ? Vous n'avez pas un autre adjectif pour décrire ce putain de jour ? Vous croyez vraiment que ma mémoire me renvoie au souvenir d'un jour heureux avec ce qui s'est passé ?

Le médecin resta bouche bée.

— Désolé, Victoria, je ne voulais pas vous blesser. Le docteur Barney vous a donc auscultée après le drame, à l'époque, et il a ensuite établi le rapport prouvant avec quelle barbarie vous avez été violée. Les enquêteurs de l'époque ont pu établir le lien avec Gary et ordonner une demande d'analyse sanguine. Les prélèvements de fluides, tel que le liquide séminal que nous avons retrouvé en vous, appartenaient bien au compagnon de votre mère, il s'agissait bien de son groupe sanguin…

— C'est une blague ? Vous êtes venus ici pour me

détruire ? C'est quoi le but de votre manœuvre ?

Le docteur Barney, jusqu'ici resté silencieux, prit enfin la parole :

— Sergent Fletcher, vous nous voyez désolés de rouvrir ces cicatrices mais nous avons été forcés de briser le secret médical. Une commission d'enquête anonyme nous a sommés de rassembler tous les dossiers concernant les victimes de pédophilie, de maltraitances et de viols que nous avons pu traiter au cours de notre carrière. Toujours selon cette commission secrète, il se pourrait que parmi ces affaires de viols, certaines victimes puissent être, de près ou de loin, liées à votre affaire en cours ; cette histoire de macchabées retrouvés dans le parc national de Cuyahoga Valley et sous cette propriété de Woodland Avenue…

— Et alors ? fit Fletcher, laconiquement.

— Tous ces cadavres, ces jeunes adolescents, toutes ces victimes avaient un point commun…

— Lequel ? Allez-y ! éructa le flic.

— Tous avaient une orientation sexuelle particulière et perverse… la plupart d'entre eux étaient homosexuels, aimaient les rapports charnels violents ou ambigus…

— Je comprends toujours pas…

— La commission d'enquête pense que les meurtres ont pu être commis par une victime de cette époque, probablement à cause d'un déséquilibre psychologique, un désordre de l'affect dû au traumatisme subi par le viol, termina le docteur Oldmann en coupant la parole à son confrère.

Victoria Fletcher se figea soudain. Elle fronça ses sourcils et se pencha un peu plus, approchant son visage de celui du médecin.

Il lui sembla que le thérapeute n'osait plus bouger,

ne plus dire un seul mot, comme s'il redoutait ce qui allait suivre et qu'il se préparait à absorber la foudre qui allait s'abattre sur son crâne.

— Docteur… balbutia Victoria Fletcher, ne me dites pas que…

Le psychiatre baissa les yeux et continua :

— C'est moi qui vous ai suivie pendant des années, Victoria, vous étiez psychologiquement instable, en proie à des troubles obsessionnels du comportement ; la peur d'être constamment souillée, sale, contaminée, vous a poursuivie pendant des années, Victoria. Vous ruminiez, vous frôliez chaque fois la dépression sans jamais vraiment y plonger. La rumination est un symptôme de cet état psychologique, et vous l'avez porté très longtemps. Les ruminations les plus courantes sont la peur d'aller en prison, d'être homosexuel ou de ne plus l'être, d'être polygame, d'avoir des relations sexuelles étranges, de ne plus aimer quelqu'un, d'être pédophile, d'agresser physiquement un individu. Cet état psychique se caractérise également par des questionnements métaphysiques permanents : par exemple sur la mort, la mémoire, la paternité ou la maternité…

— Docteur… vous me faites peur, là…

— Votre état psychique a muté, Victoria, il est devenu la résultante de votre désastreuse adolescence…

— Qu'est-ce qui se passe, Docteur Oldmann ?

Les deux médecins se regardèrent silencieusement.

Fletcher les observa, effrayée, prête à plonger.

— Nous pensons que votre état mental a basculé, Victoria, il va falloir que vous suiviez un traitement…

— Quoi ? C'est quoi ? Qu'est-ce que j'ai ? Expliquez-moi… grinça-t-elle, affolée.

Le médecin nota que le visage de la jeune enquêtrice

avait blêmi et que ses mains tremblaient.

D'une voix douce il souffla alors la réponse qui fit plonger définitivement Victoria Fletcher :

— Nous pensons que vous êtes atteinte d'une forme de schizophrénie très avancée…

Elle ne rêvait pas. Le thérapeute venait de lui signifier que la commission d'enquête anonyme envisageait sa culpabilité dans l'affaire des meurtres de Cuyahoga Valley et de Woodland Avenue…

25

Blake memorial **avril 1978.**

C'était peu après qu'il eut découvert que le contact de la chair féminine le ravissait aussi ; pas avec la même intensité que lui procurait la présence de jeunes garçons, certes, mais il avait compris qu'il pouvait aussi, avec les femmes, exercer un certain pouvoir de domination suprême.

En quête d'un endroit isolé où il aurait pu se débarrasser du corps débité du jeune Matthew, Blake avait roulé sans un seul arrêt depuis le centre de Cleveland. La radio avait diffusé le tapageur *« I cant' get no »*, et Blake avait dansé en rythme derrière son volant en chantant à tue-tête :

When I'm drivin' in my car
And that man comes on the radio
I can't get no, oh no no no

Le paysage du parc national de Cuyahoga Valley lui était revenu en mémoire, cette vaste étendue forestière qui lui avait déjà servi par le passé. Il y avait enseveli quelques barils remplis de ses jeunes proies.

Sièges rabattus, les gros sacs poubelle occupaient l'arrière de la Mercury Comet qui filait sur l'Highway…

Cela s'était déroulé la veille au soir, après une

soirée agrémentée de drogues diverses et d'alcool.

Le jeune garçon avait refusé ses avances. Il avait simplement accepté de poser nu pour la séance photo, en échange d'une poignée de dollars que Blake lui avait fourré sous le nez à la sortie du club.

Lorsqu'il avait déboulé sur Fullerton Avenue en faisant crisser les pneus de la Mercury Comet, Blake avait ressenti une joie immense, une excitation hors-norme, un sentiment qu'il n'avait découvert que ce soir-là. Il avait senti son sexe enfler et durcir, et dans sa poitrine, son cœur qui battait très fort chaque fois que le jeune Matthew parlait de sa voix éraillée par l'alcool, tout en ricanant naïvement.

Le sort du jeune gars s'était scellé dès lors qu'ils eurent pénétré Slavic Village, le quartier où résidait Blake, au 3760.

Dans l'appartement, ce dernier avait allumé plusieurs bougies et fait brûler de l'encens. Il avait proposé un verre de rhum à Matthew dans lequel il avait dilué une forte dose de Sécobarbital, avait patiemment attendu que le sédatif fasse son effet et avait ensuite commencé à déshabiller le jeune homme.

Après de lascives caresses échangées et quelques photos tirées à la hâte, Blake avait tenté une pénétration et Matthew, visiblement mal à l'aise par les effets du barbiturique, s'était retourné pour griffer le visage de celui qui l'avait étrangement fasciné quelques heures plus tôt.

Choc. Heurt sourd du crâne qui percute violemment le mur. Gémissement de douleur réprimé, à peine balbutié.

Blake avait cogné une seconde fois contre le mur la tête du pauvre garçon. Une petite tâche de sang était venue étoiler l'impact sur la tapisserie. Il avait ensuite passé ses mains autour de son cou et avait serré, fort, jusqu'à ce que le regard de Matthew se fige et que son corps d'éphèbe s'immobilise complètement.

Le bourreau du jeune garçon s'était alors amusé à photographier Matthew dans de bien étranges postures, des poses tout à fait dégradantes et insoutenables.

Blake avait ri. Beaucoup.

Il s'était adonné à d'inavouables pratiques sexuelles sur le corps.

Il avait ensuite débité les membres à l'aide d'une scie électrique, tranché la tête –qu'il s'était empressé de déposer dans son frigidaire avec un morceau de cuisse–, puis avait enveloppé le tronc et les restes dans des sacs poubelle.

« Je goûterai un steak demain, juste avant de me débarrasser de toute cette merde... » avait-il pensé en rinçant simplement la baignoire constellée de chair et de sang.

… La Mercury Comet filait toujours comme un corbillard concédant à son occupant son dernier voyage sans retour. La déchetterie qui bordait Sweenay Avenue allait lui permettre de se débarrasser facilement du corps.

À plusieurs reprises, Blake avait songé à se séparer de son véhicule. Il avait trop tourné avec celui-ci, trop arpenté les zones fréquentées de Cleveland. Il avait toujours su qu'il finirait tôt ou tard par se faire interroger par la police, qu'il devrait justifier pourquoi son véhicule s'était trouvé chaque fois sur les lieux d'une disparition.

Il avait roulé dans le petit matin qui se levait. Dans son dos, l'horizon qui se perdait sur la surface du lac Érié jusqu'aux confins du Canada. À l'Ouest, la Pennsylvanie, berceau de nombre peuplades amérindiennes. Tout cet univers se réveillait et s'extirpait lentement de sa torpeur, se noyait dans la douce lumière ambrée de l'aube qui arrosait l'Ohio.

C'est au moment où il s'était remémoré les emplacements qui marquaient les tombes des cadavres ensevelis, perdu dans les vastes étendus du parc de Cuyahoga Valley, que la maison qu'il avait croisée sur sa droite en traversant Woodland Avenue lui avait électrisé la conscience. Blake avait eut un choc ce 21 avril 1978.

Il avait levé le pied de l'accélérateur et s'était serré sur la droite. Il avait ensuite scruté l'avenue dans le rétroviseur, laissé passer un énorme Truck aux chromes rutilants puis avait brusquement ouvert sa portière.

Des odeurs de bitume et de gaz d'échappement étaient remontés du sol. Les effluves de goudron et de carburant avaient ouvert une porte dans son esprit ; laissant surgir une partie de son enfance, un pan de sa mémoire qu'il avait toujours cru écroulé depuis bien longtemps.

C'est à l'instant précis où les images s'étaient imprimées dans son crâne, au moment même où il s'était revu enfant, tenant la main à sa mère qui se dirigeait vers la grande maison blanche, que le véhicule sérigraphié aux armes de la police de Cleveland s'était garé juste derrière lui en faisant tournoyer le gyrophare. Les deux tons stridents de la sirène l'avaient ramené à la réalité…

*

Denver, état du Colorado/ États-Unis, **juillet 1981.**

Freddy Lawrence devait désormais en finir avec tout ça. Il devait aller jusqu'au bout pour pouvoir exorciser cette armée de démons qui le rongeait, ces traumatismes qui peu à peu le rapprochaient du gouffre de la folie.

En transit à Denver, il s'apprêtait à passer la nuit dans un hôtel proche de l'aéroport et, tôt le lendemain matin, il décollerait pour Glasgow, dans le Montana.

Les documents du dossier contenu dans le sac à dos lui avaient permis d'en savoir un peu plus sur l'individu qu'il se préparait à traquer et, lui sembla-t-il, lui confirmèrent que la chasse n'allait point être aisée, loin s'en faut.

Il ne savait rien du degré de dangerosité de l'homme. Il ne connaissait ni ses motivations ni le but de sa mission.

C'est aussi pour cette raison qu'il avait préféré disparaître, ne laisser aucune information concernant sa traque, faire cavalier seul. La police de Cleveland considérerait probablement comme *« inquiétante »* sa disparition au bout de quelques jours, lorsque Victoria Fletcher commencerait à s'alarmer et à mettre en branle le lourd mécanisme de la recherche des personnes disparues.

Cela lui laissait un peu de temps.

Malgré ce sentiment de nager dans l'irréel et de perdre pied, la reconnaissance de paternité signée de la main même de son paternel, qu'il avait trouvée au fond du sac à dos de Mac Callaugh, prouvait bien que les événements qui s'étaient déroulés presque quarante ans plus tôt avaient inévitablement déclenché un processus terrifiant.

Il ne savait encore pas comment il allait bien pouvoir brûler le grand livre de son passé, comment est-ce qu'il allait bien pouvoir éteindre le grand incendie qui embrasait son cœur.

En revanche, ce dont Freddy Lawrence était certain, c'était que Patrick Mac Callaugh s'était rendu au centre de soins palliatifs de Brecksville et ce, à plusieurs reprises depuis quelques semaines…

*

Blake memoria/ **avril 1978.**

Le flic était descendu de son véhicule et s'était dangereusement rapproché de la Mercury Comet.

Dès cet instant, Blake avait envisagé plusieurs possibilités : la première, qui devait certainement être celle qui le mènerait à sa perte, aurait été de tuer ce flic qui était venu patrouiller dans le secteur et croiser sa route par hasard. La seconde aurait été de garder un calme froid, se présenter le plus détendu possible devant le policier en se disant que la chance ferait le reste. La troisième ; remonter dans son véhicule et fuir mais, le sourire aux lèvres, Blake avait abandonné cette idée lorsqu'il avait entrevu dans sa pensée l'armada de flics à ses trousses.

L'option numéro 2 l'avait emporté.

Blake avait trouvé l'agent mignon et jeune, presque bandant. Mais l'uniforme avait eu pour effet de calmer ses ardeurs.

Après un dernier coup d'œil jeté sur la banquette arrière de sa voiture, Blake avait comparé les sacs poubelle à des enseignes lumineuses palpitantes, des flashes marquant d'un reflet coloré l'emplacement de la scène de crime.

— Bonjour Monsieur, mettez vos mains bien en évidence et présentez-moi les documents correspondants à votre véhicule ainsi que votre licence de conduite… avait soufflé l'homme en retirant sa paire de lunettes.

Blake s'était fendu d'un sourire. Il s'était souvenu du couteau de chasse au manche en bois de cerf, dans la boîte à gants.

— Je les récupère monsieur l'agent, laissez-moi un moment…

Il avait alors ressenti un bourdonnement au creux de son crâne, un étrange malaise, la sensation que le pire émergeait lentement.

Un énorme poids lourd fendit soudain le tracé de la route et fracassa le silence, laissant dans son sillage des relents de gasoil et de poussière.

Le flic avait alors réajusté sa ceinture et avait scruté l'horizon, détaillant d'une main portée en visière devant ses yeux, le mastodonte de ferraille qui s'éloignait sur l'horizon dans un grincement de fin du monde.

Blake en avait profité pour contourner son véhicule, passer côté passager et ouvrir la boîte à gants. Il avait effleuré du bout des doigts le manche du long couteau, avait serré les dents et s'était finalement emparé du portefeuille qui contenait les documents. Il avait ensuite refermé le petit rangement.

— Vous êtes chasseur ? avait lancé le flic d'une voix claire.

Blake avait été surpris et avait sursauté. Le flic s'était placé juste derrière lui le temps qu'il prenne ses papiers et avait épié ses gestes.

— Oh ! De temps à autre, oui… il m'arrive de chasser lorsque je retourne sur la terre de mes aïeux…

— Où ça ?

Blake avait éludé en ricanant, puis avait continué en effaçant son sourire :

— Je chasse la plume mais aussi le poil, l'automne surtout… avait-t-il lancé en tendant au flic les documents du véhicule.

— Du gros gibier ? avait demandé le policier en ouvrant le portefeuille de Blake.

— Oui, plutôt…

Le flic s'était approché encore plus près de la Mercury Comet et avait minutieusement observé l'intérieur.

— C'est quoi ces gros sacs poubelle sur la banquette arrière ?

Le cœur de Blake s'était alors mis à taper très fort dans sa poitrine. L'afflux sanguin à ses tempes lui faisait mal. Très mal…

— Ce sont des ordures, des détritus que je devais déposer aux poubelles comme c'était sur mon chemin, mais j'ai oublié et j'étais déjà sorti de mon quartier… alors je file à la déchetterie municipale…

La radio avait soudainement crépité juste derrière eux, dans l'habitacle de la voiture du flic. Il était question d'un braquage, d'une prise d'otages et d'un homme abattu par balle.

Le policier avait rendu à Blake ses papiers, rechaussé ses lunettes et avait salué ce dernier en se précipitant dans son véhicule. Il avait démarré en bougonnant et avait fait crisser les pneus sur le gravier du bitume.

En passant près de Blake le flic avait ouvert le carreau de sa fenêtre et lui avait lancé en ricanant :

— Bon, ben… je vous souhaite de bonnes prises pour la suite. Le gibier se fait rare par ici… faites une bonne saison de chasse !

— Je n'y manquerai pas, promis… merci encore.

Les paupières de Blake s'étaient mises à papilloter.

Son souffle s'était régulé. Il avait pris une grande inspiration et avait fermé les yeux en laissant place aux images : la rémanence claire d'une grande étendue de glace, d'un cerf traqué aux lisières d'une forêt sombre et impénétrable, sous un ciel aussi noir qu'un gouffre abyssal…

26

Cleveland, État de l'Ohio/ États-Unis, **août 1981.**

Elle n'en revenait pas. Pour elle, il s'agissait d'un vrai choc.

Après avoir absorbé le contrecoup de la révélation de sa maladie par les vieux toubibs, Victoria Fletcher avait eu besoin d'un peu de recul.

Le capitaine Levy lui avait octroyé quelques jours de congés afin qu'elle puisse se remettre et, surtout, qu'elle puisse se préparer psychologiquement à la probable éviction de son poste.

Les troubles médicaux évoqués par le docteur Oldmann ne permettaient plus au sergent Fletcher de posséder armes et plaque au contact de la population civile.

Un poste administratif restait envisageable, une place de gratte-papier perdue dans les bureaux asphyxiants du central…

Victoria était allongée sur son canapé et laissait se perdre son regard par-delà la baie vitrée, bien au-dessus des tours gigantesques qui s'élevaient dans la ville comme des phares de verre et d'acier, longilignes et imprenables.

Elle laissa lentement glisser son esprit dans une douce léthargie en prenant conscience qu'elle avait besoin de repos. Ces derniers jours avaient été pour elle très éprouvants. La claque qu'elle avait reçue en apprenant que son coéquipier sautait Eileen Fitzgerald l'avait quelque peu balancée dans les cordes, secouée, lui avait confirmé ce côté *« cannibale »* présent chez la plupart des hommes. L'attirance de la chair, le goût de la peau. Oui, décidément, les hommes ne cesseraient de lui apparaître comme un vulgaire concept phallique, une représentation malsaine du genre humain, presque une erreur de la nature. À son sens, tous les hommes portaient le visage de Gary. Cette crapule qui l'avait marquée au fer rouge et l'avait rendue cinglée, ce fumier qui avait défloré son innocence était le responsable de sa chute, de ce qu'elle était devenue et de ce qu'elle allait devenir.

Voilà trois jours que Freddy Lawrence n'avait donné signe de vie.

Une note de service avait fait le tour des locaux d'Ontario Street et un avis de recherche avait été diffusé au sein de la police de Cleveland. Le capitaine Levy ainsi que le commandant de la division criminelle avaient jugé que la disparition du lieutenant Lawrence était due à l'affaire de Wellington. Les pièces à conviction retrouvées sur les lieux même du crime ne laissaient aucun doute possible : le superflic de leur service, le meilleur élément du P.H.U de Cleveland avait eu une relation intime voilà quelques années avec la victime. Il était donc, jusqu'à preuve du contraire, lié au meurtre d'Eileen Fitzgerald.

Il était 18h00.

Ramos, le flic de Wellington, avait insisté pour lui rendre visite. Selon lui, Eileen Fitzgerald détenait la clé de toute l'affaire et c'était pour cette raison que le meurtrier s'était empressé de l'éliminer.

La visite de la police de Cleveland à son domicile n'avait fait qu'envenimer la situation, accélérer le processus.

Ce qui sidérait Fletcher, c'était que son coéquipier ne l'avait pas informée de son ancienne relation avec Eileen Fitzgerald. Freddy Lawrence savait qu'elle était atteinte de cécité et qu'elle ne le reconnaîtrait pas, et qu'avec les années elle ne se souviendrait même plus du timbre de sa voix.

Pourquoi ces mystères ? Quel était le lien avec l'ancienne baraque de Woodland Avenue ?

Le regard dans le vague, perdue dans ses pensées, Victoria sursauta au moment où retentit la sonnerie de l'interphone.

Elle se leva, enfila son jean et se dirigea vers la porte d'entrée en traînant les pieds. Elle décrocha le combiné et répondit d'une voix engourdie :

— Ouais ?

Une voix éraillée à l'autre bout, essoufflée.

Victoria appuya sur le bouton d'ouverture en soufflant :

— 22ème étage, troisième droite. La porte sera ouverte…

*

Blake memoria/ **avril 1978.**

« Faites une bonne saison de chasse… »

Ce jeune glandeur en uniforme ne croyait pas si bien dire.

Blake avait regardé s'éloigner le véhicule sur l'horizon en plissant les yeux, la cervelle incendiée par la puissante stridulation de la sirène.

Il s'était demandé à cet instant-là ce qui lui permettait d'avoir autant de chance. Il avait craint pour son identité mais le peigne-cul avait préféré se précipiter au casse-pipe, sur le théâtre des opérations d'un braquage en cours.

Après avoir repris ses esprits, il avait tourné la tête et avait observé les sacs poubelle sur la banquette arrière de la Mercury, immobiles, froids et souillés du sang de son amant éphémère. Il avait eu un frisson, un spasme de délectation rien qu'à l'idée de se savoir en possession d'un morceau de son anatomie dans le frigidaire, de ces photos indécentes qui allaient lui permettre de pouvoir prolonger ce plaisir morbide à l'infini.

Blake s'était projeté au seuil de cette extrême jouissance.

Il avait considéré les ballots de polyuréthane comme autant de présents enrubannés sous le sapin, à Noël, comme autant de pochettes surprises que l'on ouvrait avec le regard et le sourire des gamins fébriles.

Il s'était juré que ce cadeau-là serait l'ultime. Mais il avait toujours eu l'intime conviction que seule sa propre mort permettrait un jour de mettre un terme à cette chevauchée macabre et terrifiante.

Blake avait fermé les yeux et s'était humecté les lèvres. Il avait ensuite, à chaque pulsation cardiaque, associé les images effroyables de son acte : l'os du crâne qui cédait, les cris étouffés, le sang sur les draps immaculés…

Blake s'était mis à haleter comme un vieux chien épuisé, comme un animal salivant et impatient d'avoir enfin dans la gueule le plaisir intense de la chair tendre. Sa langue avait caressé de sa pointe le pourtour de ses lèvres humides.

Il s'était remémoré l'instant où les pièces du puzzle humain étaient venues emplir les sacs poubelle. Inévitablement, les restes de sa victime qui n'entraient pas dans les codes de son affect devaient, selon lui, se conformer à l'ordre des choses, au cycle logique et naturel de la matière biologique : la nécrose, la pourriture, l'altération, la destruction…

Quelle était cette force occulte qui lui permettait de passer aussi fréquemment, avec brio, entre les mailles du filet en toute impunité ?

En se posant cette question, Blake avait tourné lentement la tête vers la droite, de l'autre côté de la route, et avait silencieusement observé la grande maison blanche.

Les volets étaient clos. Le petit carré de verdure devant la demeure était désert, en friche, mais l'habitation ne lui avait pas semblé inoccupée. Bien au contraire : du linge se balançait mollement sur une corde, juste à côté de la vieille balançoire rouillée…

27

Fort Peck Lake, État du Montana/ États-Unis,
août 1981.

Mac Callaugh avait fait le ménage, changé les draps du grand lit au premier étage, avait débarrassé quelques objets inutiles et les avait remisés à la grange. Il avait aussi entrepris de dépoussiérer les meubles de la cuisine et d'aérer cette gigantesque bâtisse en ouvrant grand les fenêtres, comme pour faire disparaître les traces du temps passé dans le souffle du vent.

Il avait eu cette soudaine envie de se sentir comme chez lui. Après tout, c'était un peu comme si une partie de sa famille avait vécu dans cette demeure, comme s'il connaissait les lieux depuis toujours.

Patrick Mac Callaugh posa ses deux mains sur le rebord de la fenêtre et observa au loin, scruta un long moment la structure de bois au toit d'acier rouillé.

La maudite grange, qui fut le théâtre d'une affreuse scène plusieurs décennies auparavant, le fit frissonner.

En faisant fonctionner son imagination il crut même percevoir un long hurlement, un râle, un rire d'enfant diabolique, glacial, qui provenait du bâtiment agricole tout près de la moissonneuse oxydée. L'engin était resté à sa place depuis 1955 et semblait être soudée au sol, inamovible, semblable à la carcasse fossilisée d'un prédateur préhistorique.

L'écrivain savait que l'histoire allait se répéter. Le

vieux Jo lui avait donné toutes les clés et l'avait conduit sur le chemin de la lumière, de la révélation.

Sa rencontre avec le vieux n'était pas anodine. Le courrier anonyme qu'il avait reçu quelques semaines auparavant faisait mention d'un vieillard malade qui, soi-disant, détenait des informations capitales concernant une série de meurtres violents jamais élucidés. L'étrange interlocuteur lui avait conseillé de rencontrer le vieil homme, afin de recueillir son témoignage.

Mac Callaugh avait pris conscience, en ouvrant la boîte de biscuits quelques instants plus tôt, que c'était Jo lui-même qui avait écrit et envoyé cette lettre à son intention. Les courriers qu'il avait vaguement parcourus ne laissaient aucun doute : il s'agissait bien de la même écriture. Les motivations du vieux avaient été tout autre mais certainement pas de livrer la moindre information. Il avait voulu que Mac Callaugh rencontre enfin le fragment de sa famille brisée.

L'Irlandais n'en revenait encore pas. Il n'arrivait pas à se faire à l'idée qu'il était le demi-frère du diable, qu'il portait en lui les gènes du mal, le sang d'un démon sanguinaire jamais puni de ses effroyables crimes…

*

Fort Peck Lake, État du Montana/ États-Unis,
août 1981.

Ce 1er août, il faisait frais lorsqu'il débarqua dans la petite ville du Montana.

La moitié de la population était encore endormie et le reste s'activait déjà alentours, sur les exploitations agricoles qui s'étendaient ça et là.

Quelques tracteurs et engins ronronnaient sur les carrés de terre brune, voilés par un rideau de poussière que soulevaient leurs gigantesques herses ou bien encore par l'aspersion d'engrais chimiques.

Le bus était parti du Glasgow International Airport et l'avait déposé à la gare routière de Nashua, parmi une poignée de voyageurs semblables à quelques explorateurs venus se perdre dans ce hameau de 270 habitants.

Freddy Lawrence inspira fort en fermant les yeux, les deux mains dans les poches, un peu étourdi par son voyage et par l'amplitude qu'avait pris l'affaire. Il alluma une cigarette, observa le ciel zébré de formations gazeuses et se dirigea vers l'agence de location Hertz au coin de la gare.

Il n'en revenait pas : il avait fait le voyage ! Ce qu'il s'apprêtait à accomplir, dans ce petit village du Montana, n'était pas seulement un acte obligatoire dicté par ses propres lois, non, il était plutôt venu chercher une délivrance, s'assurer que jamais plus personne ne viendrait rouvrir ses vieilles cicatrices. Il avait décidé d'en finir avec tout ça…

Freddy avait envisagé le pire. Si Mac Callaugh était allé jusqu'au bout de ses recherches, s'il était arrivé jusqu'à la vieille ferme de Nashua, alors c'était que le vieux Jo lui avait dévoilé les pires secrets jusque-là enfouis dans leur tombe.

Freddy risquait sa vie et il le savait. Il n'était pas venu avec son costume de flic mais avec ses ressentiments d'humain, sa détermination à faire place nette dans son esprit.

Il savait qu'il allait reprendre contact avec le diable. Que celui-ci ne lui laisserait aucune chance…

*

Blake memoria/ **avril 1978**

Blake avait traversé la route et s'était approché un peu plus près.

Il s'était trouvé devant la maison et avait observé la vieille balançoire rouillée, l'avait considérée d'un œil noir, l'air absent, comme si sa conscience avait été soudainement absorbé par de vieux souvenirs.

Blake s'était souvenu de cette balançoire, ce fameux jour, cette balançoire sur laquelle il s'était assis en attendant sa mère, trente ans en arrière. Cette dernière était passée le chercher à l'école, affolée, effondrée, les yeux inondés de larmes, et lui avait soufflé qu'elle devait absolument se rendre sur Woodland Avenue et qu'il était forcé de l'accompagner.

Alors qu'il regardait ses chaussures racler le gazon clairsemé pendant qu'il se balançait mollement, l'esprit ailleurs, Blake avait entendu des cris, des hurlements et des sanglots qui provenaient de la maison. Il y avait eu des bruits de verre brisé aussi. Il avait alors vu sa mère sortir et se figer sur le pas de la porte d'entrée. Une légère entaille striait sa joue gauche de laquelle perlaient quelques gouttes de sang.

Son père était sorti à son tour, accompagné de la grande dame rousse à la peau blanche.

Le choc avait été violent.

Blake était revenu à lui et avait chassé toutes les images de son désastre familial. Il avait observé une nouvelle fois le perron de la maison, à l'endroit même où s'étaient tenus ses parents, trente ans auparavant, dans l'ombre de la grande dame rousse.

Il s'était souvenu ne pas avoir très bien saisi la situation à ce moment-là.

Il avait souri en haussant les épaules, comme si les images du passé n'étaient à ses yeux que la représentation clownesque de son enfance, une version caricaturée loin de la vérité.

Blake avait alors sauté de la balançoire et s'était mis à errer autour de la maison, détaillant chaque fenêtre, chaque porte, le moindre détail.

Comment, par le plus pur des hasards, avait-il pu retrouver cette maison sur cette route, sur Woodland Avenue ?

Pourquoi le passé faisait aussi mal ? Au-delà de cette douleur, il savait que sa mère l'avait aimé, il en avait l'intime conviction. Ce qui n'était pas le cas pour son père ; ce gaillard aux larges épaules et taillé comme un bûcheron, cet homme que les travaux agricoles avaient façonné comme un bloc de roche.

Était-ce cet amour masculin, cette absence d'affection qu'il était allé rechercher beaucoup plus tard auprès de jeunes garçons ? Était-ce la cause de sa sexualité nébuleuse ?

La grande rousse à la peau blanche avait-elle été le déclencheur ? L'Irlandaise était peut-être le cancer vorace qui lui bouffait sa vie. Amy Mac Callaugh était peut-être bien ce démon qui avait alors, dès cette époque, pris possession de son corps et de son âme. Le diable portait peut-être bien une crinière rousse et avait deux grands yeux clairs aussi glacials que la mort.

Cette rouquine incendiaire, que son père avait chevauchée, avait peut-être bien mis au monde le démon qu'il se devait d'exterminer.

Il avait scruté l'autre côté de la route, à l'endroit même où se trouvait garée la Mercury Comet. Le véhicule funèbre attendait, silencieux, chargé de ses sacs poubelle emplis de fragments humains.

Tout au bout de la route un bruit de moteur avait enflé. Blake avait tourné la tête, s'était éloigné de la balançoire et avait vu s'approcher la vieille Dodge blanche. Il avait remarqué le clignotant et le véhicule qui s'était engagé sur le petit chemin de cailloux. Une fois le moteur coupé, le conducteur avait observé Blake un instant à travers le pare-brise et avait décidé de descendre de voiture.

Une magnifique créature était apparue. Elle l'avait scruté, étonnée de voir un individu devant chez elle.

La lueur du soleil baignait l'asphalte d'une fine pellicule d'or à cette heure-ci.

Elle était belle, blonde, magnifique. À cet instant-là, une onde de lumière ambrée était venue s'accrocher à la soie de ses cheveux et son visage s'était éclairé, adouci comme celui d'un ange venu donner l'absolution.

Blake avait alors senti comme une sensation désagréable lui brasser les entrailles, une légère douleur indéfinissable dans le bas du ventre.

Il avait senti sa verge se durcir. Il avait pressenti que quelque chose d'extraordinaire était en train de se produire mais il n'avait su quoi.

Son regard s'était ensuite envolé sur la voluptueuse forme qui ondulait, drapée d'une robe de mousseline blanche qui claquait au vent. Eileen Fitzgerald avait alors souri et s'était avancée dans sa direction…

28

Cleveland, État de l'Ohio/ États-Unis **août 1981.**

— J'espère que vous n'êtes pas de ceux qui débarquent à l'heure du dîner pour se faire inviter, Ramos… si c'est le cas, je suis au regret de vous informer que ça ne prendra pas avec moi…

Le flic de Wellington lui accorda un vague sourire en hochant négativement la tête. Il ôta ensuite sa veste, posa un sac en papier sur la table basse devant lui et désigna du doigt le large canapé de cuir blanc.

— Allez-y, lança Victoria Fletcher, faites comme chez vous, Lieutenant… bon, je suppose que vous ne venez pas pour admirer mon séduisant physique, vous avez du nouveau, c'est ça ?

Ramos haussa les épaules en soupirant, toujours avec ce petit sourire en coin qui ne s'effaçait pas.

— On peut dire ça, fit-il en prenant ses aises sur le vaste divan, disons que j'aurais peut-être des éléments qui éclaireraient certaines pistes concernant le meurtre d'Eileen Fitzgerald…

Victoria observa l'horizon par delà la grande baie vitrée, scrutant les extrémités de la ville qui se noyaient dans le crépuscule naissant.

Elle se retourna ensuite en dévisageant Ramos, marqua un temps d'arrêt et se positionna devant un grand meuble vitré tout près de la chaîne hi-fi. Elle soupira, chantonna tout bas, puis détailla longuement une collection de 33 et 45 tours, une armada des plus grands chefs-d'œuvre du rock et du jazz.

Elle ouvrit la vitrine et fit courir un doigt sur la tranche des pochettes cartonnées, enivrée par l'odeur du vieux carton et du plastique.

— Dites toujours, Ramos... quels sont ces éléments ?

L'autre se renfrogna en lorgnant le généreux fessier de Fletcher.

Cette dernière tira un album et détailla la pochette. Il s'agissait d'un vinyle enregistré en 1973, un 33 tours des Rolling Stones : *« Goat head soup »*. La pochette jaune représentait le visage de Mick Jagger enveloppé par un sac de plastique transparent, une photographie signée par David Bailey qui faisait froid dans le dos.

— Putain ! C'est bon ça ! À mon sens, je crois qu'il s'agit-là de l'album révélation des Stones, vous voyez ? Un peu comme s'ils avaient atteint la perfection avec cette production ... ce disque les a fait évoluer du stade de chrysalide à celui du papillon... vous allez nous mettre quoi, là ?

Victoria tourna la tête en direction du flic exalté. Un sourire complice sur les lèvres, elle posa son index sur celles-ci en imposant à Ramos un silence immédiat.

Elle plaça ensuite la galette sur la platine, posa le saphir sur le dernier sillon de la face 1 et ferma les yeux. Immédiatement après quelques craquements et les accords d'une guitare claire, la voix de Jagger se déversa dans le salon comme un cantique surnaturel, une voix qui annonçait à *« Angie »* la fin d'un joli rêve d'amour.

Victoria referma sa vitrine à trésors, se dirigea vers le frigidaire, en extirpa deux bouteilles et vint s'asseoir près du flic en lui offrant une bière.

Elle fit sauter la capsule, avala une longue gorgée et lui demanda :

— Alors Ramos, c'est quoi ces éléments nouveaux sur l'affaire Fitzgerald ?

L'autre but à son tour une gorgée de bière fraîche et répondit en s'essuyant les lèvres avec sa manche :

—Eh bien… pour être honnête, je me suis d'abord penché sur le cas de votre collègue qui, si je ne m'abuse, a disparu depuis quelques jours. Leur liaison à tous les deux ne peut être qu'un hasard, rien n'indique que le fait qu'ils baisaient ensemble…

— Venez-en aux faits, Ramos… jeta Fletcher, blasée.

Le Mexicain la dévisagea d'un œil noir puis se força de sourire, distinguant en fond la chanson des Stones qu'il adorait. Un spasme terriblement délicieux fit vibrer son bas-ventre, une sensation d'érotisme absolu.

— Je trouve qu'il y a beaucoup de points qui se recoupent dans cette affaire. Votre collègue, le lieutenant Lawrence, entretenait une relation amoureuse avec Eileen Fitzgerald, cette même personne qui avait à l'époque racheté la maison des Mc Callaugh, sur Woodland Avenue, le fameux lotissement nommé *« Black Flower »*. Lors de la démolition du lotissement, c'est sous cette maison, dans le vide sanitaire qu'ont été retrouvés les restes de plusieurs corps humains, des jeunes garçons disparus depuis quelques années…

— Bon, et où est-ce que vous voulez en venir ?

Il avala une seconde gorgée et vida la bouteille qu'il posa sur la table basse. Il réprima une éructation en gonflant les joues, serrant les lèvres du plus fort qu'il le put, puis enchaîna :

— J'ai un peu farfouillé dans cet environnement et je crois que la clé de tout ça, car tout est lié, j'en suis persuadé, c'est cette foutue baraque… mais pas uniquement. Il y a quelque chose de bien plus sombre là-dessous. Je reste convaincu que si nous trouvons le meurtrier d'Eileen Fitzgerald, nous trouvons votre tueur en série… c'est la même personne, c'est certain.

— Quelles sont vos conclusions, Ramos, qu'avez-vous découvert ?

« Oh, Angie, ne pleure pas, tes baisers sont toujours aussi doux… » Jagger déclamait toujours et encore cette rupture qui faisait mal, si mal.

— J'ai découvert que tout est lié, Victoria, j'ai découvert qu'il y a une sombre histoire de famille là-dessous, j'ai découvert que rien n'avait été laissé au hasard… j'ai… j'ai aussi découvert votre… maladie.

Victoria Fletcher eut un sursaut. Elle fronça les sourcils et pencha un peu la tête, interrogative.

— Ma maladie ? Mais bordel de merde, qu'est-ce que vous avez tous avec ça, à la fin ? Qui vous a rencardé ?

— Vous oubliez que nous faisons le même métier vous et moi, Victoria…

« Je hais cette tristesse dans tes yeux, mais Angie, Angie, n'est-ce pas l'heure de nous dire au revoir ? ».

Victoria Fletcher fit quelques pas puis s'arrêta devant la baie vitrée. Elle laissa glisser son regard sur le crépuscule cuivré qui enveloppait Cleveland, prit une longue inspiration et se retourna, les traits du visage durcis par un étrange rictus.

— Ce n'est pas une maladie, putain ! C'est…

— C'est un traumatisme, Victoria, je le sais, mais c'est un traumatisme aux conséquences très lourdes…

— Bordel, je croyais que l'on devait parler de cette putain d'affaire, et vous, vous venez me bassiner avec mes problèmes…

Ramos prit un air désolé et baissa les yeux. Il observa un long moment ses chaussures et continua d'une voix très basse :

— Vos problèmes sont peut-être aussi les miens… tout du moins ceux de la police.

Jagger cessa. Craquements. Souffle. Silence.

Le flic s'empara alors du sachet en papier qu'il avait déposé sur la table en arrivant puis, délicatement, en retira un livre épais, un lourd roman qu'il tendit à Fletcher en souriant…

*

Fort Peck Lake, État du Montana/ États-Unis,
août 1981.

Patrick Mac Callaugh avait entendu enfler le bruit du moteur tout au bout du chemin.

Il avait envisagé le pire, et le pire c'était le poids des ans et les actes atroces qu'avait commis le diable, *ce* diable-là, ce démon, celui qu'il connaissait depuis toujours.

Ce chemin balisé qu'il lui avait laissé, cette route toute tracée mise en lumière afin qu'il vienne jusqu'à lui avait porté ses fruits. Mac Callaugh avait toujours su que le démon reviendrait aux sources, aux origines, là où tout avait commencé.

L'écrivain, loin d'être un chef de cuisine étoilé, avait tout de même mitonné un surprenant déjeuner, un repas forestier, du gibier sur un lit de morilles.

Le gigot de cerf avait lentement rôti dans son jus,

dans l'immense four de la cuisine au sol carrelé.

Il avait aussi dressé une table recouverte d'une nappe blanche, très conventionnelle, avec des verres en cristal et des couverts en argent, tout près de l'entrée de la grange, juste à côté de la moissonneuse batteuse fossilisée par le temps.

Le dispositif était prêt. Le choc allait être rude. La rencontre au sommet.

Il savait en son for intérieur qu'un seul d'entre eux terminerait son repas.

Le véhicule pénétra dans la propriété et se gara sous le grand chêne.

Mac Callaugh esquissa un sourire diabolique. Le rythme de sa respiration s'accéléra légèrement. Il ajusta le col de sa chemise et se baissa ensuite comme pour relacer ses chaussures, en profita pour palper son tibia sur lequel se tenait fixée une longue lame et se releva, l'air de rien.

Rassuré, il se dirigea droit sur le véhicule, enjoué, comme s'il accueillait-là un illustre invité.

L'homme ouvrit sa portière, posa un pied au sol et se redressa, faisant face au romancier qui le dévisageait silencieusement…

29

Blake memorial **avril 1978.**

Ce jour-là, les sacs poubelles étaient restés un long moment sur la banquette arrière de la Mercury Comet.

Blake avait pris le temps d'expliquer à Eillen Fitzgerald que sa propriété lui rappelait un douloureux souvenir. Il lui avait fait part de son traumatisme, de toute l'aversion qu'il avait eu pour son père à cette époque lorsque, accompagné de sa mère, il s'était trouvé devant cette maison pour voir ses parents se déchirer une dernière fois, voir son père et sa maîtresse, furieux, chasser sa propre femme.

L'image de cette femme qui avait fait basculer son existence de gosse et avait influé sur sa vie d'adulte, plus tard, avait toujours dansé au cœur de son esprit.

Cette grande et belle rousse à la peau blanche, cette Irlandaise flamboyante qui avait fait chavirer le cœur de son père lui avait toujours rappelé un goût fielleux sur la langue.

Amy Mac Callaugh. La salope à la crinière incendiaire avait brisé ses mirages.

Elle avait emporté son innocence, dévasté son jardin d'enfant…

En 1976, Eileen et Peter Fitzgerald avaient racheté la maison de Woodland Avenue lorsque Howard Mac Callaugh, atteint d'un cancer incurable, avait fini par décéder après de nombreuses années de souffrance.

À croire que la demeure était maudite. Une fois installé, les médecins avaient annoncé à Peter Fitzgerald, lors d'un examen médical dû à ses fréquentes céphalées, que le gliome qui siégeait au cœur de son cerveau ne lui laisserait aucune chance et le tuerait probablement à la fin de l'année.

Il en vécut une de plus.

Depuis ce fameux jour, le jour de cette rencontre hasardeuse avec Eileen Fitzgerald, Blake avait pris goût à la présence de celle-ci, à sa douceur, sa féminité, sa sensualité. Eileen avait accepté qu'ils se revoient.

Ce qu'ils avaient fait, maintes et maintes fois.

Blake en avait oublié ses rancœurs, son instinct de prédation, les fondements même de sa sexualité et tous ses traumatismes. Cela avait permis au chasseur qu'il était d'apprécier le sexe sous un autre angle, de laisser courir en paix ses proies. De ne plus faire couler de sang. D'offrir un sursis à ses futures victimes…

Il n'avait jamais vraiment aimé cette femme. Blake avait toujours été froid, distant. Le rapport charnel enflammé qu'ils avaient entretenu lui avait permis, de façon très psychique, de faire le deuil de la trahison portée à sa mère par son père, dans cette même maison, dans la même chambre, à l'emplacement exact où se trouvait le lit d'Amy Mac Callaugh.

Chaque fois qu'il avait chevauché Eileen Fitzgerald, à chaque coup de rein toujours un peu plus brutal qui lui arrachait un râle animal, il avait réalisé qu'il tuait toujours un peu plus son paternel. Et sur le visage de la jeune femme, dans les yeux de cette femme-là, il y avait vu à plusieurs reprises les traits et le regard de sa mère.

Cette mère qui lui avait manqué, pendant des années.

Celle qui l'avait plongé dans cette souffrance, dans le gouffre de cette solitude incommensurable.

Lorsque Blake eut repris la chasse, lorsque de nouveau il s'était mis à tuer, à dépecer et dévorer les jeunes garçons, ce ne fut qu'avec une violence jusque là inégalée.

La maison d'Eileen avait servi de point de chute à sa macabre entreprise, à ses effrayants massacres. Il avait alors décidé, une fois installé chez Eileen, de faire du vide sanitaire de la maison son funèbre sanctuaire. Il avait découvert le passage qui lui permettait de se rendre sous la demeure, l'endroit même où il entasserait pendant près de deux ans les corps et les restes humains de ses victimes.

Pour certaines dépouilles, l'acide ayant déjà fait le plus gros du travail, il lui avait été tout à fait aisé d'ensevelir les ossements sous un peu de terre.

Cela lui avait facilité la tâche. Les vastes étendues du parc national de Cuyahoga Valley avaient fini par le miner, le lasser. Comme il passait chaque fois par Brecksville pour s'y rendre, cela lui filait toujours une boule au ventre.

Rien que le fait de savoir que le vieux Jo se trouvait en ville, son bide se vrillait chaque fois.

Le parc avait été un calvaire.

Il avait toujours su que cet ample territoire était constamment brassé par les services horticoles de la ville, on y retournait la terre, on traitait certaines variétés de plantes et éradiquait certains parasites.

Le parc était resté un risque potentiel.

Les corps, si nombreux, pourraient-ils un jour émerger et confronter Blake à la justice des hommes ?

Blake avait alors continué à entasser consciencieusement, mois après mois, les restes que la mort lui laissait après chaque épisode de frénésie meurtrière…

*

Cleveland, État de l'Ohio/ États-Unis, **août 1981.**

— C'est quoi ce fichu bouquin, Ramos ? gueula Fletcher, irritée par l'idée que le flic puisse connaître les détails intimes de son état de santé.

L'autre insista en lui tendant le volume, accompagnant son geste d'un signe de tête.

Victoria Fletcher lui arracha brusquement l'ouvrage des mains et le détailla sous la lumière du plafonnier.

La photo de couverture, qui représentait les immenses étendues du Montana sous la neige, laissait apparaître en son centre et en arrière plan, une meute de loups qui observaient dans la direction de l'objectif. Au premier plan, incrustée dans la neige fraîche, une énorme empreinte de patte apparaissait. Ce qui fit sursauter Victoria Fletcher ne fut pas le titre –qui la fit plutôt sourire– mais le nom de l'auteur qui se détachait en lettres capitales rouge sang.

« Une fin de loup », l'apologie de la protection du loup et de son anti-régulation, le best-seller écrit avec force et conviction par Patrick Mac Callaugh.

Victoria Fletcher eut un petit clignement de l'œil, puis s'assit près du flic, le regard perdu au milieu de la horde canine. Elle caressa la surface pelliculée de la couverture et souffla doucement :

— Deux solutions, Ramos : soit vous êtes complètement cinglé et vous venez m'offrir ce bouquin pour je ne sais quelle raison, soit vous venez me dire que Patrick Mac Callaugh a un rapport direct avec notre affaire… et dans les deux cas vous êtes un grand malade !

Le latino la bouffait des yeux. Le spasme d'érotisme qu'il avait ressenti quelques instants plus tôt le tortura à nouveau violemment.

— J'ai lu ce bouquin. Je suis revenu sur quelques chapitres et j'ai décortiqué quelques scènes…

— Bordel, Ramos ! Vous savez que Patrick Mac Callaugh est le fils de l'ancienne proprio de la baraque de Woodland ? Qu'est-ce que vous savez à son sujet ?

— Je suis en train de vous l'expliquer, Victoria, tout est dans ce bouquin, lâcha-t-il en cognant de ses phalanges la couverture du roman.

Le flic de Wellington plongea son regard dans celui de la séduisante enquêtrice. Elle le dévisagea, lui accorda un délicat sourire et dit enfin :

— Je vous écoute, Ramos…

— Dans ce récit, Mac Callaugh nous entraîne dans la quête d'un homme qui vit au contact de la nature, un fervent militant contre la régulation et l'extermination du loup dans le Montana. La bataille contre les plans d'augmentation du quota de bêtes à chasser reste le sujet principal du bouquin. Il est aussi question de deux familles ; l'une qui vit un peu recluse dans les campagnes de l'Ohio, presque en autarcie. Le père est agriculteur, il cultive des céréales et possède un élevage de bétail. L'autre, une famille citadine. Il est question d'une histoire d'amour entre le paysan et la bonne femme de Cleveland…

Victoria Fletcher dévisageait Ramos, comme si celui-ci venait de débarquer d'une planète étrangère. À cet instant, elle voulut lui poser des tas de questions mais le flic, lancé avec fougue dans le résumé du bouquin, posa un doigt sur sa bouche et continua de plus belle :

— … et puis, il y a une sombre histoire de viol, le viol d'une gamine, un enfant mineur qui vivait dans la banlieue proche de Cleveland, tout près de chez cette femme dont le paysan est fou amoureux. On sent bien que le romancier insiste sur ce fait marquant, cet épisode sordide semble l'avoir profondément touché…

— Quel est le rapport avec la protection du loup et cette romance entre le paysan et la citadine de Cleveland ? l'interrogea Fletcher qui semblait avoir soudainement blêmi.

Le flic haussa les épaules. En souriant, il répondit alors :

— Je pense que… je suis certain même que Patrick Mac Callaugh a voulu maquiller une histoire réelle dans ce roman, la cause du loup n'est que le déguisement qui lui a permis de s'exprimer sur un autre sujet. En même temps, le personnage principal, celui qui milite pour la protection du loup, a vécu une partie de son enfance dans l'Ohio et subitement, un jour, il s'est retrouvé plongé au cœur de la vie sauvage chez un oncle à lui, je crois… c'est pour cela que ce livre s'est vendu à des centaines de milliers d'exemplaires, des tas de gens se sont reconnus dans ce récit ; l'amour, la vie avec ses moments fabuleux et ses peines, la nature, la ville, les mœurs humains en fonction de la place de chacun dans les différentes strates sociales, toute cette petite musique de l'existence humaine couchée sur du papier a fait rêver de nombreuses personnes. Joseph Calloway, ce personnage qui milite pour la cause canine dans le roman, c'est un peu un anti-héros ; le paysan sauvage, qui vit en ermite mais qui découvre la passion amoureuse avec une citadine en parfaite antinomie avec sa vie…

— Qu'est-ce qui retient votre attention dans tout ça, j'comprends pas ?

— Ecoutez, Victoria, j'ai transposé ce récit avec la vie réelle de notre romancier et son entourage proche, j'ai comparé leurs lieux de résidence, l'endroit où ils ont grandi et… c'est vraiment troublant mais… je crois que la fille dont il parle dans son roman, cette fillette qui a été victime d'un viol, je crois que…

— Qu'est-ce que vous croyez, Ramos ? Crachez le morceau…

Ramos baissa encore les yeux et observa ses chaussures. Comme un enfant penaud, il marmonna tout bas :

— Je crois que cette fillette c'est vous, Victoria… c'est vous dont l'auteur parle dans *« Une fin de loup »*, souffla Ramos en relevant légèrement la tête.

La jeune enquêtrice eut un frisson. Elle serra la mâchoire et eut du mal à déglutir.

— Qu'est-ce que c'est que cette connerie, Ramos ? Vous vous foutez de moi ? Qu'est-ce qui vous fait dire ça ? dit-elle en se dirigeant vers sa discothèque.

Tout en farfouillant dans son impressionnante collection de vinyles, elle jeta un regard méprisant au flic mexicain.

Le flic éluda.

— Il y a autre chose…

— Quoi ? Qu'est-ce que vous allez me pondre encore ? fit Fletcher en posant sur la platine poussiéreuse le disque qu'elle venait de choisir.

Ramos, curieux, jeta un œil sur la pochette. Il entraperçut une blonde aux cheveux longs dans une robe imprimée à fleur. Il se leva, se rapprocha de Fletcher et fit tourner entre ses doigts la pochette du disque. Il s'attarda sur le visage de la chanteuse qui se mordait la lèvre inférieure et lançait un regard lascif à l'objectif.

— Un gars qui aurait inspiré Mac Callaugh pour le personnage central du roman se trouverait à Brecksville, interné dans une unité de soins palliatifs…

La voix de Kim Carnes se propagea alors dans le grand salon, pendant que le crépuscule enveloppait lentement Cleveland dans un drap de feu.

She'll turn the music on you, *(Elle te fera marcher à la baguette)*
You won't have to think twice*, (Tu n'auras pas le temps d'y penser à deux fois)*
She's pure as New York snow, *(Elle est aussi pure que la neige de New York)*
She got Bette Davis eyes*, (Elle a les yeux de Bette Davis)*

Les paroles de *« Bette Davis Eyes »* vibrionnèrent et Ramos, ensorcelé, plongea son regard dans celui de Victoria Fletcher…

30

Fort Peck Lake, État du Montana/ États-Unis,
août 1981.

— Qu'est-ce que tu branles, Mac Callaugh ? Qu'est-ce que tu fiches ici ?

L'autre se retourna et embrassa d'un large geste la table dressée qui se trouvait derrière eux.

— Je t'invite simplement à un déjeuner, j'ai pensé à toi cher Freddy, je t'ai mijoté un bon morceau de barbaque bien rouge, du cerf, tu sais, comme savait si bien le cuisiner ton oncle…

Freddy Lawrence serra les dents en fusillant l'Irlandais d'un regard de braise. Il claqua la portière de son véhicule, s'approcha de son hôte et lui fit face en collant sont front contre le sien.

— Écoute-moi bien, petite merde, je sais qui tu es, d'où tu viens et ce que tu cherches et crois-moi, si tu continues sur ce chemin, tu risques de ne plus dormir la nuit…

Une corneille se posa silencieusement sur une des branches basses du chêne puis, après avoir observé les alentours, s'employa à nettoyer son bec ensanglanté sur l'écorce craquelée.

— Moi aussi je sais qui tu es… et même d'où tu viens, rétorqua l'écrivain.

Lawrence esquissa un sourire, eut un hoquet et posa sa main sur la poitrine de Mac Callaugh, juste à l'emplacement du cœur. Ce dernier eut un mouvement de recul et considéra Lawrence des pieds à la tête.

Le flic observa longuement par-dessus l'épaule du romancier, loin derrière la table, à l'endroit même où reposait la carcasse massive et oxydée de la vieille moissonneuse. Il enchaîna alors :

— Alors comme ça, toi et moi nous sommes liés par les liens du sang, hein, c'est ça ?

— Sans conteste, les gênes de ton père sont inscrits dans mes chairs et c'est bien cela qui m'inquiète. J'ai mis des années pour te retrouver, je t'ai pisté, j'ai fouillé ta putain de vie et tout m'est apparu soudainement très clair. Je sais de quoi tu nourris ton existence…

— Je n'ai jamais voulu que tout cela arrive… c'est du passé, je ne me retourne pas dessus…

— Je n'en suis pas si sûr cher Freddy. Moi, en tous les cas, ça m'interpelle… le plus dur à avaler ce n'est pas de savoir que ton géniteur soit aussi le mien, oh non… ce qui m'effraie c'est que des liens fraternels nous unissent, que je puisse partager le même sang que toi, c'est cela qui me fait frissonner…

C'est à cet instant que la corneille décida de prendre son envol en croassant. Son cri et le bruissement d'ailes se répercutèrent en échos prolongés dans le calme environnant, bien au-delà de la barrière de résineux qui cerclait la propriété.

Mac Callaugh et Lawrence se scrutèrent en silence, la mâchoire serrée, comme si une douleur soudaine venait de se manifester au creux de leurs viscères…

*

Blake memoria/ **février 1979.**

Il avait fait très froid cette nuit-là.

Eileen s'était endormie relativement tôt mais avait laissé une clé dans la vasque aux cactus, près de la balançoire. Blake lui avait confié qu'il lui rendrait une visite nocturne, comme à son habitude, et qu'il viendrait délicatement se glisser auprès d'elle dans son lit.

À trois heures du matin, Eileen avait perçu un bruit étrange, sourd, à la fois lointain et proche en même temps.

À cette époque, elle ne percevait presque plus les sources lumineuses. Sa cécité, déjà grandissante, avait été amplifiée par sa fausse couche du début d'année. Le choc psychologique n'avait fait qu'aggraver son handicap et l'avait plongée dans un état dépressif. Les comprimés qui l'aidaient à dormir l'assommaient énormément et la happaient dans un sommeil très lourd, opaque.

Blake s'était octroyé une virée nocturne ce soir-là. Il avait décidé de rôder dans les pubs du centre de Cleveland, au sein des communautés gays, à la recherche d'une proie, d'un gibier... peut-être avait-il pensé qu'il allait s'agir-là de sa dernière victime ?

À plusieurs reprises il avait ressenti des sensations inexplicables au contact d'Eileen. Avait-il fini par trouver enfin ce qu'il avait tant cherché lors de son enfance ? Avait-il enfin découvert que le véritable fond de l'être humain pouvait être bon ? Avait-il fini par trouver l'amour ?

Ses actes criminels avaient-ils servi à le guérir ou, tout au moins, à le rendre moins mauvais ? A le rendre un peu plus humain ?

Blake n'était pas conscient de tout ce mécanisme.

Ce soir-là, malgré tout, il avait ressenti ce fort désir de se sentir en présence d'un jeune garçon, d'un jeune homme qui lui aurait bien volontiers accordé ses faveurs, la douceur de son corps et de ses chairs.

Depuis quelques mois, Blake s'était autorisé une folie. Il s'était offert une Ford Mustang I de 1965, d'un noir brillant comme celui d'une perle d'onyx. Il avait dégoté le bijou dans un quartier, à l'ouest de Cleveland. Un ancien proxénète repenti qui avait un besoin urgent de liquidités lui avait lâché le monstre pour une bouchée de pain. Un monstre de 350 chevaux fabriqué à cinq-cent mille exemplaires.

La Mercury Comet avait beaucoup trop arpenté les ruelles de Cleveland et il avait décidé de s'en séparer. Cela aurait pu courir à sa perte que de garder la même voiture.

Lors de ses virées nocturnes, Blake ne s'était jamais déplacé sans le véhicule. Celui-ci avait été beaucoup trop présent sur les lieux des disparitions.

C'est donc au volant de sa Ford Mustang qu'il s'était mis en chasse cette nuit-là.

Après avoir hanté les rues de Cleveland, Blake s'était garé dans une ruelle à environ une cinquantaine de mètres de Detroit Avenue, tout proche de son terrain de chasse, là où tout un chapelet de bars et boîtes gays s'étirait à perte de vue.

Il était resté prostré un long moment derrière son volant, les yeux mi-clos, la respiration courte, l'odorat à l'affût comme un chasseur aux abords d'une zone giboyeuse.

Après avoir écumé plusieurs établissements, Blake avait senti monter l'alcool mais aussi la rage. Avait-il perdu la main ?

Au contact de quelques jeunes garçons enivrés, il

avait essuyé de nombreux refus lorsqu'il leur avait proposé de venir poser nus devant son objectif, chez lui, pour quelques dollars. Etait-ce l'odeur de la femelle qui lui collait à la peau ? L'odeur d'Eileen s'était-elle incrusté dans ses pores au point que ses proies l'eussent sentie ?

Cette nuit-là Blake avait failli rentrer sur Woodland Avenue, la queue basse, jusqu'au moment où un jeune homme s'était avancé.

Blake avait eu la bienveillance de lui offrir un verre et un sourire.

Le jeune gars lui avait dit se prénommer Anthony et avoir vingt-trois ans.

Ce dernier ne s'était douté à aucun moment qu'il venait de rencontrer le diable et que celui-ci ne lui laisserait aucune chance. Après avoir abondamment arrosée la soirée à coup de Gin-tonic, Anthony Church avait fini par accepter la proposition de Blake : poser nu pour une série de photos à caractère érotique en échange d'une vingtaine de dollars et d'un repas chaud.

Blake avait pensé qu'il serait plus prudent de retourner à son appartement de Fullerton Avenue, près de Slavic Village au sud de Cleveland.

Il avait supposé qu'ensuite, la maison d'Eileen pourrait exactement faire l'affaire.

Quinze minutes de trajet depuis Detroit Avenue. Les quinze dernières qu'Anthony Church avait pu vivre sur le siège passager de la Mustang ronflante, le regard dans le vide, un sourire béat collé aux lèvres, babillant quelques mots qu'il avait peine à articuler sous l'effet des nombreux sédatifs que Blake lui avait administrés.

Le jeune homme ne s'était pas senti bien lorsqu'il avait observé Blake sous la lueur des réverbères. Il y avait eu dans les yeux de ce type, qui portait une grande gabardine noire, comme le reflet du mal absolu. Mais cet homme l'avait fortement attiré, comme une lumière, une lumière noire qui rendait aux défauts les plus abjects une parfaite texture et une blancheur immaculée.

Il y avait eu une première tentative pour s'arracher du véhicule, de descendre juste avant que Blake ne démarre mais la force lui avait manqué. Anthony était alors parti d'un rire franc, oubliant l'inquiétude qui l'avait traversé pendant quelques secondes.

La tête lui avait tourné, la nausée l'avait pris et il avait entendu la voix de Blake qui avait résonné dans l'habitacle du bolide. Il avait entendu son rire gras aussi, et il avait aperçu son visage qui s'était déformé comme si celui-ci avait voulu prendre la forme de la pire des créatures…

Alors, au moment où Anthony s'était effondré sur le siège de cuir, Blake avait enclenché la première et avait démarré en riant. Il avait ensuite poussé au maximum le son de la radio qui diffusait un titre des Rolling Stones : *« Midnight Rambler »*.

Il était heureux dans ces instants-là. Il se sentait vivant lorsqu'il n'était pas seul.

Blake fuyait la solitude, mais celle-ci le rattrapait chaque fois, l'écrasait, l'étouffait, et il était alors forcé de garder à tout jamais avec lui, en lui, les chairs de ce qui composait l'essence même de ses victimes…

31

Brecksville, État de l'Ohio/États-Unis. **Août 1981.**

— D'après le Capitaine Levy, une Chevrolet Caprice grise a été signalée au sud de Cleveland par une patrouille de reconnaissance. Ils sont en train de vérifier s'il s'agit bien de celle Freddy Lawrence… lança Victoria Fletcher en sortant de la cabine téléphonique.

Henrique Ramos alluma une cigarette et pointa du doigt l'angle de la rue.

— Je vous invite à déjeuner ? dit-il en désignant un café de l'autre côté de l'avenue, de toute façon, au téléphone ils m'ont précisé qu'ils ne nous recevraient pas avant treize heures, je comprends pas ce que ça peut bien leur foutre que l'on…

— Ils nous recevront quand ils auront fini de torcher tous ces pauvres vieux malades, Ramos, voilà ce que ça veut dire. Je vous préviens, ces endroits-là ce n'est pas du tout ma tasse de thé, alors…

— Je serai là pour vous soutenir ma chère… souffla le flic en se fendant d'un sourire vicelard.

La jeune enquêtrice s'avança près du latino, rejeta ses longs cheveux noirs en arrière et se mit à ricaner. Une fois à sa hauteur, elle plongea son regard dans le sien puis déclara calmement :

— Ramos… n'allez pas croire des choses, n'imaginez pas que vous et moi…

— C'était pourtant réel hier soir, sur *« Bette Davis*

Eyes », non… ?

Elle ricana en hochant la tête.

— Ramos, putain ! Ce qui s'est passé hier dans mon appartement, entre vous et moi, ce n'était que sexuel, vous comprenez ? C'était de l'hygiène. N'oubliez pas pourquoi nous nous sommes associés et pourquoi nous sommes ici, ok ?

Le flic de Wellington sembla grimacer, comme s'il n'arrivait pas à absorber la douleur du violent coup de poing qu'il venait de se prendre en plein ventre.

— Je n'oublie rien, Victoria, je sais pourquoi nous sommes ici… bafouilla-t-il alors en feignant ne pas donner d'importance à ce qu'elle venait de lui dire.

Victoria Fletcher le toisa du regard. Il continua :

—… nous sommes venus ici, à Brecksville, pour interroger un patient interné au centre de soins palliatifs, ce vieil homme qui aurait inspiré Mac Callaugh pour le personnage de son roman, vous vous souvenez ? C'est moi qui vous en ai parlé hier soir…

— C'est exact… répliqua Fletcher en lui lançant un sourire satisfait, heureuse de savoir que le latino lui lâcherait définitivement les baskets. Bon, et d'après vous ?

— Quoi ? Pour Lawrence ? Vous voulez mon avis sur Freddy Lawrence ? Ah… vous êtes sûre que vous voulez tout entendre ?

— Au point où j'en suis, Ramos, je crois que vous pouvez…

— Victoria… écoutez, je… je sens que quelque chose de très malsain se planque derrière cette affaire, il faut… il faut que je sois franc avec vous…

— Allons bon ! lança-t-elle en posant ses mains sur ses hanches, je n'ai pas eu de confidences sur l'oreiller hier soir, mais je vais y avoir droit aujourd'hui, un déballage au grand jour, c'est ça ?

L'autre prit une mine déconfite et l'observa avec un regard de chien battu.

— Non… si je suis venu vous retrouver hier, ce n'était pas anodin. On m'a missionné, Victoria, on m'a demandé de vous filer…

Victoria Fletcher eut un mouvement de recul et écarquilla grand ses yeux. Elle eut une grimace de dégoût, comme si Henrique Ramos venait soudainement de dégager une odeur nauséabonde.

— On vous a demandé de me filer le train ? On ? Qui, *on* ? Qu'est-ce que c'est que ce délire ?

— Je n'en sais rien ! Je n'en sais pas plus moi-même. Une note de service… je…

— Quoi ? Allez-y maintenant, continuez !

Le flic acquiesça de la tête.

— Voilà : je crois que l'on vous soupçonne. Dans cette affaire, vous êtes soupçonnée de… votre maladie, votre passé, tout ça, ça ne joue pas en votre faveur. Les différentes cellules d'investigation et les enquêteurs qui travaillent sur l'affaire des macchabées de la maison de Woodland Avenue pensent à une vendetta, ils pensent qu'il y aurait une sombre histoire de vengeance là-dessous. Votre viol, lorsque vous étiez gamine, n'y serait pas étranger… vous êtes soupçonnée de meurtres en série, Victoria !

— Je n'ai tué personne, putain de merde ! C'est quoi ces conneries ?

— Les enquêteurs pensent que tout ceci serait un acte de vengeance, poussé par le traumatisme de votre agression sexuelle lorsque vous étiez enfant… vous êtes soupçonnée de meurtres car les médecins estiment que vous avez perdu la raison, vous êtes soupçonnée de meurtres car les différentes cellules psychiatriques et les collèges de médecins qui ont pris connaissance de votre dossier estiment que vous en êtes au stade d'une schizophrénie fort avancée... n'avez-vous jamais eu d'hallucinations auditives, voire même olfactives, comme sentir de très mauvaises odeurs autour de vous ?

Victoria Fletcher haussa les épaules et lança au flic un terrifiant regard de mépris.

— ... vous êtes soupçonnée d'avoir tué tous ces jeunes gens, vous êtes soupçonnée du meurtre d'Eileen Fitzgerald parce que vous avez malencontreusement appris qu'elle avait une relation avec Freddy Lawrence. Vous l'avez tuée par dépit, par jalousie, car vous avez un penchant amoureux pour votre coéquipier et si vous n'avez pas encore été interpellée c'est uniquement parce que vous êtes à mes côtés, parce que l'on m'a confié la mission de vous évaluer, d'essayer d'en savoir un peu plus sur vous, sur votre vie, votre passé...

— Pour que vous puissiez m'évaluer ? Mais on est où, là ? Qui a ordonné ça ? Et puis... si vous me soupçonnez, vous aussi, qu'est-ce qu'on fiche ici ? À quoi bon toute cette mascarade ?

— Ce n'est pas une mascarade, Victoria, et je n'ai jamais dit que je croyais en votre culpabilité... en revanche, ce qui est certain, c'est que vous êtes malade et que cela contamine votre vie. Mais si nous sommes ici aujourd'hui, c'est pour interroger ce vieil homme qui pourra éclairer deux ou trois points sombres dans cette affaire... éventuellement nous renseigner sur votre passé mais aussi sur certaines personnes qui l'ont traversé avec vous...

À son tour, Victoria Fletcher sentit comme un violent coup de poing au creux de son estomac. Elle chercha son souffle, posa son fessier sur le capot de la voiture et regarda fixement Ramos qui venait de traverser la rue en direction du Creekside Restaurant…

*

Fort Peck Lake, État du Montana/ États-Unis,
août 1981.

Le bras de Freddy Lawrence se détendit brusquement. Sa main massive, puissante, agrippa le cou de Patrick Mac Callaugh et sembla vouloir lui broyer la gorge.

Les yeux du flic jetaient des éclairs. Ses sourcils venaient de se rejoindre et les rides de son visage lui conféraient un masque effroyable.

Il serrait la mâchoire, laissant apparaître sa dentition comme celle d'un chien enragé sur le point de dépecer sa proie.

Mac Callaugh n'arrivait pas à exprimer un seul son, ni sa douleur, ni la peur qui venait de le submerger alors que le flic serrait sa gorge de plus en plus fort. Un gargouillis sembla s'échapper de sa bouche. À peine une série de borborygmes, une plainte, les yeux déjà injectés de sang et de la bave dégoulinant sur sa joue laissait supposer que l'Irlandais allait rendre l'âme dans d'atroces souffrances.

Les deux hommes tombèrent alors à terre. Lawrence appuya un genou sur la poitrine du jeune romancier, continua à serrer sa gorge et lâcha d'une voix méconnaissable :

— Alors, crevure, tu me cherches ? Hein ? Toi et moi

nous ne sommes pas plus frères que la reine d'Angleterre et Elton John sont cousins… c'est des conneries tout ça ! Ces documents sont faux ! Je ne sais pas ce que tu cherches, par contre moi j'ai trouvé ce que je cherchais…

Freddy desserra le cou de Mac Callaugh puis extirpa son 44 magnum de son holster. Il lui colla ensuite l'impressionnant canon sur le front et continua en reprenant peu à peu son souffle :

— Écoute-moi bien… tu vois, cette arme a déjà plombé du gros gibier, genre du cerf ou toute cette foutue faune de cervidés qui me fout la gerbe, tu comprends ? Ce calibre c'était celui de mon oncle, j'ai hérité de cela, c'est là la seule chose que cet enfoiré a bien daigné me léguer… maintenant, si tu dis appartenir à ma famille, être mon demi-frère, il va falloir que je t'élimine de l'équation, que je te fasse disparaître. Mon vrai frère à moi, mon jumeau, est mort dans le bide de ma pauvre mère. Toi, je sais qui tu es réellement, Patrick, je sais qui tu es et je ne peux pas te laisser vivre…

Quelques corneilles survolèrent alors la propriété en piaillant. Le vent siffla dans les branchages du grand chêne, la poussière s'éleva dans la cour de la ferme et, lentement, le regard de Lawrence se posa sur la structure métallique de la moissonneuse batteuse rouillée.

Le coup de feu claqua alors comme un coup de tonnerre dans le ciel de Fort Peck Lake.

32

Blake memoria/ **février 1979.**

Les flashes avaient crépité, inondant les murs souillés de sang séché d'une lumière intense.

Blake avait installé le corps de façon grotesque sur la table de son séjour. Nu, à genoux, la face contre la toile cirée enduite d'une gigantesque flaque de sang coagulé, le postérieur du cadavre bien en évidence…

De cette pose dégradante, Blake en tirait une satisfaction démesurée, une jouissance toute particulière. Les clichés qu'il réalisait chaque fois lui avaient toujours servi à assouvir ses pulsions sexuelles, à satisfaire le besoin de se retrouver avec sa victime même lorsque celle-ci disparaissait physiquement.

Une fois arrivés dans son appartement, Blake avait proposé à Anthony Church une boisson alcoolisée. Le jeune homme avait bien volontiers accepté l'offre et avait ingurgité une dose de gin agrémenté de Sécobarbital. Puis une autre.

Déjà étourdi par le premier verre, le jeune gars avait empoché le billet de vingt que lui avait tendu Blake et s'était déshabillé. Tout en envoyant ses fringues dans la pièce, il avait chanté à tue-tête *« Twilight »*, le titre d'un jeune groupe irlandais qui commençait à faire parler de lui : U2.

Twilight,
Twilight, lost my way…

Twilight, can't find my way…

Puis, au lit, Blake s'était laissé glisser dans une sorte de folie progressive, une espèce de delirium qui avait révélé les sombres profondeurs de son âme, du désastre de son cœur et de ses pensées.

Il avait commencé par serrer le cou du jeune Anthony en le regardant étouffer, assis sur lui, à cheval.

L'autre s'était débattu comme un beau diable, gesticulant, secouant son corps comme si par miracle Blake allait s'envoler et allait enfin lui laisser reprendre son souffle.

Blake avait pris cette habitude de pouvoir contrôler le moment où sa victime devait rendre les armes. Il arrêtait la strangulation lorsque la victime avait perdu connaissance, à la limite du coma, puis commençait à la caresser, à la pénétrer et à pratiquer tout ce qui pouvait assouvir ses fantasmes les plus déviants, les plus inimaginables, incroyables, inhumains.

D'ailleurs, était-il humain ? Était-il cet homme qu'il croyait être, ce gars qui avait cru en l'amour des hommes ? Était-il ne serait-ce qu'un homme ?

Blake avait contrôlé les pulsations cardiaques du jeune homme, avait écouté son cœur pour savoir à quel moment il reviendrait à lui, pour savoir à quel moment il devrait lui porter le coup de grâce.

Blake s'était ensuite employé à trancher le sexe d'Anthony Church, ses mains et ses pieds. Ensuite, très calmement, il avait ouvert au scalpel les flancs de la victime, lui permettant ainsi de pouvoir observer les côtes de sa jeune proie encore *fraîche*, de pouvoir observer son *« intérieur »*… puis il avait positionné le corps sur la table, comme un mannequin en vitrine, un objet, un jouet qu'il avait souillé et dont il avait fini par se lasser.

Il avait songé à la maison d'Eileen. Le vide sanitaire.

Il avait pensé ne ramener que le tronc. Les jambes et les bras finiraient par se dissoudre dans le grand baril bleu rempli d'acide, dans sa salle de bain.

Il avait pensé faire bouillir la tête pour décoller les chairs et blanchir le crâne.

Il lui avait fallu enrichir sa collection de crânes bariolés de peintures tribales…

*

Fort Peck Lake, État du Montana/ États-Unis,
août 1981.

Freddy Lawrence se releva et se dirigea vers la moissonneuse batteuse.

Il s'approcha de la table qu'avait dressée Mac Callaugh et caressa du bout des doigts les assiettes de porcelaine et les couverts. Il souleva ensuite lentement le couvercle du marmiton en fonte qui trônait au milieu des divers plats, examina minutieusement le contenu de celui-ci et eut un mouvement de recul, abasourdi.

Lawrence ne put détacher son regard du fond de la marmite. Il s'efforça de tourner légèrement la tête à droite pour observer Mac Callaugh qui gémissait au sol et se tenait la tête entre les mains. Il regarda à nouveau le fond de la marmite, puis Mac Callaugh et encore le fond du récipient.

Maintenant il savait. Il savait pourquoi il était venu jusqu'ici…

*

Brecksville, État de l'Ohio/ États-Unis, **Août 1981.**

Le Creekside Restaurant était bondé.

Henrique Ramos détestait déjeuner dans le tumulte, le brouhaha de toute une faune d'ouvriers qui sentaient la sueur et le gasoil.

Une espèce de fond musical jazzy venait se dissoudre dans le barouf ambiant pendant que Ramos, de retour des toilettes, finissait de remonter sa braguette en sifflotant un vieil air d'Eddy Cochran.

Sa déception était grande. Il en avait profité pour téléphoner au centre de soins palliatifs dans lequel ils étaient censés se rendre, Fletcher et lui, afin de rencontrer le vieillard dont s'était inspiré Mac Callaugh pour le personnage de son roman.

Il accorda un immense sourire à Fletcher, tira la chaise et s'assit face à la jeune enquêtrice. Il alluma ensuite une cigarette et présenta son paquet à Victoria Fletcher qui hocha la tête en grimaçant.

— Je fume pas, Ramos. Bon, alors ? Qu'est-ce qu'ils vous ont raconté dans ce mouroir à vioques ?

Le sourire du flic s'estompa. Il cracha un longue bouffée de fumée en direction du plafond et se pencha en avant, le revers de sa veste trempant presque dans le jus de son entrecôte-frites :

— On est marrons ! Baisés ! jeta-t-il en frappant la table du plat de la main et en élevant la voix.

— Ça va, calmez-vous… murmura Fletcher, gênée.

Quelques ouvriers qui déjeunaient aux tables voisines s'étaient retournés, intrigués par le comportement du flic.

Victoria Fetcher leur avait répondu par un délicieux sourire et un regard à tomber raide.

— Quoi ? Pourquoi on est marrons ? Que se passe-t-il ?

— Le vieux est décédé ! Il a passé l'arme à gauche la semaine dernière je crois, c'est ce qu'ils m'ont dit…

— Mais enfin, hier encore ils nous ont affirmé que l'on pourrait voir ce Jo… je ne comprends pas…

— Parce qu'ils l'ont changé de service voilà deux mois, ils l'ont transféré dans un service d'accompagnement pour les mourants, et le gars que l'on a eu au téléphone hier est arrivé sur son poste il y a quelques semaines. Il s'est contenté de consulter le registre…

Victoria recula sur son siège et jeta la nuque en arrière. Elle expira longuement et redressa la tête, pointa Ramos du doigt et chuchota :

— … je suis certaine que le vieux s'est fait faire la courte échelle pour aller tutoyer les anges…

— Quoi ? Vous pensez que quelqu'un a pu le dessouder? hoqueta le flic au visage grêlé en écrasant son mégot.

— J'en ai bien l'impression… terminez votre morceau de barbaque, Ramos, et allons nous renseigner si des membres de sa famille sont venus aux obsèques, nous chercherons à les contacter le cas échéant. S'il le faut nous demanderons au juge un permis d'exhumer pour faire pratiquer une autopsie…

— Une autopsie ? Mais pour quoi faire ?

— Je veux en avoir le cœur net, le vieux a pu être empoisonné ou je ne sais quoi…

— Par qui ?

— Par le même homme qui a créé son double dans ce fameux roman sur les loups…

— Patrick Mac Callaugh ? Quel est le rapport, Victoria? Je nage, là, j'avoue être largué…

— Le vieux Jo savait quelque chose, peut-être un secret que Mac Callaugh avait intérêt à protéger…

— Comme quoi ? fit le flic, un peu excédé par le mystère que sa collaboratrice distillait au compte goutte.

— Comme savoir qui est le terrifiant individu qui tue, démembre et enterre ses victimes sous les baraques depuis des années…

Victoria reprit son souffle et se laissa pénétrer par la vision des barils de plastique découverts dans le parc national de Cuyahoga Valley, au début de l'été.

Elle ferma les yeux un instant.

Elle frémit et perçut un vertige. Le violent cauchemar la mettant en scène avec Freddy Lawrence la pénétra alors…

Elle se revit, nue, au milieu d'un lit gigantesque sur lequel elle partageait un coït bestial avec Freddy Lawrence. Partout dans la pièce, sur le sol s'étendait à perte de vue un océan de crânes humains, un monceau d'ossements qui semblait se trouver là depuis des siècles.

La jeune enquêtrice reprit alors ses esprits et constata que la main de Ramos venait de se poser sur la sienne.

Elle lui sourit et ils quittèrent tous deux le restaurant, silencieux.

Quelque chose venait d'arriver. Victoria ignorait encore de quoi il s'agissait, mais elle était persuadée d'être toute proche du but…

33

Fort Peck Lake, État du Montana/ États-Unis,
août 1981.

Le crâne reposait sur un lit de champignons à la sauce forestière.

D'étranges graphismes ornaient le pourtour de la calotte crânienne, un peu comme si l'on avait tatoué l'os pour y inscrire un message, y laisser une empreinte indélébile.

Déstabilisé, Freddy Lawrence reposa doucement le couvercle sur le marmiton. Il tourna ensuite mollement la tête et entrevit Patrick Mac Callaugh qui venait de se relever, se tenant la tête entre les mains, certainement encore assourdi par le coup de feu et la détonation du 44 magnum.

Les yeux rougis par les larmes, la bouche déformée par la haine, l'Irlandais se dirigea droit sur Lawrence, d'un pas décidé.

Le flic de Cleveland pointa son arme sur le romancier et hurla :

— Reste où tu es, Mac Callaugh, j'ai toujours eu des doutes, mais maintenant je sais… j'ai les réponses aux questions qui m'ont torturé. Je sais qui tu es…

— Je n'en suis pas certain, très cher Freddy… je crois que tu viens de comprendre l'importance de la situation, mais je ne suis pas sûr que tu saches vraiment qui je suis.

Lawrence leva un sourcil, étonné. Il enchaîna :

— Oh que si ! Tu es un bâtard, tu es peut-être issu d'une goutte de la semence de mon père qui a fini au fond du vagin de ta mère, mais tu n'es pas mon frère ! dit-il en ayant un petit rire nerveux.

Mac Callaugh s'approchait toujours, lentement.

— Mais il me semble que tu ne te questionnes pas suffisamment, Freddy… toutes ces années durant, tu t'es forcé à croire ce que tu voulais bien croire, tu as cru être celui que tu n'es pas. Pendant toutes ces années, tu es passé à côté, tu n'as pas suffisamment réfléchi et aujourd'hui, si tu veux des réponses justes, pose-toi les bonnes questions…

— Ah oui ? Tu penses influencer mon raisonnement ? Moi, aujourd'hui je tombe les masques, je te dis que je sais qui tu es ! Je sais tout ce que tu as fait, tout ce que tu as commis.

Freddy Lawrence releva le chien de son arme et le barillet effectua une rotation. L'index sur la détente, le regard haineux, le flic se tenait prêt.

—Avant de m'abattre, il va falloir te poser une ultime question, la dernière sans doute. A moins que, lorsque tu auras ouvert le feu sur moi et que je ne serai plus en mesure de parler, tu comprennes enfin qui tu es vraiment… cette question viendra te torturer toute ta vie, pour l'éternité même… *qui* repose au fond de cette marmite ? T'es-tu demandé à qui appartenait ce crâne, Freddy ?

*

Cleveland, État de l'Ohio/ États-Unis, **août 1981.**

Les flics s'installèrent tous dans la grande salle de réunion, celle du rez-de-chaussée, celle où généralement l'on célébrait les départs en retraite, mais aussi celle où l'on venait déposer les couronnes destinées à fleurir la tombe du camarade perdu, du coéquipier tombé dans l'exercice de ses fonctions.

Le P.H.U d'Ontario Street était en effervescence. On recherchait deux flics, et pas des moindres, deux camarades du central de Cleveland.

Le capitaine Yaakov Levy entra dans la pièce en bougonnant, un feuillet à la main. Le bourdonnement des voix se dissipa aussitôt qu'il eut chaussé ses lunettes, un peu comme dans une classe d'école lorsque l'instituteur demande le silence en prenant l'air sévère.

Levy se tint face à ses hommes et attaqua aussitôt :

— Bon, les gars, vous savez tous pourquoi je vous convoque à ce briefing inhabituel…

Il y eut un murmure confus qui laissa supposer que la horde de flics avait compris.

— … nous recherchons activement l'un des nôtres, le lieutenant Lawrence, qui aurait disparu de manière assez troublante. Nous sommes à peu près certains qu'il lui est arrivé quelque chose. Il grattait sur l'affaire des macchabées de Woodland et connaissant le bonhomme, il a dû probablement se foutre dans la merde. Ce n'est pas le genre de Lawrence de ne pas donner de nouvelles sur certaines de ses immersions, il l'a déjà prouvé par le passé et j'en veux pour preuve l'affaire du poseur de bombe, l'année dernière. Lawrence sait s'entourer, communiquer avec son équipe et ses collaborateurs de travail et là, silence radio. Une patrouille appartenant au commissariat situé à l'est de la ville a retrouvé son véhicule sur le parking d'un supermarché, les clés de contact dans la boîte à gants…

Une main se leva soudainement dans l'assistance.

Levy désigna l'homme du bout de l'index et lui fit signe qu'il pouvait prendre la parole.

Un jeune flic, fraîchement débarqué des écoles de police, se leva et observa timidement l'assistance d'un œil évasif en laissant se dessiner un frêle sourire sur ses lèvres.

Il avait une allure chétive, une épaisse chevelure en broussaille et deux sourcils très épais qui lui barraient le haut du visage.

— Excusez-moi, Capitaine, mais… il se pourrait que pour une fois Freddy Laurence ait changé ses habitudes de travail…

L'accent slave de la jeune recrue amusa l'ensemble de l'assistance.

— C'est à dire ? Continuez ! ordonna Levy.

—Admettons qu'il ait découvert quelque chose d'important sur l'affaire de Woodland Avenue, il aurait peut-être fait appel à d'autres collaborateurs externes au central. Le lieutenant Lawrence se trouverait donc toujours en immersion, respectant le silence radio de ce genre d'enquête pour ne pas attirer l'attention… il se serait infiltré pour pouvoir mieux enquêter…

Les visages se tournèrent vers le flic à l'apparence négligée.

— Ça ne colle pas, rétorqua Levy, j'vous dis que tout ceci n'est pas dans les habitudes du lieutenant Lawrence. Il n'a jamais laissé sa bagnole de fonction abandonnée comme ça, les clés dans la boîte à gants, avouez que c'est troublant, non ?

— Je suis d'accord, Capitaine, mais c'est aussi ce qui prouve qu'il n'y a pas eu d'enlèvement. Il a eu le temps de ranger les clés du véhicule, ce qui nous indique qu'il savait qu'il n'allait pas récupérer la voiture et qu'un individu lambda allait le faire pour lui…

— Rien ne prouve, s'il y a eu enlèvement, que ses ravisseurs ne l'ont pas fait eux-même…

— Et pour quelles raisons l'auraient-ils fait, Capitaine ?

Il y eut un murmure dans la salle.

Les flics, visiblement gênés de l'insubordination dont faisait preuve le jeune tchèque, se mirent à murmurer ou à toussoter de façon à couvrir sa voix.

— Expliquez-nous plutôt votre théorie, siffla Yaakof Levy, dites-nous où vous voulez en venir exactement cher… rappelez-moi votre nom, déjà ?

— Sergent, mon Capitaine, sergent Yuri Novak… comme je vous l'disais, je pense que l'officier Freddy Lawrence a découvert quelque chose et qu'il préfère enquêter en solo sur cette affaire… à mon humble avis, et j'ai déjà vérifié, le choix de garer son véhicule sur ce parking de supermarché n'est pas anodin. Il y a l'aéroport de Burke Lakefront à quelques centaines de mètres…

Il y eut un rire dans le fond de la salle et un gars au faciès simiesque se leva. Il prit un ton désagréable et lança :

— Capitaine, on pourrait commencer à discuter boulot ? Si on veut tout mettre en place et avoir toutes les chances de retrouver Lawrence, je ne crois pas que nous devrions perdre notre temps avec…

Levy lui fit signe de se rasseoir et, d'un signe du menton, invita Novak à poursuivre.

— Je vous disais donc que Burke Lakefront Airport se trouve tout près du supermarché, Lawrence aurait pu laisser son véhicule et…

— Qu'est-ce que vous insinuez ? Vous pensez que Lawrence s'est tiré ? Il aurait pris l'avion ?

— Il ne reste plus qu'à le vérifier, Capitaine, si ma théorie tient la route il va falloir éplucher les départs depuis l'aéroport…

Levy resta silencieux et dévisagea curieusement Novak. Il enchaîna :

— Je voulais aussi vous rappeler une chose… nous n'avons pas *un* mais deux officiers de police portés disparus. Le sergent Victoria Fletcher était également sur l'enquête, en sous-marin avec un autre officier de police. Nous lui avions suggéré de prendre quelques jours de repos, si on peut appeler cela comme ça, mais elle ne l'a pas fait. Il faut la retrouver très vite, elle aussi.

L'homme à la gueule de singe se leva à nouveau :

— Que se passe-t-il, Capitaine ? Vous nous donnez à tous l'impression que quelque chose de malsain se passe au sein de l'équipe…

— Victoria Fletcher est aussi en danger, je crois qu'elle s'est foutue dans la merde, répondit-il aussitôt, allez ! Au boulot… la journée ne fait que commencer et elle ne va pas être simple…

*

Fort Peck Lake, État du Montana/ États-Unis,
août 1981.

— Ce putain de crâne c'était celui de mon frère, tu

commences à saisir, Freddy ? C'était mon frère, bordel de merde !

Lawrence eut un sourire diabolique. Un rictus étira les traits de son visage jusqu'à lui conférer un masque de souffrance, comme s'il venait de ressentir la douleur émotionnelle de Mac Callaugh.

— C'est bien ce que je pensais mon pauvre gars, tu es vraiment cinglé… il te manque une case mon bonhomme. Alors, vas-y, raconte-moi l'histoire de ton frère et surtout, surtout dis-moi ce qu'il vient foutre dans cette marmite !

— Tu le sais très bien, Freddy… tu sais où je veux en venir. Les dessins tribaux qui ornent ce crâne sont d'origine indienne. Ils évoquent l'acte de cannibalisme que pratiquaient les clans d'iroquois jusqu'au milieu du dix-neuvième siècle…

Patrick Mac Callaugh avança d'un pas en direction du flic qui pointait toujours son arme sur lui.

— Reste où tu es et mets bien tes mains en évidence devant toi ! Je t'assure que je n'hésiterai pas à te faire sauter la tête si tu avances encore…

— … l'acte d'anthropophagie permettait aux indiens d'avaler l'âme de leurs ennemis, de les faire disparaître et de les posséder à jamais.

— Je sais tout cela, ordure ! hurla Lawrence en redressant son avant-bras qui fatiguait par le poids de son arme.

L'autre stoppa et leva les mains. Lawrence continua :

— Tu me prends pour un inculte ? Tu cherches quoi ? Tu cherches à m'humilier ? Tu crois que je ne sais pas qui tu es ? Tu es tout sauf mon frère… tu es un assassin, un manipulateur, Mac Callaugh…

L'Irlandais s'esclaffa. Il regarda l'horizon, puis le

ciel, tout en se tordant de rire comme si ce que le flic venait de dire était la meilleure blague qu'il n'avait jamais entendue depuis bien longtemps.

Freddy Lawrence s'approcha alors lentement de Mac Callaugh en agitant son Magnum 44, lui ordonnant de se mettre à genoux devant lui.

L'écrivain, hilare, obtempéra sans broncher. Il sentit alors l'odeur caractéristique de Freddy Lawrence, cette odeur intolérable que tous les pores de sa peau dégageaient.

Le flic posa le canon de l'arme sur le sommet de son crâne et continua :

— Tu es un putain de tueur dégénéré… tu as assassiné ton frère voilà plusieurs années, tout comme j'ai tué mon jumeau, forcé de me battre pour ma survie. Oui, moi aussi j'ai commis un fratricide, in-utéro, alors que j'étais encore dans le bide de ma mère. J'ai bouffé mon jumeau, comme un vrai prédateur. Le fœtus qui partageait avec moi le placenta de ma mère ne tenait pas le choc, il encaissait mal les coups que mon père portait à ma mère, il était faible, en mauvaise santé. Alors, comme il ne se nourrissait presque plus, je me suis nourri deux fois plus, je lui pompais toute sa matière vitale. Mon jumeau a fini par crever. C'est la loi de la jungle… et puis, je ne l'ai pas tué de manière préméditée, c'est un acte biologique, c'est la nature. Toi, par contre, lorsque à l'époque tu as fini par découvrir que ton frangin était homosexuel, tu ne l'as pas supporté, tu n'aurais pas pu porter cela sur tes épaules toute ta vie, Patrick…

Mac Callaugh, à genoux, sanglotait. De lourdes larmes glissaient sur la peau de son visage et, sur sa mâchoire inférieure, un petit tic nerveux palpitait de manière régulière.

Une corneille vola très bas et traversa la cour de la ferme. Elle se posa sur la fenêtre de la bâtisse en croassant puis s'ébroua bruyamment.

C'est à cet instant que Mac Callaugh se releva en empoignant l'arme du flic, usant de toutes ses forces pour retourner le canon sur le ventre de ce dernier.

Les deux hommes tombèrent alors au sol et roulèrent jusqu'à la table qui se renversa.

Le crâne de Brady Mac Callaugh fut éjecté de la marmite, roula lentement au pied de la grande moissonneuse batteuse rouillée et s'immobilisa, les orbites visant le drame qui se déroulait dans la cour de la ferme oubliée…

34

Brecksville, État de l'Ohio/ États-Unis, **août 1981.**

Ramos écrasa sa cigarette de la pointe de sa bottine avant de pénétrer dans le hall de l'établissement.

Précédé de Victoria Fletcher, il s'engagea dans un vaste hall qui sentait la lavande et le détergent. À sa droite, il visa le comptoir d'accueil derrière lequel une grosse dame noire semblait absorbée, concentrée à taper un courrier sur le clavier de son ordinateur. Le flic observa Victoria qui se dirigea vers le comptoir. Il ne savait expliquer ce qu'il ressentait depuis quelques jours, depuis l'instant où il avait croisé le regard de la jeune enquêtrice, depuis la nuit précédente, à Cleveland. Il aimait tout chez elle ; ses yeux bruns, très clairs, sa peau fine et blanche, sa longue chevelure noire, son sourire, ses coups de gueule, tout. Il ne savait absolument pas pourquoi ce truc-là lui tombait sur la tête. En revanche, ce qu'il savait, c'est que la jeune femme avait besoin d'aide et il était prêt à lui apporter son soutien.

La grosse dame leva le regard par-dessus les verres de ses lunettes et dévisagea Fletcher avec suffisance. Elle pensait certainement que celle-ci venait visiter un patient. Un de plus, un parmi tant d'autres qui avait déjà un pied dans la tombe.

— Bonjour madame, donnez-moi le nom de votre parent, s'il vous plaît, ou bien son numéro de chambre… demanda l'agent d'accueil en se replongeant dans la rédaction de son courrier.

Victoria Fletcher, à demi amusée, se retourna, observa Henrique Ramos et déclara calmement :

— Je ne viens pas spécialement pour visiter un parent, dit-elle en faisant brusquement claquer sa plaque sur le comptoir.

L'agent d'accueil sursauta. Elle observa les deux flics, ajusta sa paire de lunettes sur son nez puis s'empressa de répondre tout en détaillant l'insigne officiel :

— Oh ! Désolée... quelle est la personne que vous recherchez ?

Ramos s'avança.

— Il s'agit d'un ancien pensionnaire, dit-il en écartant Victoria d'un geste tendre, enfin, il pourrait s'agir d'un pensionnaire décédé selon les dires d'un des employés de la maison, c'est ce que l'on nous a dit. Nous aurions aimé en savoir un peu plus sur cet homme, mais surtout, nous aurions voulu savoir s'il a reçu des visites peu avant son décès...

— Et quel est son nom, Inspecteur ? demanda la grosse dame devenue soudainement mielleuse.

— Il devrait s'agir d'un certain Jo... Johnny Patterson.

La responsable des admissions balbutia entre ses lèvres quelques mots inaudibles, comme si déjà ce nom évoquait pour elle quelqu'un qu'elle avait bien connu.

Elle se leva soudain, fit signe aux deux enquêteurs de la suivre et ils traversèrent tous les trois la grande salle d'accueil.

Partout sur les murs des tableaux. Des gigantesques fresques représentant des espaces qui appelaient à la sérénité. Des peintures évoquant l'immensité du ciel et la caresse des nuages, des représentations de l'océan, de grands champs fleuris, des prés interminables qui déroulaient leur tapis vert à perte de vue, des rivières et des montagnes en arrière plan, des portraits aux traits âgés, des visages souriants, tout le bonheur de la terre concentré sur quelques mètres carrés de toile, comme si soudainement l'idée de la mort ne devait plus être qu'un sourire, que le cliché d'un paysage ensoleillé, comme si l'être qui s'apprêtait à quitter ce monde n'avait plus qu'à observer ces représentations positives pour oublier la douleur de quitter les siens.

Un vieillard dans un fauteuil roulant déambula dans le hall. Ramos nota ses yeux délavés et son teint cireux, son regard vide et fixe, accroché sur une ligne d'horizon qu'il imagina être celle dont personne ne voulait approcher.

Jenny Johnson frappa à la porte d'un bureau. Une voix répondit et elle fit signe aux deux flics de bien vouloir entrer, s'empressant ensuite de retourner derrière son comptoir d'accueil, impatiente de poser à nouveau son imposant fessier.

Ramos et Fletcher pénétrèrent alors dans le bureau du directeur de l'établissement…

*

*Blake memoria/***août 1981.**

Blake respira un grand coup en scrutant les alentours.

Il ramassa le crâne de Brady Mac Callaugh qui avait roulé sous la moissonneuse batteuse, caressa du bout des doigts le long galon tribal tatoué sur l'os et le cala sous son bras.

Le cri de la corneille avait tout déclenché, tout précipité.

Blake examina son rival qui gisait au sol, inanimé.

La blessure due au coup de feu avait l'air sérieuse. La balle avait pénétré le flanc droit au niveau de l'abdomen et une importante quantité de sang s'était épanchée.

Blake, le crâne toujours sous le bras, agrippa le blessé par le col de sa chemise et entreprit de le tirer jusqu'au véhicule garé à l'entrée de la ferme.

Il se demanda alors, tout en s'arrêtant pour reprendre son souffle, comment ce péquenot avait bien pu s'y prendre pour le retrouver…

Il eut un haut-le-cœur en se souvenant que cet enfoiré était son demi-frère, qu'il partageait un peu le même sang, la même tambouille ignoble que leurs parents avaient déversée dans leurs veines.

Dans un dernier effort, il hissa le corps dans la voiture après avoir ouvert la portière arrière. Il plaça le blessé sur la banquette en le recouvrant d'un plaid écossais rouge puis s'installa au volant.

Blake prit alors conscience que les années avaient passé, que beaucoup de choses avaient changé.

Il repensa à son ancien appartement sur Fullerton Avenue, aux abords de Slavic Village, cet appartement qui s'était gorgé du sang de ses victimes, s'était empli de leurs cris étouffés par un bâillon trop serré.

Il repensa à Eileen Fitzgerald, la belle Eileen Sterling Fitzgerald. Il revoyait son corps, ressentait la douceur de sa peau entre ses mains, l'humidité et la profondeur de son intimité, il réentendait ses gémissements de plaisir.

Pourquoi avait-il, à cette époque-là, ressenti ce besoin de chair féminine ?

Que s'était-il passé ?

Il revoyait la maison, cette fichue maison qui avait remué des strates de souvenirs enfouis, les actes peu glorieux qu'avaient commis ces personnes qu'il avait aimées.

Il revoyait le vide sanitaire de la maison. Les cadavres. Tous les cadavres qu'il ramenait alors et qu'il enfouissait dans une petite cavité creusée à la hâte, qu'il recouvrait de chaux vive et qu'il délaissait jusqu'à sa visite suivante.

Blake se concentra sur la route et prit la direction des grandes étendues.

Il jeta un œil dans le rétroviseur et aperçut le visage de son demi-frère qui émergeait de sous le plaid. La victime gémissait et semblait avoir perdu beaucoup de sang.

Il ne fallait pas que le malheureux décède. Il fallait qu'il tienne le coup jusqu'à chez lui, que la vie ne s'échappe pas trop vite de ce corps qu'il voulait souiller. C'est lui qui déciderait quand mettre un terme aux souffrances de sa victime. Probablement lorsqu'il lui aura administré un puissant sédatif et qu'il se sera servi de son corps comme d'un objet d'art, d'un ustensile de plaisir, lorsqu'il aura photographié son anatomie dans ces poses lascives qui lui procuraient tant de satisfaction.

Blake désirait plus que tout revenir aux sources, retrouver l'origine de sa sexualité, de sa réelle homosexualité et pour ça, il fallait qu'il retourne là où tout avait commencé…

*

Cleveland, État de l'Ohio/ États-Unis, **août 1981.**

Les flics avaient quelque peu chamboulé la bonne marche de Burke Lakefront Airport.

Une majeure partie du personnel avait été sommée de vérifier les embarquements et de retrouver un certain Freddy Lawrence. Ils n'avaient aucune destination à préciser et c'est ce qui compliqua le travail.

Le jeune Yuri Novak exultait de constater que sa théorie avait fini par payer et que le capitaine Levy s'en était remis à ses lumières.

Alors qu'ils perdaient tout espoir, une belle jeune femme d'une vingtaine d'années, longue chevelure blonde et soyeuse, yeux bleus, semblable à ce genre de petite poupée qui fait craquer les fillettes et coûte une fortune, s'écria en sautillant sur place comme si elle venait de décrocher le jackpot à la loterie nationale.

Novak se retourna et dévisagea la figurine de mode. Il s'avança lentement vers son comptoir en lui accordant son plus beau sourire, puis lui demanda :

— Mademoiselle ? Vous avez ce que l'on cherche ?

La jeune femme le regarda fixement, un sourire niais trahi par des lèvres pincées. Cette dernière était visiblement impatiente de collaborer avec la police locale.

— J'ai… j'ai bien trouvé un Freddy Lawrence, là… fit-elle en pointant du doigt une ligne sur l'écran verdâtre de son ordinateur, regardez Monsieur, il est bien parti, il a embarqué porte numéro 7, vous voyez ? C'était un vol à destination de Glasgow, avec une escale dans le Colorado, à Denver précisément…

— Et… est-ce vous qui… enfin, peut-on savoir qui s'est occupé de cet embarquement ? Pouvons-nous savoir s’il était seul ?

— Heu… attendez, j’ai le numéro d’enregistrement, la date, oui, je peux savoir qui a fait embarquer Monsieur Lawrence… je vous demande un instant, fit-elle en souriant de toutes ses dents.

Elle le regarda avec un air canaille, laissant papilloter ses paupières comme éblouie par la beauté brute du jeune slovaque, définitivement charmée.

Barbie décrocha son téléphone, composa un numéro et attendit quelques secondes en tapotant du bout de ses ongles vernis sur le comptoir en bois laqué.

Elle fit signe à Novak de bien vouloir patienter, comme si celui-ci s’apprêtait à l’interrompre, puis prit soudain une voix d’adolescente émerveillée :

— Oui, poulette, c’est moi, Rachel. Je t’appelle au sujet d’un embarquement à destination de Glasgow que tu aurais enregistré… tu peux rappliquer porte 9 ? La police de Cleveland aurait besoin de connaître certains détails, ils veulent te montrer la photo d’un gars, savoir s’il était seul ou accompagné lorsqu’il s’est présenté à l’enregistrement. Je t’attends, à tout de suite.

Elle raccrocha en déclarant :

— Voilà, monsieur l’inspecteur, ma collègue arrive…

Yuri répondit par un sourire gêné. Il la dévisagea puis pensa que la petite poupée devait faire la fierté de la direction de l’aéroport.

Il retourna la photo de Freddy Lawrence qu’il triturait entre ses doigts, puis détailla le visage du flic.

Un détail l’intrigua. Il n’aurait su dire quoi.

Comme une petite musique, ce détail sembla vouloir s’insinuer dans son esprit sans qu’il ne put en déterminer l’importance…

35

Brecksville, État de l'Ohio/ États-Unis **août 1981.**

— C'est peut-être un détail, mais il peut vous intéresser : Johnny Patterson est décédé voilà quelques jours, sans souffrance, il est parti paisiblement… souffla calmement le directeur du centre de soins palliatifs.

— Ça, c'est ce que nous allons voir, nous allons vérifier s'il est parti paisiblement, déclara Victoria Fletcher en chassant d'un coup de talon le chat siamois qui venait ronronner entre ses jambes.

À ses côtés, Henrique Ramos acquiesça d'un signe de tête. Il se leva et fit mine d'observer minutieusement les toiles qui paradaient sur les murs du bureau.

Le directeur de l'établissement se leva soudain, presque excédé.

— Quoi ? Vous allez faire une demande d'exhumation ? Ce pauvre vieux n'a donc pas droit…

— Monsieur Boston, nous sommes en train de travailler sur une enquête criminelle, et Johnny Patterson a pu –ou aurait pu– être en contact direct avec l'individu que nous recherchons. Nous aurions justement aimé savoir si votre patient était souvent visité par des membres de sa famille, des amis, et plus particulièrement ces derniers jours…

— Une enquête criminelle ? Mais de quoi s'agit-il exactement ?

Victoria Fletcher eut un petit hoquet, un rire nerveux.

— Allons, monsieur Boston, vous savez bien que tout ceci reste confidentiel et que nous ne pouvons pas divulguer les détails de cette investigation… pour faire court, nous enquêtons sur une affaire de meurtres en série. Dites-moi plutôt si Jo avait des visites ces derniers mois…

Le directeur hocha la tête pour acquiescer, inspira profondément, croisa les mains et déclara :

— Oui, bien évidemment… nous avons eu l'honneur et le plaisir de recevoir entre nos murs monsieur Mac Callaugh en personne, l'auteur de *« Une fin de loup »*.

Ramos et Fletcher se regardèrent alors, l'expression de leurs visages devenue soudainement grave.

Boston enchaîna :

— Mac Callaugh ne l'a jamais avoué à Patterson, mais le personnage central du roman, cet anti-héros, *c'est* Patterson. Mac Callaugh s'est totalement inspiré de la vie de Johnny Patterson, c'est évident, tout le monde le sait.

— Et que venait-il faire ici ces derniers temps ? Savez-vous pourquoi il venait visiter le vieux Jo ? lança Fletcher en martyrisant à nouveau de sa botte le félin aux yeux bleus.

— Je pense qu'il venait justement lui avouer le fait qu'il se soit inspiré de lui, je n'en sais rien à vrai dire, je n'en sais pas plus… ils étaient assez amis apparemment. Peut-être Patterson voulait-il écrire ses mémoires ?

La jeune enquêtrice quitta son siège en lançant au chat un regard noir. Victoria détestait les félins. Elle les trouvait cupides, opportunistes, fourbes et porteurs de malédictions. Elle les aimait empaillés, immobiles et silencieux sur des socles de bois vernis, comme chez sa tante Adélaïde.

Elle fit un tour de la pièce et observa elle aussi les toiles qui représentaient, tout comme dans le hall d'accueil de l'établissement, des havres de paix, des lieux qui appelaient à la sérénité de l'esprit. Elle contempla plus longuement une œuvre sur laquelle figurait une chaîne de montagnes en arrière plan, un lac et un interminable champs à l'herbe ultra verte. Au tout premier plan se trouvait une maison, un immense corps de ferme en bois avec un enclos, et du bétail à l'intérieur.

Victoria eut alors un mouvement de recul en observant la signature au bas du tableau. Elle entreprit de relire le nom de l'auteur à trois reprises et se retourna ensuite, s'adressant au docteur Boston :

— Dites-moi… c'est… c'est *notre* Patterson ?

— Oui… c'est bien Johnny Patterson qui a peint ce tableau, d'ailleurs, la plupart des peintures qui sont exposées dans le hall d'accueil sont l'œuvre des pensionnaires qui sont passés au *« Sunset House »*. Jo peignait il y a encore quelques mois de cela, puis la fatigue lui a fait poser les pinceaux. Il m'a offert cette toile lors de son admission dans le service, il disait que cet endroit représentait pour lui de drôles de choses ; à la fois tant de bonheur et en même temps tant de déceptions, il s'agissait de sa ferme, je crois, dans le Montana…

Fletcher se rapprocha de l'ancien médecin et demanda :

— Est-ce que Patterson vous aurait parlé d'un individu, d'un homme singulier, est-ce qu'il se serait confié à vous ? Vous aurait-il parlé de choses particulières, des choses qu'il avait sur le cœur ?

Le docteur Boston hocha la tête. Il déclara alors :

— Jo se confiait un peu à moi mais jamais vraiment dans le détail. Il ne s'étalait pas sur son passé ni sur sa vie privée, néanmoins, il m'avait parlé de ce neveu dont il avait eu la charge pendant quelques années. Il a souvent évoqué cette période comme ayant été désastreuse pour lui, très difficile. Lui qui était quelqu'un de plutôt sauvage et solitaire…

— Et qui était ce gosse ?

— Je viens de vous le dire, son neveu…

— Son nom ?

— Il ne m'a jamais dit son nom…

On frappa brièvement trois coups à la porte et celle-ci s'entrebâilla doucement.

Le visage de la réceptionniste apparut alors. Elle chuchota :

— Monsieur Boston, la commission de sécurité vient d'arriver. Je les fais patienter ou...

Boston l'observa par-delà les verres de ses lunettes, puis secoua la main devant lui :

— Non, non ! dit-il, comme paniqué par la seule idée de faire attendre ces gens-là, surtout pas ! Ces messieurs viennent exprès pour l'ouverture de la grande salle du réfectoire, ils viennent vérifier si tout est aux normes, je ne voudrais pas les froisser… j'arrive immédiatement.

En balayant l'air d'un signe de la main, il donna congé à la réceptionniste, puis se leva brusquement.

— Je suis désolé, mais il faut que j'y aille… c'est un rendez-vous très important.

Fletcher le dévisagea silencieusement, frustrée de se faire rembarrer aussi sèchement.

Ramos se rapprocha très près du docteur Boston, collant presque son front sur le sien. Ce dernier recula un peu, gêné. L'haleine fétide du flic, chargée de relents de tabac froid, fit vaciller le directeur.

Le flic posa sa main sur l'épaule de l'ex-médecin.

— Ecoutez, Docteur, nous vous remercions pour votre collaboration mais, si toutefois la mémoire vous revenait, enfin… je veux dire, s'il y avait des choses dont vous ne vous étiez pas souvenu aujourd'hui et que ces petits détails revenaient, n'hésitez pas à nous appeler. Je suis persuadé que vous possédez une très bonne mémoire, Docteur… termina Ramos, ironique, un large sourire sur les lèvres.

— Je n'y manquerai pas, je vous appellerai même personnellement. Vous avez une carte, monsieur…

— Lieutenant Ramos… vous pouvez me joindre au central de Wellington. Je me ferai un plaisir…

Victoria s'approcha des deux hommes.

— Et moi je suis le sergent Fletcher, du P.H.U de Cleveland. Nous avons besoin de la coopération de tout le monde, Docteur. Il nous faut mettre la main sur un salopard qui découpe ses victimes et les dépouille de leurs organes…

L'autre parut horrifié.

— Qu'est-ce que c'est que cette connerie ?

— C'est pas une connerie, Doc, c'est un oiseau de mauvaise augure que nous aimerions capturer. Il vole de branches en branches en toute impunité, depuis trop longtemps, et le chat commence à être agacé… fit-elle en imitant un félin toutes griffes dehors.

*

Blake memoria/ **août 1981.**

Après l'avoir traîné sur plusieurs mètres, Blake jeta le corps de son demi-frère sur le sol poussiéreux de la cabane.

La déco, plutôt spartiate et surannée, laissait

supposer que l'on n'était pas revenu sur les lieux au moins depuis les années soixante-dix.

Une table chétive qui trônait au milieu de la petite pièce, un canapé de cuir recouvert d'une peau de bête flanqué dans un coin, une gazinière sans âge et un tableau brodé main représentant une scène de chasse –le genre de canevas qui donne le tournis-, étaient là les seuls vestiges de l'habitation, figés par le temps et la poussière. La baraque n'avait rien d'un coquet refuge pour amoureux, rien du havre de paix d'une villégiature pour notables et fortunés.

Le demi-frère de Blake se vidait de son sang.

Une dent s'était arrachée de sa gencive alors que Blake le traînait au sol. Face contre terre, ses incisives avaient percuté les trois marches de l'escalier bétonné qui donnait sur l'entrée du cabanon.

Encore groggy comme un boxeur au tapis, allongé sur le sol crasseux, le demi-frère maudit ouvrit son œil gauche à moitié et scruta son environnement immédiat : quelques tableaux au mur évoquant des scènes de chasse au cerf, des trophées abjects de volatiles sauvages, des têtes d'animaux aux poils blanchis par la poussière qui vous fixaient de leurs yeux vitreux, brillants comme si l'animal venait d'être abattu, des étagères sur lesquelles reposaient, figés dans leur plus belle position, toute sorte de petits rongeurs que l'on pouvait trouver dans les forêts du Montana, le tout rehaussé par une sorte de tapisserie murale jaunie par le soleil, déchirée et moisie par les nombreuses et fréquentes infiltrations d'eau qui provenaient de la toiture.

« Bordel de putain de merde ! Je connais cet endroit... il n'a pas le droit de m'amener ici... » songea-t-il en gémissant de douleur.

Blake s'installa confortablement dans le fauteuil de cuir qui se trouvait près de la fenêtre en lâchant un long soupir d'aise puis, calmement, extirpa de sous sa ceinture l'énorme 44 magnum qui lui blessait la peau du ventre.

Une voix, rauque et pénétrante, comme si celle-ci provenait curieusement de la tête du sanglier, s'éleva alors dans la pièce étriquée :

— Alors ? Qui est-ce qui avait raison, hein, petit frère ?

Le demi-frère de Blake tenta d'articuler une phrase mais ses lèvres tuméfiées et le sang qui s'était épaissi dans sa bouche l'en empêchèrent.

Blake continua :

— Tu comprends que je vais devoir te tuer, frérot, hein ? Tu le sais ? Je vais déroger à mon petit rituel mais ce n'est pas grave. Ni toi ni moi n'avons envie de baiser ensemble, alors je vais le faire à la loyale. C'est un peu fade, je te le concède, mais je n'ai pas le choix… qu'en penses-tu, toi, « Mister Red Lover » ? Tu te souviens de ce sobriquet dont nous t'avions affublé les copains du quartier et moi ? Hein, Red Lover ? Tu te souviens, dis?

Le Red Lover en question esquissa un semblant de sourire qui découvrit sa dentition ensanglantée. Il hocha la tête.

« Red Lover ! Putain, si j'm'en souviens ! Je l'aimais tant cette fille… » pensa-t-il tout en laissant un flot de souvenirs assaillir son esprit.

Les images traversèrent sa conscience aussi vite qu'un train fou, un train chargé d'émotions, un train qui ne pouvait plus s'arrêter car les gares avaient disparu.

Il se souvint de tout.

Le drame vécu par cette fillette avait marqué les esprits à l'époque.

La petite avait survécu mais de nombreux habitants du quartier, eux, avaient dû suivre une thérapie pendant quelques temps, histoire de ne plus être hanté par l'horreur qui s'était déroulée à quelques pas de chez eux.

Blake continua d'une voix plus douce :

— Alors, frérot, tu te souviens de tout maintenant ? Tu te souviens de sa mère, Anna ? Tu te souviens de cet enculé de Gary ? Oui, bien sûr… toutes ces années durant tu as voulu le buter mais tu pensais à ton avenir, et tu as eu raison frérot…

Red Lover remua sur le sol ensanglanté, puis réussit enfin à articuler quelques mots :

— Pourquoi… tu me parles… de tout ça ?

— Tu le sais, frérot, tu m'as fait venir ici pour finir ce qui a commencé voilà plus de vingt-cinq ans. Tu savais que Gary était dérangé sexuellement, que ses mœurs sexuelles étaient singulières, qu'il était autant pédophile qu'il était homosexuel… tu m'as laissé le faire à ta place, n'est-ce pas ? Tu n'as jamais eu les couilles d'assouvir ta vengeance. Et aujourd'hui, tu voudrais achever cette histoire, me faire disparaître pour enterrer ce putain de souvenir qui te hante tous les jours que Dieu fait…

— Ce… ce n'est pas tout à fait ça…

— C'est tout comme. Tu as mis cette raclure sur ma route à l'époque, tu as fait en sorte qu'il tombe dans mes filets, qu'il se retrouve entre mes serres afin que son châtiment soit égal à celui qu'il avait infligé à la petite… comment se nommait-elle déjà ? Hein, Red lover ?

L'autre sanglotait doucement, submergé par la douleur et les émotions. Les mots s'agglutinaient au bord de ses lèvres, ne pouvant aller plus loin.

— … je… elle se… c'était…

Blake se leva alors et vint s'accroupir près de son

demi-frère. Il se pencha et souffla dans son oreille :

— Victoria… elle se prénommait Victoria, frérot, voilà la raison de tes troubles et de nos retrouvailles…

36

Cleveland, État de l'Ohio/ États-Unis, **août 1981.**

Porte 9.

Elle apparut comme une star sur un écran de cinéma. Elle était aussi belle que sa collègue et pourtant, la petite Rachel n'avait rien à lui envier.

Novak lui fit signe de s'approcher tout en lui présentant sa plaque.

— Bonjour mademoiselle, je suis le sergent Yuri Novak. Dans le cadre d'une investigation concernant une recherche de personne disparue, j'aurais aimé savoir si vous pouviez identifier cet homme… fit-il en lui présentant la photo de Freddy Lawrence.

La jeune hôtesse détailla la photo en arrangeant une mèche de cheveux derrière son oreille. Elle observa ensuite dans les moindres détails le visage du jeune tchèque qui continua :

— Il aurait embarqué pour un vol à destination de Glasgow, un vol qui comportait une escale, à Denver précisément, c'était porte 7 et c'est vous-même qui vous êtes chargée d'enregistrer son embarquement…

La petite poupée hocha la tête en souriant.

—Exact, Sergent, je me souviens de cet homme… il paraissait mal à l'aise et très pressé…

— Il était seul ? Vous pouvez vous rappeler de certains détails ?

— Oui, il était seul… concernant les détails, oui, un

détail m'a profondément marquée car il y avait quelque chose de particulier chez cet homme…

Elle se retourna et jeta un regard à sa collègue qui suivait la conversation sans avoir l'air d'y toucher. Elles gloussèrent ensemble comme deux complices de toujours, puis se concentrèrent de nouveau sur la voix du jeune policier.

— Mademoiselle, fit Novak, irrité, puis-je savoir ce qui vous fait rire ?

— Eva… lança la grande et magnifique brune aux yeux verts.

— J'vous demande pardon ? Je…

— Vous pouvez m'appeler Eva, Sergent, le « mademoiselle » me semble un peu trop convenu. Ce qui me fait rire maintenant n'a pas provoqué la même hilarité au moment où cet homme se tenait devant moi…

— C'est à dire ?

— Je me souviens de ce gars comme si cela faisait cinq minutes qu'il était passé devant moi. L'odeur qu'il dégageait était insupportable, une sorte de mélange de sueur rance, de friture et de…

Elle hésita. Le petit sourire qui lui creusait une fossette sur la joue droite s'estompa très vite.

— Vous hésitez à le dire mademoiselle Eva, continua Novak, mais il est vrai que le lieutenant Lawrence dégage une odeur repoussante, c'est une maladie hormonale qui le ronge depuis l'enfance… rien à voir avec l'hygiène…

— Je n'en doute pas, murmura timidement la jeune fille.

— Il ne me reste plus qu'à vous remercier pour votre collaboration…

— En tous les cas, on peut dire que votre collègue ne passe pas inaperçu…

Novak rangea la photo de Lawrence dans la poche intérieure de sa veste, puis fronça les sourcils et demanda :

— Que voulez-vous dire ?

— Eh bien… votre collègue n'est pas vraiment gâté par la nature malgré qu'il possède beaucoup de charme, hormis l'odeur, il reste encore cette déformation labiale… dit-elle en caressant ses lèvres de son ongle vernis de rouge.

C'est à cet instant que le flic ouvrit la dernière porte de sa perception jusque-là bouclée à double tour. Avec la puissance d'un uppercut, l'image du visage de Freddy Lawrence vint heurter sa conscience, clairement, lui apportant la réponse quant au questionnement qui l'avait tant intrigué en observant précédemment la photo de son collègue.

Le bec-de-lièvre.

Freddy Lawrence portait sur ses lèvres les stigmates d'un bec-de-lièvre que la chirurgie réparatrice d'une époque reculée avait imprimé à jamais…

*

Brecksville, État de l'Ohio/ États-Unis, **août 1981.**

L'unité de soins palliatifs l'avait quelque peu ébranlée mais beaucoup moins que l'homme qui la dirigeait.

Juste après avoir quitté le Docteur Boston, Victoria Fletcher s'était mise en quête d'une cabine téléphonique afin de contacter le central de Cleveland.

Le capitaine Levy n'allait pas la louper

Elle savait que son cul allait chauffer. Elle allait en

prendre pour son grade et ça, ça pouvait vraiment compromettre la suite de son investigation.

Elle savait qu'elle tenait quelque chose.

Ramos l'avait aidée. Il croyait en elle.

Elle savait qu'elle n'était pas folle et qu'elle pouvait tenir la barre.

« Je ne suis pas cinglée... ce sont tous ces sacs à foutre, ces sacs à testostérone qui sont foutraques ! »

Elle se demandait qui avait bien pu ordonner un détachement médical, qui avait bien pu envoyer ces deux médecins pour lui signifier sa maladie mentale, pour insuffler l'idée à ses supérieurs qu'elle pourrait être impliquée dans cette série de meurtres, jusqu'à leur suggérer de la mettre hors circuit…

« ... je ne suis pas schizophrène, putain de merde ! Je suis en pleine possession de mes facultés mentales... »

Elle entra dans la cabine, décrocha le combiné d'une main tremblante et composa le numéro.

Tout en observant Ramos qui se tenait de l'autre côté de la rue, elle laissa son esprit la submerger, lui renvoyer les images de ces derniers jours. Elle repensa à Freddy Lawrence, aux cauchemars nimbés d'érotisme qui l'avaient hantée ces dernières nuits. Elle ressentit à nouveau cette attraction, ce magnétisme que dégageait le flic et qui l'aurait sans aucun doute conduite dans son lit si elle ne s'était pas fait violence.

Ramos, c'était différent, elle en avait eu besoin. Une baise pour une baise.

Mais Lawrence… d'où provenait cette étrange sensation ?

Encore un bip, la tonalité qui se perd vers l'infini et enfin la voix.

— Capitaine Levy, j'écoute…

Trois secondes d'hésitation.

« ... Allez ma grande, jette-toi à l'eau... » pensa-t-elle en imaginant le visage empourpré de Levy.

Le cœur affolé, elle attaqua avec assurance:

— Capitaine, c'est moi, Fletcher, je…

— Putain de bordel de merde ! Fletcher! Qu'est-ce que vous branlez? Toute une unité est mobilisée pour vous retrouver, vous et votre coéquipier Lawrence… vous êtes où exactement ?

— Attendez, ne vous fâchez pas Capitaine, je suis sur du lourd, et je pense que…

— Je me fous de ce que vous pensez, merde ! Vous êtes supposée être relevée de vos fonctions, vous êtes suspendue pour raisons médicales, Fletcher, vous vous souvenez ?

Elle chassa l'image des deux médecins venus lui rouvrir sa cicatrice.

Son ton se fit plus sec :

— Capitaine, il va falloir que vous fassiez une demande auprès du juge, il nous faut un permis d'exhumer, ici, à Brecksville…

L'autre bafouilla, hésita, puis tenta de ramener la barque sur la berge. À son sens, Fletcher partait à la dérive.

— Fletcher, écoutez-moi, laissez tomber ce péquenot de flic du fin fond de Wellington et ramenez votre cul ici, au P.H.U…

— Non ! C'est vous qui allez m'écouter. Si Lawrence s'est engagé sur une filature en sous-marin ce n'est pas pour rien. Tout est lié. Je vous dis que je suis en train d'assembler les pièces du puzzle, que je suis sur le point de trouver, je vais enfin résoudre l'affaire des cadavres de Woodland Avenue… il faut prévenir la presse, il faut balancer cette merde aux journaleux ! Cela peut être utile, ces fouilles-merde ont peut-être enquêté sur l'affaire à l'époque et…

— Fletcher ! Vous voulez sensibiliser la presse uniquement pour donner du poids à votre enquête, c'est tout ! Vous êtes épuisée, vous êtes déroutée car votre partenaire vous a lâchement abandonnée… et puis c'est quoi cette connerie de permis d'exhumer ? Qu'est-ce qui justifierait que je doive déranger le juge Olwen ?

— Tout est lié… le fils Mac Callaugh, Johnny Patterson, la maison de Woodland, Eileen Fitzgerald et sa relation avec Freddy Lawrence, tout j'vous dis !

Un gigantesque Trucks traversa soudain l'avenue en faisant trembler la cabine téléphonique. Victoria Fletcher en profita pour reprendre son souffle, attendit que l'engin s'éloigne puis reprit calmement :

— Lawrence est sur une piste lui aussi et à l'heure qu'il est, il doit être probablement proche du but. Il ne m'a pas lâchée…

— Nous avons localisé Lawrence il y a à peine une demi-heure, Yuri Novak vient de me contacter… la coupa sèchement Levy.

— Et où se trouve-t-il exactement ?

— Dans le Montana, près de Glasgow plus précisément…

Victoria Fletcher se frappa le front. Elle balbutia quelques mots inaudibles puis lâcha froidement :

— La ferme de Johnny Patterson… Lawrence se trouve dans l'œil du cyclone !

— Qu'est-ce que vous me chantez ? Et ce permis d'exhumer, c'est pourquoi ?

Le sergent Fletcher inspira profondément puis souffla dans le combiné :

— Une autopsie sur le corps de Johnny Patterson. J'ai de fortes raisons de penser que Patrick Mac Callaugh a dézingué le vieux…

37

Blake memorial **août 1981.**

Blake observa Red Lover avec une sorte de condescendance dans les yeux.

Le pauvre gars se vidait toujours de son sang, inexorablement, comme une source qui finirait tôt ou tard par se tarir sous un soleil de plomb.

Blake s'accroupit près de lui, lui caressa le front doucement et marmonna en ricanant :

— Mon pauvre… regarde dans quel état je t'ai mis. Je ne voulais pas de tout ça, c'est un vrai gâchis. Concernant Victoria, elle est un peu cinglée, tu devrais le savoir… mais à présent il faut que tu l'oublies, et je vais t'aider à l'oublier pour toujours. *Red Lover* va finir en beauté, comme les princes des forêts, comme les grands mâles en rut des grandes étendues du Montana…

Le demi-frère maudit ouvrit grands les yeux. Une espèce de lueur étrange passa dans son regard. Ce n'était pas de la peur, c'était de l'effroi…

Blake continua d'une voix sombre, très basse :

— … oui, concernant ton frère je n'ai pas pu résister. A plusieurs reprises j'avais pu constater qu'il fréquentait les mêmes bars gays que moi, les mêmes hôtels de passes et saunas de Cleveland. Déjà, au quartier je l'avais repéré, il me plaisait. Il y avait quelque chose de fantastique en lui, quelque chose qu'encore aujourd'hui je n'arrive pas à définir. Jusqu'au jour où, le destin a voulu que l'on puisse entrer en contact. Tu sais, ton frère était très courtisé, son cul plaisait beaucoup et il avait une belle petite gueule…

Red Lover remua en gémissant et tenta de prendre la parole.

— Quoi ? Quoi ? fit Blake tout en se tirant l'oreille et en se penchant sur le type.

— Mon frère n'était… il n'était pas…

— Pédé ? C'est ça ? Ton frère aimait les pucelles et les gros nichons, hein ? Pas de ça avec moi, tu savais très bien de quel bord était ton frère. C'est aussi ce qui t'a mis la rage… ton frère aimait les queues ! Et il s'est trouvé sur mon chemin… je l'ai baisé, à mort ! Il a joui, ensuite je me souviens avoir serré son cou, mais juste pour qu'il perde connaissance, pas pour le tuer. Tu imagines bien qu'à ce stade de notre relation, les choses sont devenues intéressantes…

Le demi-frère de Blake tenta de se relever en hurlant, les yeux exorbités. Une longue plainte contenue au creux de ses entrailles s'échappa de sa gorge, un long filet aigu mêlé aux sanglots et à la haine qu'il éprouvait pour son tortionnaire.

— … tu peux hurler, *Red Lover*, tu peux me haïr, tu ne modifieras pas le passé… j'ai crevé ton frère et c'est toi le responsable. En essayant de me mettre sur la route de Gary, sans le vouloir tu m'as ouvert les yeux sur la magnifique personne qu'était ton frère, je suis désolé, il y a eu erreur sur la personne. Gary a baisé ta petite copine à l'époque et quelques années plus tard tu as découvert qui j'étais. L'idée que je bute Gary t'a alors traversé l'esprit, mais tout ne s'est pas déroulé comme tu l'imaginais…

Red lover ouvrit grand la bouche, comme pour chercher un peu d'oxygène, tenter de reprendre son souffle entre deux séries d'uppercuts.

— … ne m'interromps plus à présent. Après lui avoir fait perdre connaissance, lui avoir fait absorber une nouvelle dose de sédatif, je l'ai installé sur le pieu de manière à ce que je puisse l'immortaliser à l'aide de mon polaroïd et réaliser de bien belles photos souvenirs... J'ai adoré la cambrure de ses reins, le grain de sa peau, la forme de ses mollets et la rondeur de ses fesses… oh ! Quand j'y pense ! fit-il en caressant son sexe, un sourire effroyable vissé sur ses lèvres.

L'autre tenta une manœuvre ridicule, un coup de pied mal ajusté qui effleura à peine le tibia de Blake.

— … je pense que si ton frérot avait été conscient, il en aurait redemandé tellement c'était bon. Entre temps, je contrôlais ses pulsations cardiaques, juste pour m'assurer qu'il ne reprenait pas ses esprits trop vite, tu comprends ? Juste pour être sûr que je pouvais lui ôter la vie au moment même où il reviendrait à lui. Ce qui me donne ce plaisir intense, c'est de voir la lumière de la vie qui s'éteint lentement dans les yeux de mes compagnons de baise, le reste ce n'est que du folklore, c'est devenu de la routine. Même leur chair me paraît bien fade… Après les photos, alors qu'il reprenait conscience je l'ai étranglé une bonne fois pour toute et il a rendu l'âme, sans un cri, sans un soubresaut, soumis à mes ordres et à mes pieds. Le reste, tu dois l'imaginer. J'ai entrepris de le découper, mais de manière habile, pas sauvagement. J'ai tranché son sexe, je lui ai sectionné les bras, les jambes, la tête, et j'ai plongé le tronc dans un grand tonneau de plastique rempli d'acide. J'ai ensuite découpé quelques tranches de chair dans sa cuisse que j'ai immédiatement mises au congélateur. J'ai ensuite dégusté son sexe. J'étais excité, fou de désir de le goûter ainsi, de l'avoir en bouche de cette manière. J'ai bouffé ses couilles et sa queue frites à la poêle, avec un petit filet de vinaigre balsamique et j'ai *a-do-ré !* Après, pour son crâne, il est vrai que j'aurais regretté ne pas l'avoir gardé. Alors je l'ai fait bouillir, je l'ai blanchi et décoré de ces belles écritures indiennes. J'ai pu tatouer l'os avec de la véritable encre de Chine… Et je trouve ça sublime.

Blake prit une longue inspiration et essuya ses lèvres humides du revers de sa main. Il prit ensuite le poignet de Red Lover et calcula son pouls pendant quelques secondes, le regard perdu dans le vague.

— Ça va pas fort mon ami, on dirait que tu vas te faire la malle, hein ? Écoute, ce n'est pas comme cela que ça doit finir pour toi, tu dois trépasser comme les grands mâles, comme les grands cerfs qui ont bramé toute leur vie durant pour pouvoir espérer baiser la biche aux yeux doux… sauf que voilà, toi tu as bramé mais tu n'as baisé personne, surtout pas ton demi-frère…

— … que… qu'est-ce que tu veux ? fit l'autre, à deux doigts de rendre l'âme.

— Je n'aime pas que l'on essaye de contrecarrer mes plans, de déranger mes habitudes, de casser mes codes et de bousculer mon mode opératoire, je n'aime pas que l'on s'introduise dans ma vie et que l'on me vole, hurla Blake en désignant le crâne de Brady Mac Callaugh, tu vois ce que tu as fait de ton frère ? Tu l'as tué… à cause de toi, il a croisé ma route, à cause de toi il est mort à la place de Gary…

— Comment… comment as-tu pu, toi…pourquoi ?

— À présent, tu dois mourir, frérot. Je vais t'emmener dans la remise de l'oncle Jo, te pendre par les pieds au crochet de boucher et t'éventrer comme le vieux cerf des grandes plaines, comme cet animal fabuleux à qui notre oncle a enlevé la vie… je vais t'éviscérer, te vider et te faire griller ici, dans ce refuge de chasse que très peu de monde connaît…

Blake se releva et observa son visage dans le petit miroir fixé sur le mur près de l'entrée. Il se frotta les joues et considéra sa barbe naissante un instant, puis laissa l'idée de ne plus jamais se raser lui traverser l'esprit. Peut-être même qu'il laisserait pousser ses cheveux, qu'il les décolorerait.

Il se retourna et secoua du bout de sa bottine le bras de Red Lover.

— Hey ! Red Lover… l'amoureux aux cheveux rouges ! C'est pas évident de se traîner une tête pareille toute sa putain de vie. Etre rouquin ça comporte ses inconvénients… l'odeur de la sueur, les tâches de rousseur…

Red lover observa son tortionnaire en s'abandonnant à sa douleur. A l'agonie, il tourna la tête et posa lentement sa joue contre le sol, abdiquant, abandonnant l'idée qu'il pouvait encore s'en tirer. Il laissa alors défiler au creux de son esprit la haine intense qu'il éprouvait pour son demi-frère :

« … tu crois que tu vaux mieux, crapule ? Tu crois que ta gueule est plus sophistiquée ? Ton bec-de-lièvre te bouffe la face, malgré cette opération ratée que cet ivrogne de chirurgien t'a fait subir… et ce n'est pas parce que tu t'appelles Freddy Lawrence et que tu es flic que tu vaux mieux que moi. Tu es un putain d'assassin, frérot, un putain de tueur en série… »

*

Cleveland, État de l'Ohio/ États-Unis, **août 1981.**

Yuri Novak referma la porte du bureau et prit place sur le siège que lui présenta le capitaine Levy.

Ce dernier avait sa tête des mauvais jours. Il dépiauta à la hâte un chewing-gum qu'il s'empressa d'avaler, puis fit un signe à Novak pour lui faire comprendre qu'il était disposé à écouter son rapport.

Le jeune flic s'enfonça dans le siège de cuir, s'éclaircit la voix et commença :

— Capitaine, je crois que c'est bien la merde… je ne sais quoi penser, mais ce qui est sûr c'est que le lieutenant Lawrence se trouve dans l'état du Montana et quoi qu'il arrive, nous ne pouvons pas intervenir. Après…c'est au niveau fédéral que tout se joue, je ne vous apprends rien…

— Nous n'en sommes pas là, Novak ! Le F.B.I n'a pas à mettre son grain de sel sur une affaire qui n'en est pas une. Lawrence est hors de sa juridiction, je vous le concède, mais il ne fait qu'enquêter après tout. S'il s'avère qu'il tient un suspect concernant l'affaire des cadavres de Woodland, alors nous informerons les services intéressés, sur place. Nous solliciterons le Shérif du comté de Valley afin d'intervenir sur les villes de Fort Peck, Glasgow, Nashua et Opheim…

Yuri Novak hocha la tête pour acquiescer, fit mine de s'intéresser au cendrier de marbre vert qui traînait sur le bureau, puis déclara :

— Il y a tout de même quelque chose qui me chagrine dans cette histoire…

— Quoi ? Quoi par exemple ? fit Levy, agacé.

— Cette façon d'agir ! Je ne comprends pas pourquoi un flic prend l'initiative de se tirer à 2500 kilomètres, de traverser cinq états uniquement pour le besoin d'une enquête… il y a quelque chose qui cloche, vous ne croyez pas ?

Levy parut surpris. Il écarquilla les yeux et, à l'instant même où il voulut prendre la parole, Novak lança avec force et conviction dans la voix :

— Pour moi, il s'agit d'une affaire personnelle… Lawrence s'est rendu dans le Montana pour y régler certains détails qui le concernent… J'en suis persuadé.

38

Fort Peck Lake, État du Montana/ États-Unis,
août 1981.

Les yeux fermés, il laissa remonter en surface un flot de pensées, les bribes d'une existence étrange appuyée par d'insoutenables relents de pourriture.

La virée dans le Montana, replonger dans les vieux souvenirs, les grandes étendues de Fort Peck Lake, le vieux cerf, tout cela ne serait bientôt plus qu'une grêle cicatrice dans sa mémoire. Une blessure qui s'effacerait avec le temps, une plaie qui se refermerait malgré la profondeur de celle-ci.

À la manière d'un brasier qui engloutissait et détruisait ce qui entrait en contact avec ses flammes, Freddy Lawrence avait décider d'incendier tous les troubles et les maux qui parasitaient aujourd'hui sa vie ; son enfance, ses parents, ses victimes…

Blake devait disparaître.

Le feu était la clé.

Blake. Désormais plus personne ne l'appelait par ce surnom qu'il avait choisi à l'époque lorsqu'il écumait les bars et les saunas gays de la ville. Il ne fallait plus. Il n'était plus le Blake d'autrefois, il était le nouveau Freddy Lawrence d'aujourd'hui. Il n'était plus ce *Blake* inconnu, il n'était plus l'ombre de ce pseudonyme qui planait autrefois sur les innombrables corps de ses victimes.

Blake.

William Blake était à l'origine de ce surnom ; ses œuvres, sa poésie, ses visions prophétiques, sa vision des portes de la perception et son mysticisme obscur…

Le peintre et poète britannique l'avait happé alors qu'il était encore enfant. Il s'était nourri de sa poésie noire, de ses œuvres.

Et c'était encore avec force que l'empreinte de ses écrits venait le marquer. La rémanence de ceux-ci lui apportait la conviction qu'existaient ni anges ni démons, ni lois ni dieux. Que seul l'Homme dominait sa propre espèce…

« Les prisons sont bâties avec les pierres de la Loi, les bordels avec les briques de la Religion. »

Le mariage du ciel et de l'enfer…

Freddy laissait glisser ces phrases dans les sinuosités de son esprit, laissait l'envahir le sentiment de toute puissance, le sentiment de contrôle infini…

« Ceux qui contrôlent leur désir, c'est que leur désir est assez faible pour être contrôlé ; et la raison qui contrôle prend la place du désir et commande à l'insoumis. »

Lorsqu'il ouvrit les yeux, Lawrence observa longuement le corps de Patrick Mac Callaugh qui se balançait, la tête en bas, pendu par les pieds à une sorte d'esse de boucher.

La blessure qu'avait occasionnée le projectile du 44 était conséquente. La balle était entrée par l'avant du flanc gauche et était ressortie derrière, laissant s'épancher un importante quantité de sang.

L'Irlandais ne tenait plus à la vie que par un fil, un fil que manipulait Freddy Lawrence avec une sorte d'expression de satisfaction sur le visage. Inerte. Figée.

La petite remise sentait le fuel. Les murs étaient en planches assemblées et le toit en tôle ondulée galvanisée.

Les traces sombres sur le plancher indiquaient que de nombreuses bêtes avaient aussi perdu beaucoup de sang à cet endroit, probablement pendues de la même manière que l'écrivain qui agonisait.

Freddy Lawrence s'approcha de Mac Callaugh tout en faisant tournoyer entre ses doigts une lame assez petite et massive, avec un crochet à sa pointe.

Un couteau à dépecer. Un tranchant de douze centimètres avec un manche en bois de cerf.

Il fit mine de renifler autour de Mac Callaugh puis ricana, faisant courir délicatement le fil du couteau sur le thorax ensanglanté du malheureux.

— On dirait que c'est pas ton jour, *Red Lover*, on dirait que toi aussi tu dégages des odeurs pas très agréables aujourd'hui. Tu pues la terreur, tu sens la peur, et la merde aussi…

L'Irlandais hurla à travers le bâillon que lui avait confectionné Lawrence, à travers l'épaisse couche de ruban adhésif qui lui recouvrait le bas du visage comme un masque grotesque.

La lame du couteau à dépecer scintilla sous le frêle halo de la lampe à pétrole. Le flic promena alors le fil redoutable et meurtrier du tranchant sur le visage de Mac Callaugh, sur son cou, son bas-ventre et arrêta soudain la pointe de la lame sur son sexe.

— Ne t'en fais pas, frérot, tu ne sentiras rien, tout va

aller très vite. Tout va s'arrêter d'un seul coup et tu auras l'impression que quelqu'un a éteint la lumière, souffla-t-il en ricanant grassement, c'est aussi simple que ça. Ce que je ressens en ce moment tu ne peux même pas l'imaginer, frérot, c'est aussi puissant que le jour où je suis rentré chez les flics, le jour où j'ai été admis dans la police, en 66. J'ai ce sentiment d'appartenir à cette catégorie d'hommes à qui rien ne peut arriver, contre qui Dieu lui-même ne peut rien…

Mac Callaugh se tortillait à l'extrémité de son crochet. Il ressemblait un peu à un poisson frétillant qui venait de se faire prendre, mortellement ferré par l'hameçon assassin.

Lawrence se livra encore un peu plus :

—Tu vois, ta mère a baisé avec mon vieux et te voilà ! Tu n'aurais jamais dû venir au monde, tu es une particule de foutre que mon père a laissée au fond de ta mère… c'est con, tu n'en serais pas là si tu étais resté dans les couilles de l'ancien… Allez ! Maintenant il est l'heure d'éteindre la lumière…

Brusquement, Freddy Lawrence planta la lame du couteau dans le bas-ventre de Mac Callaugh et, d'un geste sec et habile, il fit descendre la lame jusqu'au sternum comme s'il s'agissait d'une fermeture éclair.

Les vieux souvenirs ressurgirent. Les images, à la fois confuses et précises, s'accumulèrent dans son crâne.

Le vieux cerf éventré, pendu dans la remise. L'oncle Jo qui sourit au gamin qu'il est alors. Les viscères qui pendent et qui s'étalent sur le sol de la cabane. Le sang. L'odeur fétide des entrailles chaudes et des excréments de l'animal... l'image de sa mère qui hurle, son père qui la cogne et qui la viole sous ses yeux...

Les grandes étendues du Montana sauvage... le

froid, le silence.

Mac Callaugh eut un soubresaut très violent, puis se figea instantanément. Ses viscères furent éjectées et se répandirent sur le sol dans un effroyable bruit de succion, semblables à de longs reptiles qui cherchaient à se faufiler entre les lames du plancher.

Freddy Laurence détailla minutieusement les entrailles chaudes et fumantes éparpillées à ses pieds et se dit qu'il venait de tourner une page : celle de son enfance.

Il s'empara alors du gros jerrican de fuel qui traînait sur une étagère, ouvrit le bouchon à la hâte et répandit son contenu un peu partout dans la remise. Il arrosa aussi généreusement le corps de Patrick Mac Callaugh, jeta le bidon dans un coin et s'essuya les mains sur la veste du cadavre.

Freddy Lawrence fouilla ensuite la poche intérieure de son blouson et en extirpa son portefeuille ainsi que sa plaque qu'il s'empressa de fourrer dans la veste de Mac Callaugh.

Sa plaque ne brûlerait pas. Plus tard, ils feraient une recherche par le numéro de matricule et réussiraient à mettre un visage sur le macchabée.

Il glissa enfin son passeport dans la poche arrière de son Levis et songea à la suite.

« Voilà... dans quelques minutes je serai mort... avec un peu de chance ils me pleureront et m'offriront de belles funérailles... »

Il empoigna alors la vieille lampe à pétrole et sembla examiner les lieux, le regard vide, perdu dans le vague...

« Encore quelques détails à régler à Cleveland, ensuite je pourrai définitivement tirer un trait sur cette vie-là... »

Il jeta la lampe à pétrole qui se brisa aussitôt sur le

sol et le souffle incendiaire lui grilla les sourcils, le forçant à reculer tant le brasier enfla instantanément.

Avec un peu d'imagination, il se laissa persuader qu'il venait aussi de tuer une toute petite partie de son père…

39

Cleveland, État de l'Ohio/ États-Unis,
septembre 1981.

Plusieurs jours s'étaient écoulés et Victoria Fletcher avait dû répondre de son insubordination face aux autorités compétentes.

La virée à Brecksville avec Ramos avait été un véritable fiasco. Malgré les fortes présomptions de la jeune enquêtrice à l'égard de Patrick Mac Callaugh, le juge avait bien évidemment refusé de délivrer le permis d'exhumer demandé.

La sentence avait été sévère : une mise à pied de deux semaines en attendant de passer en commission disciplinaire.

Et puis il y avait aussi ce drame.

Toute la police de Cleveland était endeuillée.

Le P.H.U avait fermé à la circulation tout Ontario Street, pour la journée, afin de rendre hommage au lieutenant Freddy Lawrence. Des gigantesques étendards noirs avaient été déployés aux fenêtres et balcons du bâtiment administratif, comme pour rappeler à chacun que le silence s'imposait, que l'un des leurs était tombé dans l'exercice de ses fonctions.

Le corps administratif était sous le choc.

Le capitaine Levy avait appris la nouvelle six jours auparavant, alors qu'il s'était rapproché des services de police de Nashua et de Fort Peck, dans le Montana. Il avait voulu signaler aux autorités locales la disparition inquiétante d'un de ses hommes qui s'était probablement rendu à Fort Peck.

Le flic lui avait répondu qu'ils avaient eu l'idée de contacter les services de police de Cleveland, peu avant son appel, juste après avoir retrouvé dans la matinée le corps d'un homme carbonisé, dans ce qui semblait être auparavant un refuge de chasseur perdu dans la forêt de Fort Peck.

Après avoir déposé le corps chez le légiste du comté, à Glasgow, ce dernier aurait découvert sur le cadavre, dans la poche de ce qui fut un blouson de cuir, la plaque et le matricule du flic.

Le cadavre avait été découvert par un chasseur intrigué qui avait observé la fumée, au loin. Sachant que peu de monde s'aventurait dans cette partie des étendues, cela lui avait semblé étrange.

Lorsqu'il fut sur les lieux, il put constater qu'un corps carbonisé gisait au sol et eut le réflexe immédiat d'alerter la police.

À la lecture du matricule que lui avait fait le flic de Fort Peck au téléphone, le capitaine Levy avait cru s'effondrer et perdre le souffle.

En trente-cinq ans de carrière, ce fut la première fois qu'il vacilla.

Le lieutenant Freddy Lawrence, de la section criminelle de Cleveland avait bien été assassiné dans l'exercice de ses fonctions.

Ce flic exemplaire, selon Levy, était mort alors qu'il était sur le point de résoudre l'affaire des macchabées de Woodland. Il avait vraisemblablement ouvert une porte qu'il ne fallait pas et ainsi découvert l'identité du meurtrier.

Et il en était mort. Tombé pour le drapeau.

Il allait falloir rapatrier le corps et lui offrir des obsèques.

Lawrence n'avait plus de famille, à part celle de la police dans laquelle il avait toujours œuvré avec brio, selon Levy, celle qui lui avait toujours accordé sa confiance et son soutien…

*

Cleveland, État de l'Ohio/ États-Unis,
septembre 1981.

Yuri Novak aimait ces moments de repos, de détente.

Etre chez lui, seul, et écouter l'excellent « Walk and don't look back », de Mick Jagger et Peter Tosh. Cela n'avait pas de prix, à son sens.

Bien évidemment, il aurait aimé une présence à ses côtés, quelqu'un qui l'aime, qui prenne soin de lui, une personne qui lui dise à quel point elle tenait à lui. Une femme lui aurait été utile, mais comme bonne amie, une confidente, un alter ego féminin qui aurait saisi toute la complexité de ses sentiments.

Il avait bien repensé à la petite de l'aéroport. Cette petite Barbie l'aurait comblé à coup sûr, mais il aurait été uniquement question de sexe, de sensations charnelles, d'attraction et d'intérêt orienté sur le même sujet. Et les femmes ne l'attiraient pas…

Yuri aimait les hommes et ça, depuis sa plus tendre enfance.

Avant d'entrer dans la police, très jeune, Yuri Novak s'était introduit dans le milieu de la mode et avait même posé pour quelques magazines en vogue de l'époque.

Cela n'avait pas duré. Malheureusement.

L'histoire amoureuse qu'il avait vécue l'avait démoli, foutu en vrac jusqu'aux lisières de la dépression.

Il avait donc quitté ce milieu de requins assoiffés de dollars et avait tourné la page. Mais le jeune rédacteur en chef du magazine, pour lequel Yuri avait fait la couv' plus d'une fois pour une ligne de maillots de bain masculins confectionnés en Californie, Pedro, cet homme-là, l'avait hanté très longtemps. Le jeune patron avait préféré maintenir une vie de famille discrète et ne jamais rien avouer, ne jamais rien révéler de son homosexualité à sa femme et à ses proches.

Il avait fini par annoncer à Yuri son intention de rompre et l'avait ainsi rendu malade. Le jeune mannequin avait eu du mal à refaire surface. La tristesse, ainsi que les ressentiments l'avaient rongé comme une maladie incurable. Longtemps. Dépression, alcool, drogue, débauche.

Il avait donc préféré mettre des kilomètres entre lui et le jeune et beau cubain qui dirigeait le magazine.

Yuri s'était ensuite orienté sur des positions professionnelles beaucoup plus proches de la réalité et du quotidien. La police.

Cette idée l'avait toujours possédé, depuis l'enfance, alors qu'il aimait jouer au policier et au voleur, comme tous les petits garçons « normaux ». C'est en tout cas ce que disait si souvent son père pendant son adolescence, et qui avait cru fort à ce concept de normalité jusqu'à sa mort.

Cela restait pour le jeune slovaque une épreuve de tous les jours. Rester discret, ne pas afficher sa sexualité, ses préférences, tout cela était même douloureux pour

Yuri. Un sacerdoce de tous les jours, l'abnégation de son propre équilibre. Évoluant dans un milieu professionnel où la majorité de l'effectif était composé d'hommes virils, machistes, il préférait de loin adopter un profil bas...

Le jeune flic abandonna son canapé et se dirigea droit sur la baie vitrée qu'il ouvrit en grand.

L'air frais du soir et le tumulte qui s'élevaient de Cleveland pénétrèrent l'appartement. Au loin, parmi les lueurs de la ville, il aperçut les lumières du Cleveland Browns Stadium, tout proche des rives du grand Lac Erié. Une rencontre avait lieu ce soir, probablement les Indians de Cleveland qui jouaient à domicile. Les projecteurs crachaient une intense lumière, un halo qui trouait le manteau nocturne d'une langue de feu blanc.

Il ferma les yeux et se laissa glisser dans une sorte de transe hypnotique, une transe de celles que nous connaissons tous, lorsque nous nous retrouvons seuls à danser sur un morceau qui nous inspire... deux minutes cinquante de pur bonheur : *« Walk and don't look back »*, de l'album *« The temptin' temptations »*, tournait sur le plateau vinyle de sa chaîne hi-fi.

If your first love have broke your heart
There's something can be done
Don't have your faith in love
Remembering what's been gone

Oui, son premier amour lui avait brisé le coeur.

Non, il ne s'endormira pas seul le soir suivant, il fera tout pour.

Il avait besoin d'une aventure, de faire le vide, faire le point, revenir à la réalité et s'afficher enfin. Il faudra bien qu'un jour il sorte de l'ombre.

Tout au fond de lui, Yuri savait que le prochain soir serait le bon soir.

Il se surprit alors à espérer que l'homme qu'il avait rencontré voilà quelques jours, au *« Purple Mosquito »,* serait présent au fameux club lorsqu'il s'y rendrait.

Le gars paraissait avoir de l'âge mais il y avait quelque chose de troublant en lui, dans son regard, dans ses gestes peut-être, il ne savait plus…

Tout au fond du salon, Mick Jagger et Peter Tosh continuaient à râler : *« Vous n'avez pas foi en l'amour ! »*

Il fallait qu'il revoit cet homme.

Mais si vous venez de mettre votre main dans la mienne

On va marcher et ne pas regarder en arrière

Plus d'une fois, en apercevant cet homme qui affichait des traits de jeune premier et qui semblait être un parfait mélange de Charlie Sheen et Tom Cruise, Yuri avait senti d'étranges ondes lui traverser le corps et l'âme.

Des pulsions. Mais il n'avait jamais pu déterminer la cause exacte de ce curieux état, ni même quelles auraient été les conséquences s'il avait libéré ce feu…

40

Cleveland, État de l'Ohio/ États-Unis,
septembre 1981/ 8h56.

Le soleil irradiait.

Les berges du lac étaient lumineuses et renvoyaient de magnifiques reflets bleu-vert.

Depuis son balcon, Victoria Fletcher laissa se perdre son regard aux confins de la grande étendue, de l'autre côté, jusqu'aux rivages qui menaient à l'extrême sud de la province de l'Ontario, plus loin, chez les cousins canadiens.

Ces derniers jours avaient été éprouvants pour elle.

Son éviction de la police, son futur passage en conseil disciplinaire et la mort de Freddy Lawrence, tout cela lui avait fait un choc, lui avait comme porté un puissant coup de masse au sommet du crâne.

L'échec de son enquête l'avait achevée.

Se retrouver face à une administration butée l'avait une fois de plus rendue sceptique quant à son avenir. Elle s'était posé des tas de questions, comme par exemple se demander si cela valait la peine de continuer de bosser à la criminelle de Cleveland. Et pourquoi pas quitter la police, définitivement …

Avait-elle des regrets ? Oui…

Elle avait le regret de ne pas être allée plus loin dans cette affaire, de ne pas avoir enfoncé des portes, forcé les barrages administratifs qui avaient profité au crime.

Des remords ? Oui… celui de ne pas s'être rapprochée un peu plus près de son coéquipier, Freddy Lawrence. Elle aurait peut-être modifié le cours des choses, il ne serait peut-être pas mort…

Elle entra dans son appartement, ferma la porte vitrée du balcon, fit quelques pas et s'écroula sur son canapé, épuisée, les larmes aux yeux et le cœur au bord des lèvres.

Elle s'empara de la télécommande du téléviseur et commença à zapper machinalement, à passer en revue l'ensemble des chaînes du câble sans vraiment prêter attention à la soupe que l'on pouvait y diffuser.

Elle avait besoin de ne pas penser.

Elle ne voulait plus penser.

Cette solitude et cette souffrance, cette sensation d'être restée seule depuis son adolescence, depuis le jour où cette raclure de Gary avait posé ses mains dégoûtantes sur son corps, cette solitude-là ne l'avait jamais réellement quittée.

Les écoles de police enseignaient aux futurs flics, ceux qui avaient décidé de s'orienter en section criminelle, quelle psychologie fondamentale faisait d'un individu lambda un redoutable tueur en série. L'explication était la même pour tous les tueurs en série à travers le monde : la solitude, la cruauté et les abus durant l'enfance, plus un facteur inconnu que personne n'était encore en mesure d'expliquer.

Et pour le coup, Victoria se dit qu'elle était passée à deux doigts de la fameuse théorie.

Autant qu'elle se souvienne, les images d'un meurtre violent qu'elle aurait commis ne lui traversèrent point la conscience.

La jeune enquêtrice zappa encore sur la chaîne

suivante : une chaîne dédiée à la cuisine ; un homme et une femme qui semblaient tous deux ignorer la cuisine diététique et paraissaient même fiers d'afficher leur embonpoint.

Chaîne 432 : documentaire animalier consacré au koala et aux magnifiques paysages arides de l'Australie.

Chaîne CBS : *« Hooker »,* une toute nouvelle série policière. *Le sergent T.J. Hooker est censé sillonner les rues de Lake City pour arrêter les criminels et autres proxénètes ou dealers de drogue. Toujours accompagné du fidèle officier Romano, il est chargé de la formation des futurs membres de la police, dont la fille du capitaine, Stacy Sheridan.*

Cela fit sourire Victoria.

Chaîne 438 : documentaire consacré à la thématique des sciences humaines, à la biologie et aux comportements étranges chez certains individus psychologiquement instables.

Victoria monta le son et s'installa confortablement, absorbée par la narration des faits scientifiques qu'exposait l'homme sur le plateau de l'émission. Curieusement, il sembla à Victoria savoir immédiatement de quoi parlait ce scientifique en costume croisé de chez Smalto.

Elle eut un frisson. Ses mains se mirent à trembler et elle eut peine à déglutir.

Elle monta encore le son.

Ce qu'était en train d'expliquer cet homme de science était sans appel, sans équivoque.

Elle venait enfin de comprendre. Tout.

Les images lui revinrent, aussi claires que si elles avaient toujours été présentes au fond de son esprit, comme si elle avait toujours eu la solution de l'énigme ancrée au fond d'elle-même.

Elle se leva précipitamment, engagea une cassette VHS dans son magnétoscope et mit l'appareil en mode enregistrement. Elle traversa ensuite la pièce en deux enjambées et décrocha le combiné de son téléphone à la hâte.

Il fallait absolument qu'elle joigne le central.

Il lui restait quelques détails à éclaircir, quelques recherches à effectuer mais quelque chose lui disait qu'elle ne se trompait pas. Cette fois, s'il lui fallait passer par les voix officieuses, elle le ferait, quitte à cracher sur la gueule du capitaine Levy.

Elle venait de comprendre.

Elle savait désormais qui était le cannibale de Cleveland…

*

Cleveland, État de l'Ohio/États-Unis,
septembre 1981/ 9h00.

C'est le cheveu rouquin et ras qu'il débarqua à l'aéroport de Cleveland.

Après avoir passé plusieurs jours à se frictionner les cheveux à l'eau oxygénée, il avait fini par faire virer le brun de sa tignasse en un roux presque orange, une espèce de couleur *carotte foncée.*

Il avait réussi à trouver une paire de lunettes de vue à la monture carrée et démesurée, identiques à celles que portait parfois Patrick Mac Callaugh. Il lui avait fallu se rapprocher au plus près du physique de l'Irlandais, en espérant que la police aux frontières ne détaillerait pas trop la photo du passeport.

Il lui avait fallu se contrôler devant les flics.

L'étape suivante se révélait beaucoup plus complexe.

Il allait devoir jouer fin, faire en sorte que les pièges se referment bien un à un sur les protagonistes qui allaient sceller l'histoire, son histoire, celle du tourbillon de son existence damnée.

Mais il ne plongerait pas seul. Il emporterait avec lui, aux enfers, tout ceux qui avaient traversé sa route et qui avaient contribué à le faire glisser peu à peu…

41

Cleveland, État de l'Ohio/ États-Unis,
septembre 1981/ 10h30.

Le cortège coula lentement sur Ontario street, drainant dans son sillage tout une file d'individus aux costumes sombres.

Le véhicule funéraire qui transportait le cercueil de Freddy Lawrence sembla ralentir alors qu'il arrivait à hauteur de l'entrée principale du central, face à l'imposant bâtiment du P.H.U, comme un dernier hommage, un dernier adieu…

Les visages, sombres, les traits tirés, semblaient convoquer une certaine tristesse, sincère. L'idée d'être le prochain sur la liste laissait prendre conscience de la fragilité de l'existence.

Le capitaine Levy marchait solennellement derrière le fourgon, les mains dans le dos, avec à ses côtés Weston, l'adjoint au maire de la ville et le patron de la division criminelle. Derrière eux, tous les collègues de Lawrence et la section du P.H.U entière suivaient dans un effarant silence que l'avenue n'avait jusque-là jamais connu.

Levy tourna mollement la tête et adressa un sourire à l'adjoint municipal. Il inspira bruyamment puis souffla :

— Quelle connerie la vie, hein ? Finir comme ça… ce pauvre Lawrence. Après tant d'efforts, tant d'épreuves, trébucher et se casser la gueule comme ça… c'est trop con… finit-il par lâcher en essuyant les larmes qui lui brûlaient les yeux.

Weston réajusta sa cravate et hocha la tête après avoir de nouveau croisé ses mains dans le dos.

— Je suis d'accord, Capitaine, nos vies sont tellement pleines d'embûches, nous essayons de ne pas trop flancher sur certaines erreurs de parcours mais… il arrive parfois que le destin nous pousse vers la sortie, il faut partir, c'est comme ça, c'est la vie. Votre homme a servi la patrie avec honneur, et nous allons lui rendre cet honneur…

Levy écarquilla les yeux.

— Lui rendre son honneur ? Mais expliquez-moi un peu comment vous allez lui rendre ce putain d'honneur, Weston, hein, comment ?

Levy se retourna et observa le visage des hommes derrière lui. Conscient qu'il avait un peu levé le ton, il continua en chuchotant :

— Au moins, vous n'aurez pas à baver les conneries habituelles pour la famille, il n'avait plus personne. Lui rendre honneur ? Avec quoi ? Une pauvre boîte dans laquelle se perd une pauvre médaille, laquelle boîte sera posée sur une autre boîte, en sapin, sur le drapeau américain qui la recouvre ? C'est de cet honneur-là dont vous voulez parler ?

Le cortège bifurqua doucement sur Prospect Avenue pour se diriger vers la chapelle de « United Church of Christ », à l'endroit même où allait se dérouler la cérémonie en la mémoire de Lawrence.

Weston ne répondit pas et baissa les yeux, préférant regarder la pointe de ses chaussures et le bitume usé.

Après quelques secondes de silence, l'adjoint tourna la tête et, d'une voix calme, demanda à Levy :

— Vous me reprochez quoi au juste ? Vous allez

encore me servir vos bla-bla habituels sur…

— Hey ! Je vous arrête, là, ok ? Parce que c'est avec des gens comme vous que notre pays s'enfonce dans une espèce de puits sans fond, des gens qui ne fonctionnent qu'avec des statistiques, des budgets, des chiffres, des lignes de crédits et des échelles de probabilités. Lorsque vous aurez compris que la vie d'un homme vaut bien plus que vos putains d'autoroutes que vous fabriquez à tours de bras et à perte de vue, là je pense que vous pourrez parler d'honneur, que vous pourrez rendre hommage à un homme. Nous manquons d'effectif, nos hommes vont au casse-pipe tous les jours. Sur certaines opérations, les gars se retrouvent à trois pour une filature plus que périlleuse, une interpellation délicate qui demanderait sept gars de plus… je ne vous parle pas des véhicules pourris dans lesquels on se traîne et des gilets pare-balles qui datent de la guerre de Sécession… bref, à quoi on joue, là ?

— Si c'est pour me parler de vos soucis de…

— Epargnez-moi votre réponse, Weston, je vous parle de tout ça pour vous faire comprendre que Lawrence est tombé aussi à cause de nos manques de moyens, si on avait un effectif correct, les gars se déplaceraient plus souvent en équipe… et je ne vous parle pas non plus de la fermeture prochaine de l'institut médico-légal et des remerciements que vous signifierez aux docteurs Stenton et Douglas, avec une petite lettre bien tournée…

Le cortège s'immobilisa. À droite, la petite chapelle avec son entrée voûtée.

Le lieu des derniers adieux, du dernier hommage rendu à celui que tous ne connaissaient pas vraiment : le cannibale de Cleveland…

*

Cleveland, État de l'Ohio/ États-Unis,
septembre 1981/ 10h35.

Les mains dans les poches, la mine sombre et le regard triste, le légiste vint à la rencontre de Victoria Fletcher en traînant les pieds. On aurait cru voir le pensionnaire d'un asile psychiatrique, un malade pour qui la vie ne représentait plus grand chose, n'avait plus aucune saveur.

Il releva la tête au moment où il se trouva face à la jeune enquêtrice. Son visage semblait livide, glacial, les traits du visage durcis par le rayon de soleil qui passait par les hauts vasistas du bâtiment.

— Bonjour, Victoria, fit-il d'une voix sans timbre, je suis sincèrement désolé… c'est effroyable ! C'était un chic type ce Lawrence, un pote… mais, qu'est-ce qui vous amène ? Vous n'êtes pas aux funérailles ? Moi je ne pourrai pas m'y rendre, je pars sur un homicide à l'ouest de Cleveland et j'ai… j'ai encore deux cadavres à… mais, pourquoi vous êtes là, Victoria ?

Elle le dévisagea comme si le docteur Stenton venait d'une autre planète.

— Stenton, j'ai besoin d'un grand service…

—Dites toujours…

— Je sais que vous êtes intègre et que d'habitude vous ne faites pas cela, mais il va falloir que vous m'aidiez…

— J'vous écoute, Victoria…

Victoria Fletcher fit glisser le long de son bras le petit sac à dos qu'elle avait sur elle, l'ouvrit fébrilement et en ressortit une cassette vidéo qu'elle tendit à Stenton.

L'autre la regarda, ahuri, comme si celle-ci venait de le braquer avec son arme de service.

— J'ai besoin de savoir si le scientifique qui avance une théorie bien précise dans ce documentaire n'est pas un charlatan, je veux que vous confirmiez ou infirmiez sa théorie, j'ai besoin de savoir…

— D'accord, mais de quoi s'agit-il ?

— Vous verrez, et vous me donnerez votre avis…

— Quoi ? C'est tout ?

Victoria baissa les yeux et continua tout bas, timide, comme un gosse à qui l'on s'apprêtait de refuser l'autorisation d'aller jouer.

— Non… j'ai besoin que vous vous procuriez des dossiers médicaux pour moi…

— Oui, sans problème, c'est pour le besoin de quelle enquête ?

Victoria le fixa alors dans les yeux.

— Ce n'est pas pour une enquête… c'est… c'est pour que je puisse en avoir le cœur net. Je suis certaine que l'homme à qui appartiennent les dossiers médicaux que je vous demande est notre suspect ; je crois tenir le cannibale de Cleveland…

— Je vais voir ce que je peux faire pour vous, Vic, dit-il en secouant la cassette VHS devant lui, mais pour les dossiers, ça va être coton… vous avez le nom ?

Victoria acquiesça d'un signe de tête et lui tendit une petite note de papier. Stenton s'en empara et la déplia lentement, lut le nom qui était griffonné dessus et leva mollement la tête en plantant son regard dans celui de la jeune femme.

Il y avait dans les yeux de Stenton de l'incompréhension, de la haine, de la surprise mais surtout, une terreur incommensurable.

Il arriva à peine à bafouiller la phrase qui lui brûlait les lèvres et lui faisait monter les larmes au yeux. Néanmoins, il réussit à bredouiller ces quelques mots :

— Mais… Victoria, il… il est mort, nom de Dieu !

La réponse qu'elle lui fit le figea comme s'il s'était trouvé sous une douche glacée :

— Vous aussi vous êtes mort, Stenton, l'institut médico-légal ferme ses portes à la fin du mois sur ordre du maire…

42

Cleveland, État de l'Ohio/ États-Unis,
30 septembre 1981/ 23h30.

Partout du cuir, des faciès cireux dans la lueur des éclairages intérieurs, et de la testostérone au kilo.

Les ombres dansaient sur les murs tapissés de velours rouge et un tourbillon d'odeurs musquées tournoyait dans les couloirs.

Le *« Purple Mosquito »* était bondé. Une chaleur moite, écrasante plombait la boîte de nuit. L'air vicié, tiède, qui charriait des relents lourds de toutes sortes, semblait venir se coller sur les visages ruisselants de sueur.

Des couples se succédaient le long du comptoir de cuivre ; des fidèles, des nouveaux, des infidèles et des explorateurs du sexe en tout genre devant leur cocktail ou leur coupe de champagne.

Toutes les expériences étaient bonnes à vivre et Freddy Lawrence, alias « Blake », ne le savait que trop.

Plus loin, dans le fond de la salle, une série de canapés destinés aux couples impudiques désirant offrir un peu de spectacle s'étendait dans les recoins obscurs, et même jusque dans les backrooms où l'éthique était bannie, là où se brisaient les remparts de la décence.

Les lueurs étaient inquiétantes. Les zones éclairées, ne l'étaient uniquement que par quelques bougies qu'un chandelier ancré dans le mur supportait.

Les traces de cire sur le cuir des canapés laissaient deviner que des parties extrêmes se jouaient là, dans le plus déviant des fétichismes. Quant à la musique, une sorte de ritournelle lancinante que diffusait un système audio de haute qualité paraissait venir de nulle part, ou peut-être d'entre les murs, et semblait s'insinuer en vous comme un malaise délectable. Il s'agissait de chants tibétains, des borborygmes poussés pendant la méditation transcendantale, eux-même accompagnés par une sorte de tabla indien. Mais le plus hallucinant, le plus étrange aussi, c'était ce moustique géant de couleur violette, probablement en carton pâte, qui se trouvait au milieu de la piste de danse et qui possédait un gigantesque phallus humain en lieu et place. Certains adeptes du club qui avaient abusé des élixirs du patron n'hésitaient pas, tout en s'esclaffant, à mimer une fellation sur le diptère suceur de sang.

Blake avait repéré l'homme.

Sa cible, sa proie, s'abreuvait en draguant un bel homme de vingt ans son cadet, la main posée sur sa cuisse.

Le con ! Il a pris un sacré coup de vieux dans la gueule !

Il épia sa *cible* qui portait un pantalon de toile claire, une chemise noire et un petit blouson de cuir marron. Il l'observait qui se tortillait sur le canapé, fiévreux, désireux d'embarquer cet apollon dans son appartement, ou mieux ; dans son lit.

Le gars en question devait avoir dans la soixantaine, le cheveux gris, une barbe de trois jours. Une fine cicatrice zébrait sa joue gauche. Son apparence n'était pas des plus repoussante et lui conférait même ce charme ravageur des baroudeurs de terrain, des kamikazes de l'information, ces reporters de l'extrême qui n'avaient pas froid aux yeux et sillonnaient la planète pour quelques images chocs.

Les deux petites billes bleues qui trépidaient et dévoraient l'homme devant lui, semblaient hypnotiser ce dernier, lui ordonner de devenir son disciple, ne faire que ressentir le désir qui montait en lui.

Espèce de raclure... profite mon salaud, profite...

Pour accompagner cette dernière pensée, Freddy laissa un sourire se dessiner sur ses lèvres sèches, la mâchoire serrée.

L'homme à la cicatrice embrassa soudainement son partenaire, laissant ce dernier surpris par l'audace dont il avait fait montre. Un long baiser accompagné de caresses, qu'une main habile s'employait à prodiguer sous la chemise du bel éphèbe.

L'homme devait avoir quarante ans, à peine. Il était beau, très beau. Une peau mate, des yeux très noirs, des cheveux bruns ébouriffés. Un latino. Ou peut-être même un ressortissant d'Europe de l'Est.

Freddy ressentit à cet instant de la jalousie et du désir.

Son sexe était dur et cela faisait bien longtemps que pareille chose ne lui était pas arrivée.

Il observa longuement le couple et, alors que le plus jeune des deux hommes se penchait en avant, ce dernier se retrouva dans le halo des bougies et Freddy fut surpris de reconnaître aussitôt ce petit enfoiré de Yuri Novak, le petit gars de la criminelle. Ce jeune con avait gravi les échelons un à un. De simple agent de la circulation il avait réussi à se faire une place, prendre le grade de détective puis franchir les niveaux jusqu'à celui de sergent. Des bruits de couloir racontaient qu'il n'hésitait pas à balancer ses petits collègues, dénoncer les agissements de certains d'entre eux, et tout ceux qui ne respectaient pas le protocole de la police.

Peut-être avait-il même sucé le capitaine Levy...

Cette pensée fit sourire Freddy.

Dans l'absolu, son petit plan de la soirée était largement contrecarré mais il avait déjà trouvé la solution. Il n'aimait pas être contrarié.

Les deux hommes se levèrent alors, s'arrangèrent hâtivement et traversèrent ensemble la grande salle censée être une piste de danse. Déserte et sombre, simplement balayée par le faisceau de deux maigres spots de couleur, celle-ci ressemblait beaucoup plus à un baisodrome déguisé en club festif.

Freddy baissa la tête et plongea le nez dans son verre lorsqu'ils passèrent devant lui. Comme un fauve en chasse, il huma l'odeur de Novak qui fendit l'air juste à l'instant où celui-ci le frôla.

Freddy retrouva ses instincts de prédateur et frémit, se délecta à la pensée de pouvoir mettre en branle le mécanisme de son plan aussi facilement. Il allait tuer Novak, et ça c'était une évidence. Le doute n'avait pas sa place.

Les deux amants quittèrent alors la boîte après avoir salué le videur à l'entrée puis, d'abord hésitant, Freddy entreprit ensuite de les suivre discrètement.

Il avait une casquette des Indians, l'équipe de base-ball de Cleveland, clouée sur le crâne et sur sa toison rouquine.

Le flic et le vieux baroudeur montèrent dans un pick-up Chevrolet de couleur rouge sombre, démarrèrent et s'enfoncèrent dans la nuit. La voiture glissa lentement dans l'obscurité de la longue avenue –à peine éclairée par quelques réverbères–, et sembla disparaître à l'extrémité de celle-ci.

Freddy monta dans son véhicule qu'il avait garé sur le trottoir face au club, démarra, engagea la vitesse et les fila discrètement, tous feux éteints…

*

Cleveland, État de l'Ohio/ États-Unis,
30 septembre 1981/ 23h45.

La sonnerie du téléphone la fit sursauter.

Le souffle court, paniquée, elle réussit lentement à reprendre ses esprits.

Assise au milieu des draps, elle hésita à décrocher, comme si elle savait par avance que ce coup de fil était le début de la fin, le responsable de sa chute prochaine.

Le cœur tapant, par réflexe, elle s'était emparée de son arme de service qui dormait sous l'oreiller gauche de son lit.

La sonnerie était forte, stridulante, véloce comme un serpent qui sinuait dans le noir et le silence de sa chambre.

Victoria décrocha.

Rien.

Elle retint avec peine son souffle et écouta le son des fréquences qui se propageaient à travers la ligne téléphonique.

Une voix, soudain.

Une voix d'homme, modifiée, certainement déformée par le goulot d'une bouteille.

Oui, c'était cela, l'homme parlait dans un tube.

— Victoria... je sais que vous êtes là, tapie dans l'ombre, je sais que vous m'écoutez...

— Que voulez-vous ? Qui êtes-vous ? pesta-t-elle en bondissant de son lit.

— Juste vous refiler un tuyau...

— Quel genre de tuyau ?

Elle engagea une balle dans le chargeur de son arme, se rapprocha de la fenêtre et décala de quelques centimètres le rideau.

Elle observa la rue plongée dans la nuit.

— J'ai retrouvé votre cauchemar. J'ai retrouvé le responsable de tous vos problèmes et celui à qui vous devez votre mise à pied...

— Qui êtes-vous ? C'est quoi votre problème ? Vous cherchez à me faire peur ? C'est ça ?

— Non, Victoria, juste à vous prévenir, je tiens juste que vous sachiez que Gary est en ville...

Le nom lui fit l'effet d'un uppercut asséné par un boxeur catégorie poids-lourd de la WBA.

Elle ne sentit plus ses jambes. Elle s'effondra à genoux sur la moquette de sa chambre.

L'homme continua.

— Je sais que cela vous rend triste, haineuse, que vous aimeriez bien que tout ceci s'arrête pour que vous puissiez guérir. Je vais juste vous faire ce petit cadeau. Je vais vous indiquer l'endroit exact où vous pourrez le trouver demain soir...

Terrorisée, Victoria répondit d'une voix presque inexistante :

— Pourquoi feriez-vous ça ?

— Je fais cela car j'ai beaucoup de compassion pour vous, Victoria...

— Pourquoi voulez-vous que... vous savez que si j'ai cet enfant de pute entre les mains, je suis capable du pire ? Je suis flic, bordel ! Et c'est déjà le foutoir dans ma vie… si je… pourquoi me livrez-vous Gary ?

À l'autre bout de la ligne, le souffle de l'homme s'était accéléré, comme si celui-ci éprouvait une excitation incontrôlable, comme si son cœur battait la chamade rien que d'imaginer Fletcher en train d'abattre celui qui lui avait pris son innocence et sa virginité.

Après quelques secondes interminables, la voix de l'homme vint frapper le tympan de la jeune enquêtrice et les mots qui le percutèrent la firent frissonner :

— *Je vous livre Gary car je veux que vous l'abattiez... tuez-le ! Et vous tuerez tous vos démons...*

43

Cleveland, État de l'Ohio/ États-Unis,
30 septembre 1981/ 23h47.

Ramos avait quelque peu douté de l'innocence de Victoria. Mais après avoir passé quelques jours à ses côtés, après quelques conversations et aussi quelques *satisfactions*, il s'était fait à l'idée. Victoria n'était pas le cannibale de Cleveland. De mémoire, très peu de femmes avaient pratiqué l'acte de cannibalisme.

Il lorgna la pendule de son salon et se dit qu'il était très tard. Mais cela ne pouvait attendre.

Victoria devait être informée. Après tout, c'était elle qui l'avait embarqué dans cet engrenage terrible.

Il composa le numéro et attendit quelques secondes.

Une petite voix fluette lui répondit en hésitant :

— Ouais… c'est qui encore ?

Le flic, surpris, rétorqua en riant :

— Victoria, c'est Henrique, je suis vraiment désolé d'appeler si tard, mais il faut que je te parle, c'est urgent, pourrait-on se voir ?

— Se voir ? Mais… c'est minuit, qu'est-ce que vous avez tous pour appeler à cette heure ?

— Excuse-moi, je ne savais pas qu'on te harcelait au téléphone à cette heure-ci, fit Ramos, ironique, tu as des problèmes ?

— Non c'est… c'est rien, j'étais juste plongée dans un profond sommeil, écrasée par ces saloperies de barbituriques. La sonnerie du téléphone m'a réveillée de façon un peu trop brutale tout à l'heure…

— Rien de grave ?

— Non, juste un connard qui s'est trompé de numéro… lâcha-t-elle, hésitante et honteuse de culpabilité, comme si Ramos devinait son mensonge, de quoi voulais-tu me parler ?

Ramos expira et prit son temps.

— Je ne peux rien te dire au téléphone, Victoria, mais c'est urgent, je peux passer ?

— Je t'attends, mais fais vite…

Ramos raccrocha et resta pensif. Cette petite voix ne lui disait rien qui vaille. Victoria avait des soucis.

*

Cleveland, État de l'Ohio/ États-Unis,
30 septembre 1981/ 23h49.

Blake avait quitté la cabine téléphonique et s'était empressé de se replier derrière le volant de sa Mustang, à l'abri des lueurs fades des réverbères.

Il était positionné à l'angle de la ruelle, entre deux véhicules. Il attendait patiemment que sa proie, insouciante et loin d'imaginer qu'un terrible prédateur s'apprêtait à fondre sur elle, sorte de l'immeuble pour pouvoir l'aborder selon son plan.

Blake était serein, confiant lui aussi, et rien ni personne ne l'empêcherait d'accomplir ce qu'il devait accomplir.

Blake, car c'était ainsi qu'il se nommait lorsqu'il se mettait en chasse, se souvint de cette panthère noire qui l'avait marqué lorsque sa mère l'avait emmené au zoo, alors qu'il était tout petit. Il se souvint de cet os que rongeait l'animal dans un coin de sa cage, de ses yeux d'or, de ses crocs et du sang séché partout sur le sol de la cellule. Il se souvint de la voix de sa mère qui lui affirmait : *« B.B, Black Blake, c'est ainsi qu'il se nomme ce bel animal, mon chéri... »...*

Il tourna le bouton de l'autoradio, chercha une station qui diffusait un peu de musique et s'arrêta sur un morceau des Rolling Stones : *« Sympathy for the Devil ».*

Il mit le volume assez bas, se cala dans son siège et observa le troisième étage de l'immeuble sur sa gauche.

La fenêtre de la chambre diffusait une douce lueur. Une lumière ambrée en harmonie avec les corps qui s'enlaçaient tout là-haut.

Il pariait sur le vieux.

Blake se dit que le plus jeune des deux devait avoir de l'endurance, une bonne condition physique, mais il paria avec plus de conviction sur le plus âgé.

Le vieux avait de l'expérience. Un pervers et délinquant sexuel tel que lui avait l'habitude des pratiques en tous genres. Il prenait du plaisir, mais tout le pied qu'il prenait n'était pas entièrement de la satisfaction sexuelle. Il s'agissait aussi d'un plaisir vicieux ; celui de faire du mal et de s'en délecter…

Blake ferma les yeux et, le sourire aux lèvres, se laissa embarquer par la folie démoniaque de Mick Jagger :

I shouted out, (whoo whoo)
"Who killed the Kennedys?" (whoo whoo)
When after all (whoo whoo)
It was you and me (whoo whoo)

À l'instant où il rouvrit les yeux, un véhicule de patrouille de la police de Cleveland remonta lentement l'avenue.

C'est alors qu'il entendit au loin le bourdonnement d'une gâche électrique, l'ouverture de la porte d'un hall d'immeuble.

Le plus jeune des deux hommes en ressortit, sifflotant, visiblement satisfait du plaisir qu'il avait pu prendre ou donner. Il finissait apparemment de se rhabiller. Il se coiffa à la hâte, du bout des doigts, regarda le ciel et les environs puis entreprit de remonter l'avenue à pied.

Blake démarra, s'engagea sur l'avenue et roula à très faible allure, tous feux éteints.

Lorsqu'il arriva à hauteur de Yuri Novak, celui-ci tenta d'apercevoir le conducteur au travers des vitres teintées. La Mustang roulait au rythme de ses pas et le moteur ronronnait doux.

Blake actionna la vitre côté passager et, un large sourire sur les lèvres, dit au jeune flic :

— Bonsoir, on dirait qu'il n'y a pas de taxi de disponible ce soir… vous me semblez paumé.

Yuri détailla l'homme dans son véhicule. Il portait une casquette frappée du logo de l'équipe de baseball de Cleveland –les « Indians »–, une paire de lunettes aux verres très sombres et une barbe rousse de trois semaines.

— Paumé ? C'est vous qui me paraissez paumé… répondit Novak en riant.

— Vous ne croyez pas si bien dire, je dois me rendre chez un ami, entre Euclid Avenue et la 30ème, vous connaissez ? C'est près du collège Bryant & Stratton…

Novak s'arrêta et Blake stoppa le véhicule. Le jeune policier fronça les sourcils et répondit en souriant :

— Si je connais ? Vous plaisantez ! Vous êtes un veinard, vous, j'habite à deux pas du collège…

— Incroyable ! Le hasard, des fois… ça ne vous dérange pas de monter ? fait Blake en désignant le siège passager, vous m'indiquez la route et je vous dépose par la même occasion…

Novak lui sourit puis, tout en désignant la casquette que l'homme portait sur le crâne, il demanda timidement :

— Vous étiez au… vous revenez du stade ? Vous avez assisté au…

— Au match, oui ! Je suis allé supporter les Indians…

— Et ?

— Et c'est une victoire des Indians, lâcha Blake en riant, ils ont remporté ce putain de match !

— Génial, ça, souffla le flic tout en ouvrant la porte côté passager et en s'engouffrant dans l'habitacle.

Blake s'empressa de retirer les cannettes de bières vides qui traînaient sur le siège tout en dévisageant Novak, sourit en dévoilant sa dentition puis jeta :

— Vous avez fait la fiesta ?

— Un peu, répondit le flic, amusé, je pue l'alcool à ce point ?

Blake éluda la question et regarda sa montre. Novak enchaîna :

— Mais… attendez, il me semble que je vous connais, votre visage ne m'est pas vraiment inconnu…

— Ah… peut-être. Vous vous demandez probablement pourquoi je porte cette casquette des Indians, enfoncée sur mon crâne, pourquoi je porte ces lunettes sombres, humm… et peut-être pensez-vous avoir devant vous une star de cinéma qui déambule dans les rues de Cleveland, hagard, cherchant la débauche, un plan cul, un peu de came, n'est-ce pas ?

— Non ! Pas du tout, pourquoi ? C'est le cas ? Vous êtes quelqu'un de connu ?

— On peut dire ça, oui…

Blake se pencha alors pour atteindre la boîte à gants, qu'il ouvrit en ricanant avant de lancer :

— Allez, servez-vous !

Yuri Novak, surpris, resta figé quelques secondes puis extirpa deux cannettes de bières du fond de la boîte à gants.

— Ouvrez-m'en une, fit Blake, je crève de soif. Prenez l'autre…

Blake tendit la main en souriant.

Le flic décapsula calmement la cannette et lui offrit. Il ouvrit la seconde et s'apprêta à faire glisser une rasade de bière dans son gosier lorsque Blake l'interrompit :

— Attendez ! Vous allez rire, mais je vais prendre votre bouteille, là, elle est sérigraphiée avec une pub pour les Indians et le championnat, et comme je suis grand fan j'ai peur de leur porter la poisse si je ne les soutiens pas jusque dans mes beuveries…

Novak contempla le récipient en hochant la tête. Il reconnut aussitôt le lanceur et frappeur Bert Blyleven.

Merde ! C'est un putain de lanceur de Ligue Majeure, ce Blyleven…

Blake insista :

— En plus, ils ne l'auront que cette année… les Indians ne pourront pas garder un joueur de cette envergure, c'est sûr. Alors, vous comprenez pourquoi je veux picoler avec la gueule de Blyleven en photo sur ma bouteille ? Je veux boire du Blyleven, je veux pisser du Blyleven, je veux qu'il me fasse rêver jusque dans ma pisse et mon inconscience lorsque l'alcool m'aura emporté aux frontières du coma...

Novak acquiesça en souriant et échangea les cannettes. Ils trinquèrent tous deux et avalèrent une longue gorgée.

Blake s'engagea dans le centre ville, les feux toujours éteints, en mode veilleuse. Il ôta ses lunettes en ricanant.

Yuri parut surpris. Son regard se fixa sur le visage de l'étrange inconnu, cherchant à pénétrer le fond de ses yeux.

— Mais ? Vous… vous êtes ce… vous ressemblez à… c'est hallucinant !

Blake allongea alors son bras droit sans détacher son regard de la route, puis plongea la courte et fine aiguille de la seringue dans le cou du jeune flic.

L'effet de l'injection fut instantanée.

Déjà, le brouillard qui s'était installé dans le crâne du malheureux ne lui permettait même plus de distinguer les détails, les sons et les formes dans l'habitacle de la voiture, d'articuler des mots, de former des phrases.

Novak sentait juste que ses forces l'abandonnaient, que les muscles de ses cuisses se relâchaient ainsi que ceux de ses bras.

Il sentit ralentir son rythme cardiaque. Une bouffée de chaleur l'enveloppa et sa gorge se serra alors.

Il voyait le visage devant lui qui s'évaporait en lambeaux de fumée. Sa dernière pensée avant qu'il ne s'évanouisse fut celle de se dire que les morts restaient morts, et qu'ils ne revenaient jamais parmi les vivants.

Pourtant, il s'agissait bien du visage de Freddy Lawrence qui lui souriait à pleines dents, alors qu'il sombrait vers l'inconnu et probablement la mort…

44

Cleveland, État de l'Ohio/ États-Unis,
1 octobre 1981/ 7h00.

— Bonjour, Victoria, souffla Stenton, je vous remercie d'être venue tout de suite…

Le légiste avait les yeux boursouflés, le visage bouffé par la fatigue. Visiblement, il lui manquait un wagon d'heures de sommeil.

Victoria pénétra dans le bureau de Stenton. Il s'agissait d'une pièce exiguë, froide, à l'image même de celui qui dirigeait le service depuis une dizaine d'années.

Elle prit place sur le siège de cuir, face au médecin. Stenton lui tendit un gobelet de café fumant et se tortilla derrière son bureau.

Il avait la mine grave. Il avait laissé son humeur désagréable au vestiaire et affichait l'expression d'un type au bord du gouffre.

— J'arrive pas… j'arrive pas à croire que ces connards en cols blancs ferment le service, je…

— Je suis vraiment désolée pour vous, Stenton… vous avez prévu quoi ?

— Peu importe… peut-être déménager et me tirer dans l'Indiana. Mon beau-frère me propose de m'associer avec lui, il possède une affaire de services funéraires et il aurait besoin d'un thanato, alors… et le pire, vous savez quoi ?

Victoria Fletcher secoua la tête en souriant.

— On en riait souvent avec Freddy, ma sœur habite à « Lawrence », dans l'Indiana, une petite bourgade de vingt-cinq mille habitants…

Victoria acquiesça, toujours avec le sourire, puis enchaîna :

— Bon, et si nous discutions de… justement, c'est le sujet…

Stenton se pinça les lèvres.

— J'ai les documents. La police de Fort Peck m'a adressé le dossier par télécopie, hier soir…

— Et alors ?

— Alors, c'est édifiant…

Un long silence s'ensuivit, puis Stenton ouvrit le dossier cartonné qui se trouvait sous ses mains.

— Les autorités médico-légales de Fort Peck ont analysé les restes du corps retrouvé sur les lieux de l'incendie et ont fiché et répertorié l'ensemble dentaire du cadavre, au cas où…

— Putain ! Ne me faites pas baver, Stenton, accouchez !

Le médecin avait sursauté tant le ton qu'avait employé Fletcher était agressif.

— J'ai aussi les dossiers médicaux de Freddy Lawrence… l'intervention chirurgicale de sa déformation labiale lorsqu'il était enfant, les diverses fractures, son dérèglement hormonal survenu très jeune et le dysfonctionnement de ses glandes sudoripares. Il y a aussi cet accident de vélo alors qu'il était adolescent, un terrible accident…

Victoria parut surprise. Elle interrogea le médecin du bout du menton.

— … alors qu'il descendait à vélo la grande avenue du lotissement où ses parents résidaient, Lawrence s'est fait percuter par un véhicule qui traversait le croisement. Freddy avait failli y passer ; nombreuses fractures du crâne, fracture du tibia gauche, un poumon enfoncé, et… toute la mâchoire brisée, sa dentition entière explosée… expliqua le médecin en accompagnant ses mots de sa main placée sous sa mâchoire.

— Ce qui veut dire ?

— Ce qui veut dire que Freddy Lawrence portait des prothèses dentaires, ce n'était pas ses dents naturelles…

— Quoi ? Lawrence portait un…

— Dentier ! Oui… un putain de râtelier !

Effrayée, Fletcher posa la paume de sa main sur sa bouche et intima au médecin de continuer.

— Quoi qu'il en soit, accident ou pas, il ne les aurait pas gardées ses dents. Plusieurs rapports médicaux attestent que Freddy Lawrence était porteur d'une anomalie congénitale ; une maladie liée à ses tissus osseux, un problème de calcification je crois…

— Très intéressant, Stenton, vraiment… et pour le reste ? Vous avez visionné la vidéo ? Vous en pensez quoi ?

— Ce que dit cet éminent spécialiste dans l'émission que vous avez enregistrée, est tout à fait plausible, d'autant plus que je connais ce professeur pour l'avoir rencontré à un colloque l'année dernière, dans le Minnesota, à Minneapolis plus précisément…

— Donc, vous confirmez ce qu'il dit ?

— Oui… le dérèglement hormonal de Lawrence influait sur le fonctionnement de ses glandes sudoripares, mais en aucun cas ce n'est ce qui lui provoquait ces inconfortables odeurs corporelles…

Une lueur brilla au fond des yeux de la belle enquêtrice. Un petit rictus se forma même autour de sa bouche.

— Allez-y, putain ! Crachez-moi le morceau, Stenton…

Le médecin la dévisagea, déconcerté.

— Eh bien, si l'on considère que Lawrence avait ce problème hormonal, qui le faisait suer plus que de raison, et qu'en même temps sa santé mentale se tenait au beau fixe, il n'y a aucune raison pour que celui-ci arbore une telle odeur…

— Quoi ? J'vois pas le rapport avec sa santé mentale, c'est quoi votre délire ?

— Je voulais dire par là que Freddy n'était pas dépressif, ou simplement barjo, donc il se lavait, prenait des douches, des bains. Il faut savoir une chose, la sueur ne comporte aucune trace odorante au départ, lorsqu'elle se diffuse par les pores elle est inodore. Ce n'est que lorsque les bactéries commencent à proliférer que les odeurs se manifestent…

Un frisson parcourut l'échine de Victoria.

Et dire que je le côtoyais tous les jours…

Leurs regards se croisèrent, flamboyants de terreur et d'incompréhension.

Victoria Fletcher lança soudain en joignant ses deux paumes devant sa bouche :

— J'ai besoin de votre appui… il nous faut demander l'exhumation du corps du lieutenant Freddy Lawrence, c'est inévitable…

— Mon appui ? Vous rigolez ? Nous sommes tous les deux finis, deux clowns… l'un viré à la fin du mois comme un malpropre et vous, mise à pied, presque soupçonnée d'être le cannibale de Cleveland…

— Rien à foutre ! Je suis sûre de ce que j'avance…

— Vous pouvez vous tromper…

— Impossible !

Leurs regards se croisèrent de nouveau. Chacun avait en tête le fameux passage de la vidéo, le moment même où le professeur Greenwalch décrivait une anomalie hormonale toute particulière.

La voix du spécialiste résonnait encore dans la cervelle de Fletcher et de Stenton :

« ... les glandes sudoripares viennent compléter un mécanisme biologique à la fois étrange, fascinant et complexe. Il s'agit-là de notre système de ventilation, notre climatiseur en quelque sorte. La sueur n'est point responsable des mauvaises odeurs corporelles que peuvent dégager certains individus, hormis certaines exceptions. Par exemple, un homme qui se nourrira de chair humaine dégagera justement une odeur corporelle insoutenable. Le métabolisme humain n'étant pas conditionné pour digérer de la protéine humaine, une réaction chimique s'opérera et dégazera par les pores de la peau... le système biologique de l'individu s'affolera de reconnaître, lors de la digestion, des cellules similaires aux siennes... »

*

Cleveland, État de l'Ohio/ États-Unis,
1 octobre 1981/ 7h15.

Le jour se levait à peine sur la cité encore endormie.

Plus loin, à l'endroit même où l'horizon rejoignait les berges du lac Erié, un ciel bas et gris terminait de lécher les rivages froids du flanc canadien.

Blake venait de finir de récurer sa salle de bain.

Les joints du carrelage mural étaient encore profondément imprégnés du sang frais de Yuri Novak.

Quelle avait donc été cette folie ?

Novak l'avait démasqué, avait découvert qui il était. Et Blake savait que d'autres personnes probablement soupçonnaient sa double existence.

Il jeta la paille de fer dans le lavabo, retira ses gants de ménage en latex et se laissa choir sur le canapé déglingué de son salon bordélique. Il soupira, jeta sa nuque en arrière et ferma les yeux.

Il pressentait déjà, avec une infime délectation, que les images qui allaient se bousculer entre les parois de son crâne, allaient encore très certainement lui procurer une délicieuse érection.

Et les images le frappèrent.

Toutes.

Les sons aussi. Tous. Depuis le premier gémissement jusqu'au dernier cri de douleur qui s'était arraché des cordes vocales de Yuri Novak.

Le jeune flic avait souffert. Beaucoup.

Blake se souvint avoir passé le bras de Novak autour de son cou et l'avoir monté jusqu'à son appartement de Slavic Village. Il se souvint l'avoir ensuite allongé dans son propre lit, l'avoir déshabillé et l'avoir offert à sa vue dans des positions dégradantes, obscènes.

Il revit l'instant où il positionnait alors l'appareil photo sur son trépied, il se souvint avoir pris quelques clichés et avoir ri, ivre du désir qui le transcendait et le brûlait de l'intérieur.

Le flash avait crépité, longtemps, éclairant la pièce par intermittence.

Blake s'était ensuite masturbé. Il avait joui fort, puis,

après avoir contrôlé la pulsation cardiaque de sa victime, il avait jugé que celle-ci reprenait peu à peu conscience. Il avait alors glissé, plongé jusqu'aux lisières étranges et ténébreuses d'une transe sexuelle machiavélique.

Blake ouvrit les paupières.

Il revit Novak qui ouvrait péniblement les yeux, et lui, qui serrait son cou de plus en plus fort, la bouche du jeune flic qui s'ouvrait, sa langue qui s'étirait à l'extérieur comme pour happer une dernière goulée d'air.

Il revit aussi avec délectation la séquence de son démembrement.

Le sang. Partout autour. Sur les draps, sur les murs, sur le sol, sur ses mains et son visage.

Et il se revit alors, satisfait de son crime effroyable, finir sa cigarette et faire ensuite basculer le tronc sans tête de Yuri Novak dans la baignoire remplie d'acide.

Il repensa à cette fine tranche qu'il avait découpée dans le muscle de la cuisse et se revit la déguster, encore chaude de la vie qu'il venait de prendre…

45

Cleveland, État de l'Ohio/ États-Unis,
1 octobre 1981/ 9h47.

Amy Mac Callaugh déboula dans les locaux du P.H.U d'Ontario Street un peu à la manière d'une tornade qui bouscule tout sur son passage.

Elle portait sur son visage les marques de la tristesse, du désespoir. Elle paraissait perdue et dévastée, terrorisée par l'angoisse de ne plus jamais revoir son fils.

Le capitaine Levy la pria d'entrer dans son bureau, lui présenta un siège et ferma les stores vénitiens de la baie vitrée qui donnait dans les bureaux voisins.

Elle s'installa, les yeux rougis par le flot de larmes versées depuis plusieurs jours. Elle détacha ensuite son foulard qu'elle ôta d'un large geste, et libéra ainsi sa longue et épaisse chevelure rousse qui flamboya sous l'éclairage de la pièce. Le lourd parfum qui s'en dégagea se répandit instantanément et Levy le respira bien volontiers avec un plaisir non dissimulé.

— Madame Mac Callaugh… je sais que vous êtes peinée, submergée par le chagrin mais… peut-être ne s'agit-il que d'une absence de sa part, il… il est simplement parti pour son travail et ne vous aurait pas informée…

— Non ! Non… c'est impossible ! le coupa aussitôt la belle Irlandaise, je connais mon fils et il n'est jamais parti une seule fois sans me prévenir, sans me dire où il allait et quand il revenait…

— Madame Mac Callaugh… avait-il des rendez-vous prévus ? Avait-il décidé, voilà quelques jours, de partir en voyage professionnel ? demanda le capitaine Levy en triturant son nez.

— Non, je ne crois pas… enfin, je ne sais pas…

— Madame Mac Callaugh, vous me dites à l'instant que votre fils partageait tout avec vous et là, vous me dites que vous ne savez pas ce qu'il avait projeté de faire ces dernières quarante-huit heures… vous savez, je suis navré pour tout ça, nous allons vraiment essayer de voir ce que nous pouvons faire mais notre service est un peu désorganisé ces derniers jours. Nous avons perdu un de nos hommes de façon tragique…

L'Irlandaise leva les yeux et scruta le regard du capitaine, l'expression du visage terriblement désolée.

— Je suis navrée, Capitaine, vraiment…

— Oui… merci madame. Cette affaire nous a tous secoués. Le lieutenant Lawrence était un élément exemplaire au P.H.U, une pièce indissociable au bon fonctionnement de notre service…

Amy Mac Callaugh parut soudain surprise. Elle fronça les sourcils et leva les yeux au plafond, comme si elle venait brusquement de se remémorer quelque chose. Puis elle revint sur Levy :

— Lawrence, vous me dites ? Mais… a-t-il à voir quelque-chose avec Jake Lawrence ?

Le flic l'observa, surpris, puis dit en soupirant :

— Oui… tout à fait. Il s'agit bien de son père, Jake Lawrence. Pourquoi vous le connaissiez ?

Amy Mac Callaugh parut terrifiée, abasourdie comme si le ciel venait de lui tomber sur le crâne. Sa couleur de peau déjà très pâle vira au blanc.

— Madame, vous sentez-vous mal ? Vous avez l'air de ne pas…

— Non, ça va aller… je… il me semblait avoir connu le père du lieutenant Lawrence…

Amy venait de se rappeler au bon souvenir de son bel amant d'alors.

Amy venait de se souvenir que le père de son fils Patrick était aussi le père de ce lieutenant de police décédé.

Un tourbillon l'emporta. Un tourbillon d'images, de douleurs, de haine aussi, qui s'insinua en elle et creusa ses chairs jusqu'à ce que la douleur lui fasse perdre connaissance.

Le demi-frère de son fils était donc mort.

Elle ne savait encore pas pourquoi, mais quelque chose lui disait que l'affaire des cadavres de Woodland Avenue était directement, ou indirectement, rattachée à ce lien qui les unissait tous.

Elle comprit enfin, juste avant de perdre conscience, la raison pour laquelle on l'avait interrogée quelques semaines auparavant, concernant la découverte macabre des corps sous la maison du lotissement « Black Flower »…

*

Cleveland, État de l'Ohio/ États-Unis,
1 octobre 1981/ 11h05.

— Vous êtes sûr de votre coup ? claironna le juge Olwen, juste avant d'avaler le café qui restait au fond de sa tasse.

Stenton resta silencieux et déposa une enveloppe Kraft sur le bureau du magistrat.

Olwen fit tournoyer dans la tasse les dernières gouttes de moka, afin de mélanger le sucre resté au fond. Il avala le tout, se racla la gorge et jeta :

— Vous me demandez l'autorisation de faire exhumer un corps… vous… vous me dites que vous avez des comparaisons dentaires qui ne collent pas, c'est bien ça ?

— C'est exact… répondit tout bas le médecin légiste.

— Qui est l'officier de police chargé de cette enquête ? Donnez-moi son nom…

Stenton se força à sourire en interrogeant du regard le juge Olwen, lui faisant savoir qu'il désirait poser son cul sur le fauteuil face à lui.

L'autre lui fit signe de prendre place.

— Ce n'est pas vraiment une enquête… c'est plutôt… disons que l'on m'a suggéré de vérifier certains paramètres ; l'officier qui se charge de ces vérifications préférerait rester discret…

— Et pourquoi cela, Stenton, y a-t-il une raison valable ?

— Je vous en prie, délivrez-moi cette autorisation…

— Donnez-moi le nom de cet officier !

— C'est impossible…

Le juge s'enfonça dans son siège et observa le plafond.

Stenton se pencha en avant et, du bout des doigts, poussa lentement l'enveloppe kraft devant le juge. Ce dernier l'observa puis, d'un geste rageur s'en empara, la décacheta et en extirpa un épais tas de feuillets assemblés par un trombone.

Ses yeux commencèrent à suivre les premières lignes.

Sa surprise se manifesta alors au moment où il tourna la page et observa les croquis, les panoramiques dentaires photocopiés sur les pages et le rapport d'autopsie du corps de Freddy Lawrence retrouvé à Fort Peck, dans le Montana.

— Que Dieu m'entende ! lâcha Olwen, ce n'est pas possible !

Stenton leva les sourcils tout en opinant du chef pour affirmer le contraire.

Olwen continua sa lecture.

Il mit sa main devant sa bouche, effrayé, terrorisé comme s'il venait d'apercevoir la bête, le diable personnifié.

Le légiste enchaîna :

— Écoutez, ces rapports médicaux sont justes, il n'y a pas l'ombre d'un doute. L'accident de vélo qui a failli lui coûter la vie, lorsqu'il était gamin, lui a entièrement brisé la mâchoire. Et ce que vous voyez là-dessus, dit-il en se levant et en tapotant de l'index sur les feuillets, c'est une reconstruction du panoramique dentaire. On ne peut pas se tromper, cher Olwen…

— Et ça ? fit le juge en agitant un autre feuillet.

— C'est le rapport d'autopsie du légiste de Glasgow, dans le Montana, lisez c'est édifiant…

Silence, à nouveau. Olwen plongea dans une lecture rapide des documents et au bout de quelques lignes, il leva les yeux pour observer Stenton.

Il dit alors :

— Prémolaire 15 et molaire 26 ? C'est quoi cette connerie ?

— C'est pas une connerie, ce sont les plombages

effectués sur les dents sus-citées sur le document, aux dates qui sont indiquées dans la case, en haut, à droite… laissez aller votre imagination.

Le juge fit glisser légèrement ses lunettes sur le bout de son nez et scruta Stenton. Il soupira, fronça les sourcils, irrité, puis demanda :

— C'est quoi votre charabia ? Je ne vous suis plus, là, Stenton, vous me présentez des documents concernant Freddy Lawrence, vous voulez que je vous délivre une autorisation…

— Une injonction… le coupa Stenton.

— … une autorisation d'exhumer le corps de ce lieutenant de police, vous avez un interlocuteur mystère que vous confortez dans son anonymat, et vous me présentez tout votre foutoir de rapports médicaux sous le nez, sans que ceux-ci ne m'évoquent la moindre raison pour laquelle je donnerais l'ordre de procéder à une exhumation… et vous voulez que je laisse aller mon imagination ?

Le légiste esquissa un sourire ironique. Il fit signe au magistrat de continuer sa lecture.

Olwen parcourut une dernière fois le document qu'il tenait dans la main gauche, puis celui qu'il tenait dans la main droite.

Ses yeux s'écarquillèrent. Il siffla longuement entre ses dents et frictionna les cheveux grisonnants du sommet de son crâne.

Son regard se planta alors dans celui du médecin.

— Stenton, fit-il d'une voix blanche, vous disiez tout à l'heure que Freddy Lawrence avait eu un accident de vélo terrible alors qu'il était gosse, c'est ça ? Et qu'il avait eu la mâchoire explosée ?

Le légiste acquiesça de la tête, le sourire toujours

figé sur les lèvres.

— Et ce rapport médico-légal est bien celui que vous ont faxé les autorités de Glasgow, concernant le corps de Freddy Lawrence avant qu'il soit rapatrié ? demanda-t-il en agitant la feuille de papier.

Stenton acquiesça encore.

Olwen se pinça la lèvre supérieure entre le pouce et l'index, puis bredouilla :

— Bordel ! Stenton, fallait en venir au fait tout de suite ! Je vous signe cette injonction immédiatement…

Le juge venait enfin de réaliser que le corps carbonisé découvert dans ce refuge de chasseur, à Fort Peck, ne présentait aucun défaut majeur au niveau du mandibule, pas de greffe osseuse, pas de prothèses dentaires, pas de broches ni aucun autre matériel médical.

Seulement deux pauvres plombages qui avaient tenu le choc au fil des ans…

46

Cleveland, État de l'Ohio/ États-Unis,
1 octobre 1981/ 16h10.

Elle savait désormais *qui* il avait été et *qui* il était devenu.

Fébrilement, lorsque son téléphone avait sonné, elle avait porté le combiné à son oreille tout en sachant, en devinant les mots qui allaient en sortir.

Les faits étaient là et la vérité sans appel.

Freddy Lawrence, son coéquipier, son ami, ce flic-là sans reproches incarnait le cannibale de Cleveland.

Comment a-t-il pu commettre pareilles horreurs ?

Les questions tournaient dans son crâne et renvoyaient dans son cœur un flot d'amertume, de haine et d'incompréhension.

La terreur aussi, présente, enfouie dans son bas-ventre comme une question lancinante…

Comment ai-je pu flirter avec lui, travailler, l'aimer, le désirer ? Comment ai-je pu compatir, ressentir des émotions pour le diable ?

À l'autre bout de la ligne, Stenton lui avait débité d'une voix froide et métallique tout ce qu'elle avait jusqu'ici refusé de croire :

« … il s'agit sans aucun doute de notre homme, Victoria, le corps retrouvé à Fort Peck ne comporte qu'une seule intervention bénigne sur l'ensemble dentaire, deux putains de plombages ! Quand on sait ce

qu'a subi Freddy Lawrence pour retrouver visage humain après son accident de vélo, tout porte à croire que ce corps n'est pas le sien... »

La jeune enquêtrice avait frissonné.

Et elle avait failli mourir d'effroi lorsque le légiste lui avait annoncé, d'une voix presque irréelle, que le corps fraîchement inhumé du soi-disant *Freddy Lawrence* n'était effectivement pas celui de son coéquipier.

L'examen dentaire avait bien révélé à Stenton que le cadavre possédait deux plombages ; la prémolaire 15 et la molaire 26, tel que le stipulait le rapport des légistes de Glasgow.

Tout collait, tout correspondait parfaitement.

L'odeur corporelle du flic, sa relation avec Eileen Fitzgerald, la maison de Woodland Avenue, les cadavres, tout...

Ses ultimes doutes s'étiolèrent bien vite lorsqu'elle apprit que quelques années auparavant, Lawrence possédait un véhicule de marque Mercury, un modèle Comet bleu sombre. Ce même véhicule souvent cité dans les témoignages, comme étant présent sur les lieux où disparaissaient les victimes du cannibale de Cleveland...

Après avoir été informé, le capitaine Levy avait rassemblé tous ses hommes, formé des équipes d'intervention. Une opération de force s'était organisée pour surprendre Lawrence chez lui, le lendemain matin, à son domicile de Slavic Village.

Une imposante chasse à l'homme se mettait en place.

Cleveland allait très bientôt être envahie par les forces de l'ordre, quadrillée par des groupes de flics chevronnés qui composaient les équipe de Levy.

Les hommes d'Ontario Street avaient pleuré un collègue, ils allaient désormais chasser un homme qu'ils ne connaissaient pas.

Les villes en périphérie de Cleveland lâchaient elles aussi leurs pitbulls, venant prêter main forte à leurs collègues.

Les informations qui étaient remontées jusqu'au P.H.U, concernant le domicile de Lawrence, leur avaient permis de découvrir que ce dernier résidait du côté de Slavic Village, sans pour autant avoir localisé l'appartement de l'ex-flic.

Quatre logements !

Quatre logements avait été loués sous le nom de Freddy Lawrence.

Le flic déchu avait-il anticipé ? Avait-il voulu brouiller les pistes ?

C'est donc quatre équipes, appuyées par le soutien du S.W.A.T qui allaient pénétrer chacune des planques du cannibale.

Ils attendraient l'aube du lendemain, le jour nouveau pour guérir la ville de ce cancer effroyable.

Levy savait qu'il avait perdu la foi.

Il savait qu'il avait perdu un ami, un homme à qui il avait donné toute sa confiance.

Le capitaine sentit son cœur se serrer et l'image de Lawrence vint le hanter. Mais ce n'était plus l'image de l'homme qui avait servi sous ses ordres, c'était celle de la bête venue par l'apocalypse.

Ce n'était plus l'homme qu'il avait connu qu'il s'apprêtait à traquer. C'était un monstre hideux, une bête sauvage, un dangereux prédateur qu'il fallait éliminer de l'équation.

Et la chasse à la bête sauvage venait de s'ouvrir…

*

Cleveland, État de l'Ohio/ États-Unis,
1 octobre 1981/ 21h10.

Gary avait laissé sonner le téléphone plusieurs fois.

Son appel n'avait pas abouti.

Ce petit merdeux lui avait donné bien du plaisir la nuit précédente, mais il s'était demandé s'il n'allait pas au devant d'énormes emmerdes en continuant à lui régler son arrière-train.

Une relation avec un flic, ça, c'était bien la première fois...

Après s'être aspergé d'une bonne dose de parfum, il s'écroula sur son canapé, la pensée fuyante, se demandant si Yuri passerait comme prévu avant qu'ils se rendent tous deux au *« Purple Mosquito »*.

C'était étonnant, mais le flic lui procurait une érection chaque fois qu'il se rappelait à son bon souvenir, chaque fois qu'il entendait sa voix dans le combiné du téléphone.

Etait-ce l'idée de l'uniforme ? La représentation de la loi, de la force ? Cette symbolique avait peut-être pour lui quelque chose de phallique, de puissant et d'impérieux.

Après le décès de son ami Karl, trois ans auparavant, Gary avait plongé dans une sorte de dépression, un gouffre dans lequel il s'était inexorablement enfoncé jusqu'à la folie.

Plusieurs tentatives de suicides l'avaient forcé à suivre une thérapie qui s'était avérée insuffisante, frôlant l'internement. Depuis tout petit, Gary souffrait de troubles dissociatifs de la personnalité et, avec le temps, son anxiété, ses angoisses n'avaient cessé de croître.

Quelques phobies s'étaient développées et quelques autres symptômes tout aussi désagréables étaient venus se greffer à sa pathologie : dysfonctionnement sexuel, lapsus de temps et amnésie, automutilation, préoccupations et tentatives suicidaires, voilà tout ce que Gary vivait depuis le jour où tout avait basculé.

Il avait gardé en tête ce terrible drame qui était survenu voilà vingt-cinq ou trente ans en arrière, il ne savait plus ; il avait gardé dans la plus petite de ses cellules les traces de cet horrible crime qu'il avait commis alors.

La petite fillette l'avait supplié.

Il était resté sourd à ses cris. Imperturbable quant à l'acte criminel qu'il s'apprêtait à commettre.

La pulsion. Plus forte que tout…

« Pourras-tu jamais me pardonner petite fille ? » s'était-il alors surpris à penser.

À ce moment-là, seul le désir de se satisfaire l'avait préoccupé et, égoïstement, il avait pris du plaisir seul, avec une gamine qui allait irrévocablement passer le restant de sa vie à ruminer sa douleur, à tenter d'ôter la crasse que ce porc avait déposé sur sa peau.

Une vie sans rêve.

La vie d'une gosse brisée.

Le soleil venait de se lever et filtrait à travers les arbres, dans le bois, derrière le lotissement de Woodland Avenue, lorsque le calvaire de la gamine avait pris fin.

En larmes, la petite Victoria avait alors maudit son bourreau et avait couru, couru, loin et longtemps, comme pour rattraper son futur et s'y réfugier…

*

Cleveland, État de l'Ohio/ États-Unis,
1 octobre 1981/ 22h45.

Victoria avait toutes les clés en mains.

Le choix lui était offert. Le choix de rester celle qu'elle avait toujours été, ou bien alors celui de basculer dans une sorte d'introspection fulgurante, une psychothérapie instantanée qui la libèrerait d'un mal insidieux accroché à ses tripes depuis l'enfance.

La décision lui appartenait.

Son mystérieux interlocuteur lui avait indiqué que Gary se trouverait bien au *« Purple Mosquito »*, dans la soirée.

Il lui avait aussi donné les informations nécessaires concernant le bourreau de son enfance : l'heure à laquelle il débarquerait au club, quel véhicule il possédait ainsi que toutes ses petites habitudes de petit enfoiré bien rangé.

Victoria ne put s'empêcher de penser qu'elle se trouvait sur une pente dangereuse, et qu'en digne représentante de la loi il lui serait très difficile de franchir les limites. Et quand bien même cette raclure avait brisé sa vie, elle savait qu'elle ne pourrait pas, juste au moment fatal, à l'instant même où la folie prendrait le dessus sur la raison, appuyer sur la détente de son arme de service.

Mais un vieux démon revenait sans cesse lui ronger le bas-ventre, un démon vieux de trente ans.

Serai-je vraiment responsable ? Si j'abats cette saloperie, serai-je vraiment condamnée ?

Elle secoua la tête en souriant, enfila un jean, son blouson de cuir, noua ses longs cheveux noirs en queue de cheval, éteignit l'éclairage du salon et sortit de son appartement.

Désormais, Victoria allait devoir renouer avec son passé, ne serait-ce que pour quelques heures.

Elle allait devoir tuer les fantômes de son passé pour pouvoir vivre normalement.

Pour pouvoir *re*-vivre…

47

Cleveland, État de l'Ohio/ États-Unis,
1 octobre 1981/ 23h10.

Lorsqu'elle pénétra dans l'établissement, une puissante odeur de renfermé et de sueur l'agressa.

Le portier lui tendit un loup vénitien en lui faisant signe de le porter immédiatement.

Elle fit quelques pas, puis descendit un petit escalier qui menait à la salle du vestiaire. Elle le traversa en observant l'homme qui se tenait derrière son comptoir. Celui-ci, de son unique œil encore valide, la scruta alors qu'elle s'empressait de rejoindre la salle principale.

Le borgne eut un sourire qui dévoila une incisive ébréchée, la seule dent apparente sur sa mâchoire.

Victoria avança encore un peu le long d'un étroit couloir, sombre, aux murs écœurants de crasse, croisa quelques couples d'hommes alanguis qui s'embrassaient généreusement, des femmes à demi-nues, puis elle bifurqua sur la droite, là où la musique s'amplifiait et semblait vouloir traverser la matière.

La jeune enquêtrice savait qu'elle venait de pénétrer un univers particulier, le lieu où elle devait rencontrer Gary pour la deuxième fois de sa vie. Elle savait que ce lieu-là serait le théâtre macabre de sa guérison.

Elle n'avait pas encore élaboré la manière dont elle l'abattrait.

Serait-ce là, ici, devant toutes ces personnes venues

se rencontrer pour la même chose, pour étancher la même soif de sexe, de fantasmes et de pulsions, de fétichisme déviant, serait-ce ici qu'elle devait l'abattre ?

Dois-je le faire ? Dois-je sacrifier ma vie ? Serais-je soulagée le jour de ma mort ?

Devait-elle l'abattre en public ? Ou peut-être devait-elle le conduire dans un traquenard, un piège duquel il ne ressortirait pas vivant ?

Victoria ne savait que penser et, la boule au ventre, elle continua de s'enfoncer un peu plus dans les dédales malfaisants du club. Elle ajusta son masque vénitien, persuadée d'être protégée, anonyme. Peu rassurée, elle déboucha ensuite dans la grande pièce, là où se trouvait le dance-floor illuminé par quelques rayons colorés. Au centre, son moustique violet de carton-pâte, géant, comme le gardien silencieux des lieux et témoin des plus inavouables secrets, s'élançait jusqu'au plafond de la discothèque.

Une musique lancinante emplissait la pièce, bourdonnait aux oreilles de Victoria comme un essaim de guêpes à ses trousses, comme une litanie obsédante et hypnotique.

Des chants tibétains, accompagnés d'une espèce de mélodie indienne tournaient en boucle, encore et encore…

Victoria jeta un rapide coup d'œil tout autour d'elle et constata que toute une galerie de personnages, tous plus inquiétants les uns que les autres, étaient affairés à s'embrasser et se caresser.

À l'instant même où elle pénétra au cœur de la pièce principale, elle sentit que les regards se posaient sur elle.

Son cœur battait la chamade.

Son regard fouillait le fond de la salle. Elle était nerveuse, inquiète. Ses yeux analysaient les moindres recoins, espérant deviner, malgré les années qui avaient passé, la silhouette et le visage de Gary.

Victoria était impatiente que tout ceci se termine. Elle aurait voulu que les choses s'accélèrent, qu'elle le voit enfin, qu'elle lui dise qui elle était. Elle aurait voulu sortir son arme à feu et l'abattre froidement d'une balle dans le crâne à bout touchant. Mais la réalité de la vie était tout autre.

Elle traversa la grande salle, passa tout près du moustique géant en carton-pâte, puis elle ajusta de nouveau son masque vénitien qui glissait sur son visage en sueur. Victoria repéra bien vite les regards inquisiteurs qui se posaient sur elle.

Les ombres dansaient sur les visages, animées par la lueur vacillante des bougies disséminées partout sur les murs.

Elle percevait bien la curiosité et le désir que ces êtres ressentaient en l'observant. C'était comme une invitation silencieuse au plaisir et à la démesure du sexe.

Plus loin, dans le renfoncement du couloir qui menait aux toilettes, elle crut percevoir une silhouette, un visage qui la dévisageait et qui s'escamota à l'instant où les regards se croisèrent.

Elle sentit alors la présence derrière elle, une main qui effleura ses longs cheveux noirs.

Elle se retourna, le cœur tapant.

Rien. Personne.

La musique, lancinante, tourbillonnait de plus belle et venait la transpercer, s'introduire dans son crâne comme s'il s'agissait d'une prière que l'on se devait d'apprendre par cœur.

Victoria porta sa main droite à sa poitrine, sous sa veste en cuir, et elle effleura du bout des doigts le renflement que produisait le holster dans lequel dormait son arme de service.

C'est à l'instant même où elle voulut se diriger dans la direction des *backsrooms*, là où se déroulaient les parties les plus compliquées, les extrêmes de tous les fétichismes les plus inavouables, qu'elle respira une odeur singulière, une effluve qui déclencha en elle une sensation de panique.

Avant même que son cerveau puisse imbriquer les informations nécessaires, qui auraient pu lui permettre d'associer une image à l'odeur, elle ressentit une vive piqûre dans le cou et, curieusement, elle eut un petit hoquet en ricanant.

L'image du moustique en carton monté comme un âne lui revint à l'esprit !

Mais son sourire s'effaça bien vite lorsqu'elle commença à suffoquer, que sa tête se mit à tourner et que son champ de vision se resserra en se nimbant d'un voile de brume opaque.

L'étourdissement, la sensation de marcher sur les nuages, la chaleur dans son cou l'envahirent soudainement et elle sombra presque instantanément.

L'injection de Sécobarbital avait été fulgurante…

*

Cleveland, État de l'Ohio/ États-Unis,
1 octobre 1981/ 23h40.

Au central, c'était l'effervescence.

Jamais Ontario Street n'avait connu autant de trafic, n'avait vu autant de bagnoles de flics garées devant l'édifice de la police de Cleveland.

Une chasse à l'homme s'organisait. Plus de cent-vingt gars avaient été mobilisés pour coincer l'enfant de pute qui avait jeté la honte sur la police de Cleveland.

Le capitaine Levy avait donné carte blanche à ses hommes, leur avait indiqué qu'ils devaient abattre Lawrence si celui-ci venait à ne pas obtempérer lors de son interpellation.

Le vieux flic ne voulait pas d'un nouveau drame. Il ne voulait pas qu'un de ses hommes tombe par la faute d'un criminel tel que Lawrence.

Après avoir été affecté par la mort « organisée » de celui qu'il croyait son ami et futur successeur à la tête du central d'Ontario Street, il était tout autant attristé et haineux à la fois de savoir que ce dernier était une ordure de premier ordre.

Le S.W.A.T était en route. Destination Slavic Village.

Les hommes de l'unité d'élite allaient se déployer dans le quartier et attendre, attendre que leur soit communiquée l'information qui désignerait l'appartement de Freddy Lawrence parmi les quatre suspectés.

Ils ne savaient pas encore que le pire allait s'inscrire au cœur de leur mémoire, écorcher leur conscience et leurs sentiments d'hommes fragiles face à la bête…

*

Cleveland, État de l'Ohio/ États-Unis,
1 octobre 1981/ 23h50.

Des ombres, des lumières, une terrible sensation de

glisser, de s'enfoncer, de plonger dans un gouffre infini, insondable.

Victoria sentait que son crâne allait exploser.

Elle voulut hurler, se plaindre. La douleur était telle qu'elle avait peine à bouger.

Les paupières entrouvertes, elle voyait défiler des flashes de lumière ambrée. Lorsqu'elle ouvrit un peu plus les yeux, à travers le pare-brise, elle constata que le ciel nocturne était parsemé d'étoiles.

Elle tenta de hurler à nouveau.

Impossible. Elle réalisa que sa bouche était close, bâillonnée par une sorte de ruban adhésif très fort. Elle sentit également que ses mains étaient liées dans son dos, solidement attachées, probablement à l'aide du même adhésif, ainsi que ses chevilles.

Victoria découvrait peu à peu son environnement, à mesure que sa conscience refaisait surface. Elle saisit soudain qu'elle se trouvait allongée sur la banquette arrière d'un véhicule qui roulait à vive allure.

Les flashes de lumière que renvoyaient les réverbères, éclairaient par intermittence le visage du chauffeur, à demi-dissimulé par une casquette aux armes des « Indians » de Cleveland.

Elle nota qu'une fine barbe recouvrait le bas de ses joues, et qu'il portait une paire de lunettes de soleil.

Qu'est-ce qui s'est passé, bordel de merde ! Où ai-je foutu les pieds ?

Où allait-elle ? Où l'emmenait-il ?

Des bribes de mémoire lui revinrent. Des flashes saccadés. Des résidus mémoriels qui lui renvoyèrent les images des quelques instants passés à l'intérieur du « Purple Mosquito ».

Elle revit des visages flous, des silhouettes, elle

réentendit des rires, des gémissements de plaisir. Elle revit ce gigantesque moustique violet en carton-pâte, affublé d'un énorme phallus en érection, symbole du club et de sa démesure, puis le noir complet, plus rien.

Putain ! Je viens d'être enlevée... Gary ?

La silhouette massive qui se tenait derrière le volant n'avait rien de comparable avec le souvenir qu'elle avait gardé de Gary. La vision de son corps maigre et dégoûtant, arc-bouté sur son corps de jeune fille, lui procura un spasme et l'envie de vomir.

Soudain, l'odeur dans l'habitacle.

Soudain ses sens se mirent en fonction, la vue, l'ouïe, l'odorat…

L'odeur… insoutenable.

C'est avec effroi qu'elle comprit alors dans quel piège elle venait de sombrer…

48

Cleveland, État de l'Ohio/ États-Unis,
2 octobre 1981/ 00h02.

Henrique Ramos écrasa nerveusement sa cigarette dans le cendrier inox fixé au mur du hall d'accueil.

Il lorgna le cadran de sa montre en jurant dans sa barbe, puis observa minutieusement la horde de flics en uniforme noir qui passait devant lui, tous parés de casques, cagoules et gilets pare-balles.

Le S.W.A.T.

Putain ! Ce connard de Lawrence est si dangereux que ça ?

Ramos releva la tête à l'instant où les portes de l'ascenseur s'ouvrirent sur le capitaine Levy, accompagné de deux hommes en costume cravate. Les fédéraux, probablement.

Il s'avança pour se joindre aux trois hommes et, voyant qu'aucun ne stoppait le pas, il se positionna devant le trio et les accompagna en marchant à reculons devant eux. Après un rapide coup d'œil derrière lui, Ramos lança :

— Je viens avec vous, embarquez-moi… je suis certain que Victoria Fletcher court un grand danger, et sur ce genre d'affaire un homme de plus n'est jamais de trop…

— Vous plaisantez, Ramos ? Vous n'avez rien à foutre à Cleveland… retournez chez les cul-terreux de

Wellington ! Et concernant Victoria, elle est actuellement mise à pied, même si c'est grâce à elle que l'on a pu mettre un visage sur le cannibale de Cleveland. Et puis c'est une grande fille…

Ramos insista :

— J'vous dis qu'elle est en danger, vous comprenez ?

— Mais putain d'merde ! Vous vous croyez où ? Vous voyez pas qu'on est dans la merde ? hurla Levy en s'arrêtant soudain et en laissant filer les deux agents du F.B.I, vous voyez pas que notre police a été traînée dans la boue ? Alors venez pas me faire chier avec Fletcher. Et sachant qu'elle reste dangereuse pour les autres et pour elle-même, elle sera sévèrement sanctionnée pour avoir outrepassé ses droits…

Ramos eut la sensation d'absorber un coup de poing dans l'estomac et de sentir sa mâchoire se décrocher.

Coño ! Il mériterait que je lui refasse la gueule ce salopard !

— Vous plaisantez, Capitaine ? Je suis en train de vous dire que le sergent Fletcher est en danger de mort… et vous, vous me parlez de sanctions et de vos fichus codes protocolaires à la con ?

Levy soupira en observant le cadran de sa montre, puis lança :

— Bon, j'vous écoute… c'est quoi votre embrouille ?

— J'ai eu Victoria au téléphone, avant-hier soir, et je peux vous dire que quelque chose la tracassait, elle n'était pas dans son assiette. Je pense que Lawrence va chercher à la contacter, si ce n'est déjà fait, et là, on peut s'attendre au pire…

Levy sembla soudainement s'intéresser au discours

du mexicain.

— Lawrence ? Il ne fera aucun mal à…

— Si j'étais vous, je ne serais pas aussi confiant. Il sait qu'elle l'a démasqué, et qu'il ne supportera pas qu'une femme le conduise à la défaite…

— Que suggérez-vous ?

— Moi ? Rien, fit Ramos en ricanant, par contre il va falloir être prudent pendant l'opération…

— Pourquoi ?

— Parce qu'elle sera peut-être sa monnaie d'échange…

*

Cleveland, État de l'Ohio/ États-Unis,
2 octobre 1981/ 00h04.

— Tu n'as pas à t'inquiéter petite, nous sommes bientôt arrivés, encore un bloc et après on y est… fit la voix toujours en conduisant.

Victoria savait qu'elle se trouvait enfin dans l'œil du cyclone.

Son désir de vengeance l'avait conduite à sa propre fin, punie avant même d'avoir accompli l'acte délictueux.

Elle frissonna. La voix s'éleva de nouveau :

— J'irai assez vite avec toi… c'est dommage, je t'aimais bien, sincèrement ! Mais je ne peux pas laisser les choses se dérouler de la sorte, il m'est impossible de te laisser continuer, Victoria. Je ne vais pas te laisser souiller ma mémoire lorsque je ne serai plus de ce monde. Je sais que tu as éprouvé du désir pour moi, que tu as rêvé de mon corps, de délicieuses et fiévreuses étreintes, mais tu ne pouvais pas savoir… et puis concernant Gary, ne t'inquiète pas, je lui réserve une surprise. Je te promets que sa mort sera des plus douloureuses, et il pensera une dernière fois à toi lorsqu'il succombera à ses souffrances…

Le véhicule s'immobilisa alors après s'être introduit dans une sorte d'impasse très sombre, une ruelle assez courte dans laquelle deux immeubles se faisaient face.

Le conducteur descendit, fit le tour de la voiture et ouvrit la portière arrière.

Victoria était là, allongée, terrorisée par l'homme qui venait de lui apparaître. Ce dernier ricana puis se pencha, posa sa main sur le genou de la jeune enquêtrice et la fit glisser jusqu'à son entrecuisse. Il caressa lentement l'intérieur de ses jambes en fermant les yeux, laissant courir sa langue sur le pourtour de ses lèvres.

Il y avait quelque chose de violent dans ses gestes pourtant très lents, appliqués. Il posa l'index sur sa bouche en suggérant à Victoria de garder le silence puis, d'un geste brusque, lui arracha son bâillon d'adhésif.

— Je te conseille de garder le silence si tu veux vivre encore un peu…

— Putain de merde ! Lawrence ! Qu'est-ce que vous branlez ? hurla Victoria, comment en êtes-vous arrivé…

Freddy Lawrence posa la paume massive de sa main sur les lèvres de la jeune femme et lança :

— Je te laisse une seconde chance… si tu hurles à nouveau, je t'étrangle immédiatement et tu ne sauras jamais rien…

Le souffle court, Victoria retint son hurlement à l'instant même où Lawrence retira sa main. Elle tenta de paraître plus détendue et déclara :

— Freddy, on peut essayer de faire quelque chose

pour vous, je sais pas moi, on peut peut-être envisager une thérapie… vous n'êtes pas conscient de tout cela au moment de vos actes, ce n'est pas vous, c'est quelqu'un d'autre…

Lawrence, loin d'être né de la dernière pluie, rétorqua :

— Ne me la fais pas à l'envers, Victoria, je connais tout ce charabia… personne ne pourra rien pour moi, et tu le sais. Je ne vais pas être magnanime parce que mon ancienne coéquipière me croit innocent, ou parce que j'ai des chances de m'en sortir avec un foutraque de psy. Je vais crever comme tous les malades ! La police m'abattra car c'est la règle. Et je devrai mourir, seul, comme toujours, sans personne pour me donner l'absolution…

— Vous n'êtes pas seul, Freddy…

— Si, je suis seul, ma vie entière s'est articulée autour de la solitude, Victoria. Mon père était bien trop occupé à baiser ses maîtresses et à s'occuper de la ferme pour penser à ma petite personne, et ma mère bien trop faible et chétive pour supporter le poids de cette vie misérable. Lorsque la maladie l'a emportée, j'ai connu une solitude bien plus destructrice que le fait d'être seul physiquement… j'ai connu la solitude psychique, l'isolement de mon esprit, encagé dans les couloirs de la folie.

— On peut vous soigner, Freddy… vous échapperez à la peine capitale ! Elle a été rétablie depuis peu mais les juges seront cléments, ils ne voudront pas froisser l'opinion publique. On ne vous jettera pas dans le couloir de la mort… je m'y emploierai, je ne vous lâcherai pas. Je suis consciente que vous devez être jugé et condamné, mais vous ne serez pas exécuté…

— Laisse tomber, fit-il en soulevant Victoria après

l'avoir recouverte d'un plaid écossais, je veux juste que l'on sache *pourquoi*, c'est tout. Je ne veux pas que l'on me juge, je veux juste que l'on me comprenne… que l'on sache à quel point j'ai été malheureux lorsque je me suis retrouvé chez l'oncle Jo dans le Montana, à bouffer sa barbaque écœurante de vieux cerf faisandé, à quel point j'étais seul, coupé du monde, privé de mes proches et de leur affection, je veux que l'on sache que tous ces gens je les ai tués parce que je les aimais, pas parce que je les haïssais, mais parce que je voulais les garder auprès de moi, toujours… Patrick Mac Callaugh a finalement eut une belle fin, il est mort en martyr, tué par les mains même de son propre demi-frère ! Quant à Eileen Fitzgerald, c'est peut-être elle la responsable de ma chute. Cette femme a été mon erreur de parcours. J'ai bien essayé pourtant, mais je n'ai jamais rien trouvé d'autre chez elle que le moyen d'extraire la semence qui me brûlait le corps, comme si le diable me pénétrait alors et me pissait à l'intérieur…

Il hissa le corps de Victoria sur son épaule et claqua la portière. Il approcha ensuite ses lèvres près de l'oreille de la jeune femme puis souffla à travers le tissu :

— Je te conseille de ne pas hurler. Si tu veux savoir de quelle manière je vais tuer, dépecer et déguster Gary, reste sage jusqu'à que nous soyons arrivés à mon appartement…

— Et si je refusais ? Et si je me moquais des couilles de Gary ? fit une petite voix étouffée à travers le plaid.

— Je ne crois pas que ce soit le cas, princesse…

Freddy Lawrence regarda tout autour de lui, observa l'extrémité de l'impasse où quelques poubelles débordaient, scruta le ciel, puis l'enseigne du grossiste en viande bovine qui s'étendait juste sous deux fenêtres aux volets clos.

Le flic déchu soupira, puis balança :

— … mais on n'est jamais assez prudents !

D'un geste vif, il planta la fine aiguille de la seringue dans le cou de Victoria. Il fit ensuite quelques pas et poussa la porte de l'immeuble qui s'ouvrit sur une volée d'escaliers.

La jeune femme eut à peine le temps de prononcer la première syllabe du prénom de son agresseur.

Elle sombra alors profondément, loin, dans l'antichambre de la mort, et elle pensa une dernière fois à Gary, en revoyant ses mains velues se poser sur sa peau nue et fragile d'adolescente…

49

Cleveland, État de l'Ohio/ États-Unis,
2 octobre 1981/ 00h12.

Levy dévisagea Ramos comme s'il le voyait pour la première fois.

Il y avait comme une sorte d'ambiance malsaine qui flottait dans le véhicule, un silence froid et désagréable.

La Ford roulait depuis déjà quelques minutes quand l'officier qui se tenait derrière le volant demanda au capitaine Levy :

— On entre carrément dans le secteur ou on reste en périphérie ? Le S.W.A.T est déjà en place je crois, il suffit…

— Contentez-vous de vous positionner aux abords de Slavic Village, le coupa Levy, nous descendrons et vous irez vous installer avec l'équipe de Spencer qui se trouve à l'angle de Fullerton Avenue et de Broadway Avenue. Quant à Ramos et moi-même, nous irons ensemble fouiner du côté des habitations qui longent la 71ème … il se pourrait que la planque de cette ordure se trouve de ce côté. Et pas un mot à l'officier en charge de la coordination des opérations du S.W.A.T…

— Entendu, Capitaine… répondit simplement l'inspecteur en hochant la tête.

Le regard de Levy se posa ensuite sur le poignet de l'inspecteur qui avait encore ses mains sur le volant, puis demanda en ricanant :

— C'est quoi ce bracelet ridicule, Livingstone ?

L'autre, surpris par la question, regarda le bijou fantaisie puis répondit avec aplomb en riant à son tour :

— C'est mon fils, Capitaine ! C'est mon fils Jonas qui me l'a offert hier soir. Il m'a dit : *« c'est un porte-bonheur, papa, pour arrêter tous les méchants... »*

Le capitaine lui renvoya un sourire puis ses traits se durcirent aussitôt.

Ramos se rapprocha alors du siège passager et vint souffler tout près de l'oreille de Levy :

— Les trois logements qui se situent sur Broadway Avenue et qui nous ont été indiqués par notre informateur, sont peut-être bien ceux de Lawrence. Mais celui de Fullerton Avenue est isolé, et plusieurs personnes disent reconnaître et avoir vu sur les lieux le lieutenant Lawrence lorsqu'on leur montre sa photo...

— Et alors ? grogna le capitaine.

— Et alors il se peut que ce soit bien l'appartement qu'il occupe...

Ils furent soudain interrompus par les grésillements de la radio. Levy s'empara du micro en recommandant à Ramos de garder le silence, regarda le sergent Livingstone en lui faisant signe de descendre pour aller rejoindre l'équipe en place, puis souffla dans le micro :

— Ouais... ici Falcon 77, confirmez votre position et attendez instruction, à vous Eagle 72...

Quelques petites interférences, puis une voix lointaine, prise dans un magma de bourdonnements et de craquements :

— Ici Eagle 72, nous confirmons notre position sur *« Hôtel California »*...

Le capitaine se tourna vers Ramos, l'œil amusé et le sourire aux lèvres, pas peu fier des noms de codes qu'il avait gambergé pour l'opération.

Il continua :

— À mon top, les équipes Eagle 72, 73 et 74 devront prendre leurs chambres d'hôtel, … Falcon 77 se charge du reste, terminé…

Ramos eut soudain une bouffée de rage qui le submergea. Le vieil officier n'allait pas tarder à connaître le peigne-cul de Wellington…

— Qu'est-ce que vous foutez, Levy ? J'vous ai dit que Victoria pourrait bien être avec Lawrence, vous n'avez pas encore compris ? Cette raclure nous a préparé un comité d'accueil, c'est évident ! N'oubliez pas que c'est un flic, il connaît tout du fonctionnement de vos équipes et de vos habitudes. Les opérations de police n'ont aucun secret pour lui, c'est un flic de terrain… il va nous baiser !

— C'est moi qui dirige cette putain d'opération, Ramos, et je n'ai pas d'ordres à recevoir d'un petit flic tout droit sorti de sa campagne. Vous croyez quoi ? Sous prétexte que vous avez baisé un de mes subordonnés, vous pensez que je vais vous laisser m'emmerder ? Vous êtes ici uniquement parce que je vous l'ai autorisé, parce qu'un flic de plus ce n'est pas de trop, c'est vous qui l'avez dit…

Au moment où Ramos sentit monter le feu depuis son bide, il serra les poings et la mâchoire, prêt à écrabouiller sans pitié la gueule du flic arrogant.

C'est alors que ce dernier s'empara de la radio et ordonna aux hommes d'intervenir, comme s'il annonçait une sentence de mort au coupable condamné.

Henrique Ramos sentit comme un long vertige qui le fit tanguer sur la banquette arrière. Une bouffée de chaleur l'enveloppa et il perdit la notion du temps, le souffle coupé un court instant.

Il entendit la phrase qui s'envola dans l'habitacle, percuta les vitres de la voiture, pour finir par s'écraser quelque part dans son crâne :

À toutes les équipes : Intervention... maintenant ! Intervention !

C'est alors que les forces de l'ordre pénétrèrent simultanément dans les trois appartements situés sur Fullerton Avenue.

Les groupes d'intervention Eagle 72, 73 et 74 étaient sur le point de découvrir l'entière cruauté du cannibale de Cleveland…

*

Cleveland, État de l'Ohio/ États-Unis,
2 octobre 1981/ 00h18.

Lawrence éclaira la pièce.

Il attacha ensuite la jeune femme au radiateur avec une paire de menottes et la laissa sur le sol, comme une poupée de chiffon, sale et déformée.

Il se servit un grand verre de vodka, s'installa à table et alluma une cigarette.

Il contemplait Victoria. Inconsciente et affalée sur le sol.

Cette sensation de contrôle lui donnait le frisson.

Il allait devoir se presser, l'effet du Sécobarbital n'était pas infini et il n'avait pas encore pensé à la manière dont il se débarrasserait de la jeune enquêtrice.

Au bout d'une dizaine de minutes, celle-ci s'éveilla en gémissant et en se massant le sommet de la tête, comme si elle avait reçu un coup de massue qui lui avait fendu le crâne.

Freddy Lawrence eut un sourire et un petit hoquet qu'il ne put réprimer.

Il se leva, fit quelques pas jusque sa porte d'entrée et contrôla les nombreux points de fermeture ; verrous, serrures et divers cadenas. Il caressa ensuite, du plat de la main, la surface froide et lisse de la porte tout en soupirant.

Sans même se retourner, il demanda alors d'une puissante voix :

— Alors, miss Fletcher, on se réveille ? La dose d'anesthésique était infime, je ne voulais pas te tuer avant de t'avoir parlé de Gary…

Il se retourna et fit face à Victoria qui venait de s'asseoir.

— … mais avant, je vais te demander d'être très attentive et d'écouter…

— Écouter ? Mais écouter quoi ? demanda Victoria d'une toute petite voix.

L'autre mit sa main derrière son oreille en souriant, mimant un homme qui tendait l'oreille.

C'est alors qu'un grondement assourdissant résonna et vint emplir la tête et le corps de Victoria. C'était comme si tout l'appartement avait vibré, qu'un séisme avait fracassé l'immeuble tout entier et l'avait emporté …

Puis le silence.

Et les hurlements…

50

Cleveland, État de l'Ohio/ États-Unis,
2 octobre 1981/ 00h23.

Une gigantesque boule de feu embrasa le quartier de Slavic Village.

Il y eut comme une vibration qui fit trembler le sol, donnant l'impression que la ville entière allait se soulever.

Le flash de lumière orangé auréola Slavic Village jusqu'aux rivages noirs du lac Erié.

Levy et Ramos, jusqu'alors calfeutrés dans la Ford Capri MK3, sursautèrent lorsque le souffle de l'explosion pulvérisa les vitres du véhicule, ainsi que celles des immeubles et résidences alentours. Ils se recroquevillèrent jusqu'au plancher de la voiture, la tête entre les jambes.

Les trois explosions se déclenchèrent presque simultanément, à quelques fractions de secondes d'intervalle.

Putain d'enfoiré de merde ! Je l'savais ! pensa Ramos.

Il releva la tête, le visage légèrement tailladé par le verre brisé, hagard, le regard perdu. Il ne trouvait plus ses mots, aucun son ne pouvait s'extraire de sa bouche. Quant à Levy, lui, il était resté figé, comme paralysé par ce qui venait de se produire. La main sur la poignée de la portière, il hésita un long moment avant d'ouvrir celle-ci.

Déjà, au loin, les sirènes des véhicules de secours résonnèrent pour se perdre enfin dans le ciel de Cleveland.

La lueur ambrée dansait dans la nuit, créant d'inquiétantes ombres qui se faufilaient le long des ruelles étriquées.

Le feu valsait. Le diable avait décidé de s'amuser un peu…

Ramos, encore sous le choc, sortit brusquement de sa torpeur. Il tapota l'épaule de Levy, également étourdi par la violence des détonations :

— Levy ? Levy, réveillez-vous ! Répondez-moi… comment vous vous sentez ?

Le flic tourna simplement la tête, le regard perdu.

Tous ces hommes… tous ces hommes morts… des mots et des images aux conséquences irréversibles frappèrent l'esprit du capitaine.

— Je vous l'avais dit que ce sac à merde nous réserverait un comité d'accueil…

— Qu'est-ce qui s'est passé, Ramos ? susurra Levy.

— Il s'est passé que cet enfoiré a piégé les appartements, c'était évident…

— Est-ce que… vous vous rendez-compte qu'ils sont tous morts ?

— Nous allons nous rendre sur les lieux…

— Et… et si cette ordure avait piégé la rue entière ?

— Allons, ne dites pas de conneries, venez… allons voir !

Déjà, tout le long de l'avenue Fullerton jusqu'à l'angle de Broadway Avenue, une multitude de badauds s'était rassemblée sur le trottoir. Tout le monde avait été surpris dans son sommeil ou bien encore sur son canapé, devant son poste de télévision.

Les véhicules de premier secours arrivèrent en masse : les pompiers, les ambulances, celui du coroner et ceux de la police de Cleveland.

On aurait cru à un véritable sapin de Noël. L'invasion de gyrophares qui tournoyaient dans la nuit suffisait à éclairer le quartier. Un halo presque surnaturel se posait en palpitant sur les ténèbres des rues alentours, un bleu et rouge alternatif qui donnait aux visages meurtris un aspect démoniaque. Et dans la lueur intermittente, les pompiers s'affairaient déjà sur les lieux du drame, happés par la chaleur du brasier et par l'ampleur du désastre qu'ils découvraient à mesure qu'ils avançaient.

Ramos et Levy marchèrent le long du trottoir, encore bouleversés, encore emplis de l'onde de choc qu'avait propagé le souffle des déflagrations. Le bruit de la détonation était encore imprimée au creux de leurs tympans.

Après une bonne centaine de mètres, ils arrivèrent à l'endroit même où les deux immeubles mitoyens avaient été soufflés. Les deux immeubles où se trouvaient les trois appartements que louait Freddy Lawrence.

Un amas de gravats, de ferraille et de verre se tenait en lieu et place des bâtiments, émergeait d'un écran de fumée noir et blanc comme la scène irréelle d'un film catastrophe.

Les pompiers tentaient tant bien que mal de contenir le feu qui cherchait à se répandre.

À leur approche, des flics en uniforme se précipitèrent soudain sur Ramos et Levy, leur intimant l'ordre d'évacuer les lieux, de respecter la zone de sécurité. Le capitaine Levy extirpa alors sa plaque et la présenta au jeune agent de police. Ce dernier acquiesça d'un signe de tête et leur fit signe qu'ils pouvaient pénétrer dans la zone.

C'est alors que Levy, toujours très choqué,

s'approcha de ce qui fut autrefois l'entrée de l'immeuble, juste après avoir été intrigué par un objet au sol, près d'un amas de pierres.

Comme un automate, il se pencha de façon mécanique, ramassa l'objet en question et s'effondra, en sanglots. Il tomba à genoux, en serrant très fort dans sa main le bracelet en perles de plastique bleu que le petit Jonas avait confectionné pour son père.

Je l'ai envoyé à la mort... j'ai envoyé ce père de famille à l'abattoir... rumina le flic.

Ramos observa longuement Levy qui se tenait à genoux sur le trottoir, au milieu du tumulte parmi les pompiers et les forces de l'ordre, puis il s'éclipsa discrètement.

Entre deux flashes de gyrophares incendiaires, il perçut les larmes sur les joues du vieux flic et les traits de son visage à jamais déformé.

Ramos accéléra le pas, descendit l'avenue et bifurqua à l'angle de Broadway Avenue, afin de rejoindre la 71ième qui se situait derrière les lieux du drame.

Il restait ce quatrième appartement.

Et le flic de Wellington savait que Freddy Lawrence l'y attendait, ainsi que Victoria. Peut-être même la mort...

*

Cleveland, État de l'Ohio/ États-Unis,
2 octobre 1981/ 00h35.

Victoria avait sursauté et était resté pétrifiée.

Il ne restait désormais plus rien de la femme audacieuse qu'elle était alors.

Sa carapace s'était fendue, l'armure s'était brisée et sa nudité l'offrait en pâture au cannibale de Cleveland, à celui qui fut jadis son ami et coéquipier, son confident.

— Qu'est-ce que c'était ? demanda-t-elle, les larmes aux yeux.

Freddy Lawrence avait remarqué le tremblement de ses mains, son regard horrifié et la frayeur ancrée au cœur de ses pupilles.

Il aimait cela. Il se délectait de ces instants où il sentait qu'il possédait le parfait contrôle sur les êtres et les situations. Plus fort qu'une érection, aux abords du plaisir orgasmique, le pouvoir qu'il ressentait lui procurait une force hors du commun, la sensation de la résurrection du Phénix, le pouvoir sur la mort et la vie.

— C'était quoi ? insista Victoria.

— Un jeu... répondit-il en se frottant les mains, un jeu dans lequel ni les gentils, ni les méchants ne gagnent ou ne perdent. Un jeu qui élimine peu à peu les éléments superflus, qui permet de gagner du temps. J'ai simplement piégé les trois appartements de Fullerton Avenue avec du plastique, beaucoup de plastique... fit-il en grimaçant.

Victoria chassa les images d'horreur qui vinrent la pénétrer. Elle eut beaucoup de mal à imaginer que les hommes embarqués dans cette opération aient pu s'en sortir.

Elle eut un spasme et son estomac se noua.

— Bordel ! Et s'ils avaient décidé de pénétrer ce logement ?

— Alors nous serions morts, ma belle, car la porte d'entrée et les fenêtres de l'appartement sont piégées...

Elle observa la porte et distingua un fil de fer très fin qui courait sur la largeur de celle-ci, le long du chambranle et venait enfin mourir au sol, dans un petit carton clos.

Victoria imagina la charge à l'intérieur de la boîte.

Lawrence s'accroupit tout près d'elle et lui dit en souriant :

— Je vais tuer Gary, Victoria, pour toi, cette ordure achèvera son existence de pervers ce soir-même, si je peux m'extraire de ce merdier…

La jeune flic le regarda dans les yeux, en humant les odeurs de la pièce qu'elle n'avait jusque-là pas décelées, puis eut un haut-le-cœur.

En grimaçant, elle demanda alors :

— C'est quoi cette odeur infecte ?

Le flic déchu changea soudain de ton, furieux.

—Tu as entendu ce que je t'ai dit ? Je t'ai dit que j'allais te débarrasser de ton cauchemar…

— Freddy… vous avez tué tous ces gens, ils sont… ils sont si nombreux mon Dieu… votre place n'est peut-être plus celle que vous croyez, vous ne pouvez plus vivre parmi les hommes. Laissez vivre Gary… je vous en conjure, Freddy, arrêtez tout, maintenant, nous pourrons vous soigner…

L'ex-flic lâcha un rire nerveux en jetant à la jeune femme un regard noir. Il attrapa alors subitement le cou de celle-ci d'une seule main en le serrant un peu. Il l'observa puis, après quelques secondes de silence, il souffla tout bas :

— C'est comme ça que tu me remercies, Victoria ? Je me suis plongé dans de longues recherches pour retrouver ce sac à foutre de Gary, afin de le cueillir pour toi, pour te donner la satisfaction de sa mort et tu me remercies comme ça ? J'avais prévu de l'emmener ici et de le dépecer devant toi, sur la grande table que tu vois là-bas, dit-il en désignant le coin du salon, mais soit, tu m'as demandé quelle était cette étrange odeur ? Eh bien ce sont quelques morceaux choisis prélevés sur ce merdeux de Novak, et ils sont en train de bouillir paisiblement dans une sauce au vin rouge. Cette odeur de verrat que tu perçois est due à la cuisson des tissus adipeux d'androstérone et de scatol contenus dans les viscères et les testicules… À défaut de Gary, nous dégusterons du jeune flic. Je t'invite, c'est moi qui régale, ma belle. Mais avant tout, je dois m'occuper d'un petit détail très important…

51

Cleveland, État de l'Ohio/ États-Unis,
2 octobre 1981/ 00h45.

Ramos contempla l'immeuble.

Il détourna ensuite son regard et scruta le fond de l'impasse, tout au bout, là où quelques poubelles stagnaient sur le trottoir.

Il revint sur l'édifice, détailla l'enseigne du grossiste en viande bovine et tendit l'oreille dans l'espoir de déceler un bruit, une voix qui aurait pu lui indiquer à quel étage se trouvait l'appartement.

Même avec la distance et les épaisses barres d'immeubles, Ramos perçut la rumeur qui s'élevait depuis l'avenue parallèle, à l'endroit même où venait de se dérouler le drame. Il scruta le ciel et, en plissant les yeux, distingua les halos de lumière que diffusaient les gyrophares des véhicules de secours.

Soudain, un détail le fit frémir. Son cerveau fit une marche arrière et il fit cavaler les neurotransmetteurs de sa mémoire.

L'accès aux bureaux de l'entrepôt à viande, qui se trouvait à gauche du grand rideau métallique de celui-ci, était entrouverte… et elle ne l'était pas quelques secondes auparavant. Ramos en aurait mis sa main au feu.

Il s'approcha prudemment de la porte en acier, extirpa son arme de service et la pointa droit devant lui. Tout en poussant la porte de la pointe de son pied, il avança et déboucha sur un long couloir éclairé par la faible ampoule d'un bloc de secours. Sur sa gauche, une volée d'escaliers qui menaient aux locaux administratifs. À sa droite, l'accès aux entrepôts. Le flic eut aussitôt l'odorat agressé par les effluves caractéristiques de la viande, du sang et du rancissement des matières grasses.

Ramos continua, bifurqua à droite et s'arrêta un instant. Il tendit l'oreille dans la pénombre.

Rien, pas un bruit.

Seul son mouvement cardiaque venait cogner à ses tempes, lui indiquant tel un métronome le rythme à tenir, lui indiquant comment trouver la force pour ne pas céder à la peur.

Il observa l'extrémité du couloir, lui aussi éclairé par deux blocs de secours qui se faisaient face, et distingua plusieurs entrées qui donnaient sur les entrepôts des carcasses. Seules, quelques larges lanières de plastique translucides faisaient office de porte afin de faciliter le passage des chariots de manutention.

Le flic sentit alors un courant d'air froid qui traversa le couloir. Il braqua aussitôt son arme en direction des chambres réfrigérées, le souffle court, terrorisé.

Il attendit patiemment que se détache dans la pénombre la silhouette furtive d'un homme, la silhouette du cannibale de Cleveland…

Il voulait en finir.

Pour lui, pour Victoria…

*

Cleveland, État de l'Ohio/ États-Unis,
2 octobre 1981/ 00h52

L'ordure !

Juste avant de la quitter, Lawrence lui avait de nouveau injecté une faible dose de Sécobarbital.

Mais le soporifique n'opérait plus avec la même efficacité dans l'organisme de la jeune enquêtrice.

À peine eut-elle ouvert les yeux que l'odeur de l'infâme bouillon qui mijotait dans la cuisine vint lui tordre le bide et, malgré sa mémoire morcelée et le crâne douloureux, Victoria se souvint des détails sordides concernant les tissus adipeux d'androstérone dont l'avait dispensée l'ancien flic.

Une douleur sourde dans l'estomac lui arracha alors un petit cri et une crampe lui tordit le diaphragme.

À quatre pattes, elle éjecta un long jet de bile qui lui irrita la gorge.

De la viande humaine cuisait bel et bien dans une marmite.

Des abats, des viscères et des testicules…

La tête lui tournait et ses jambes ne répondaient plus. Ses muscles lui semblaient être devenus flasques et inutiles.

Elle tenta de se relever, en vain, elle retomba comme si un poids énorme pesait sur sa nuque et ses épaules. Longtemps, sous son aisselle, elle chercha à tâtons la masse rassurante de son arme de service qui se trouvait alors dans son holster.

Vide. Celle-ci lui avait été retirée.

Et c'est à cet instant qu'elle réalisa.

Comment est-ce possible ? Bordel !

Freddy Lawrence avait détaché la menotte qui la

reliait au radiateur de l'appartement.

Cette liberté toute relative lui fit presque oublier le sérieux de la situation. Prise d'une soudaine ivresse d'espoir, l'euphorie s'empara de son esprit et Victoria se mit à rire comme une damnée.

Elle rampa jusqu'à la porte d'entrée, essayant à plusieurs reprises de se redresser en titubant, puis réalisa que le système de mise à feu de l'engin explosif avait été déconnecté.

Elle sut dès cet instant que sa vie se trouvait là, derrière cette porte, que sa vie l'attendait, qu'elle était en suspens dans les couloirs de la copropriété.

Elle sut que le sursis qui lui avait été accordé ne durerait pas. Elle avait eu de la compassion pour le diable, et il en avait eu pour elle. C'était tout ce qu'il fallait qu'elle sache.

Lorsqu'elle posa sa main sur la poignée, ce fut comme si elle absorbait une décharge émotionnelle, comme si toutes les victimes qui avaient franchi le seuil de cette porte maudite lui étaient apparues.

Et ce fut effroyable.

Effroyable, tellement elles furent nombreuses…

52

Cleveland, État de l'Ohio/ États-Unis,
2 octobre 1981/ 00h54.

Henrique Ramos ne cilla point lorsque le « cannibale » lui apparut entre les carcasses de viande suspendues.

Il gratifia le flic de Wellington d'un large sourire, puis l'invita à baisser et à ranger son arme d'un simple regard appuyé.

Ramos ricana puis déclara d'une voix mal assurée :

— Vous croyez ça ? Vous pensez vraiment que je vais ranger mon arme ? Je vous croyais plus logique... même si votre parcours m'impressionne, que vous avez prouvé votre prodigieux talent pour manipuler votre entourage, je dois vous dire que vous êtes face au flic qui met fin à votre circuit criminel, cher Lawrence...

— Et que comptez-vous faire d'autre, mon ami ?

— Je ne suis pas votre ami... et pour répondre franchement à votre question, j'hésite entre vous crever tout de suite ou vous tirer une balle dans les couilles, vous laisser vous vider de votre sang et vous observer rendre l'âme dans une souffrance indescriptible...

— Quelle poésie ! Ne voulez-vous pas plutôt m'arrêter, me passer les bracelets et m'emmener à quelques centaines de mètres d'ici ? Là où nos chers collègues sont partis en lambeaux, éparpillés aux quatre coins de Fullerton, à l'endroit même où les chiens errants se repaîtront de quelques morceaux de viande disséminés sur les pelouses bien entretenues… lâcha le monstre en souriant à pleines dents.

Le cœur de Ramos se mit à battre. Très fort.

Alors, pris d'un hoquet nerveux, Lawrence se laissa submerger par un rire inquiétant. Il s'accroupit un instant, se prit le visage dans les mains et le massa, riant toujours de façon démoniaque.

Ramos l'observa, soudain éclairé par l'idée que la représentation physique du démon se tenait face à lui.

Freddy Lawrence s'interrompit, essoufflé d'avoir ri. Il dévisagea le Mexicain puis, le visage soudain fermé, il envoya d'une voix impressionnante :

— Quoi ? Vous êtes étonné de me voir rire ? Moi ça ne m'étonne plus… il paraît que c'est une saloperie de maladie, ils appellent ça le *Kuru*, la maladie du rire… c'est provoqué par l'ingestion de protéines humaine…

Il s'interrompit quelques secondes, retint son rire en laissant aller ses spasmes, puis continua :

— … ils ont découvert ce truc chez les peuplades aborigènes anthropophages de Nouvelle-Guinée.

Pétrifié et dégoûté, Ramos n'osait même plus respirer.

Lawrence resta soudainement silencieux. Il cligna des yeux, leva l'index et fit mine de se concentrer sur un bruit qu'il semblait percevoir. À la façon d'un métronome, il paraissait décompter le temps du bout de son doigt.

Le flic mexicain sentait affluer à ses tempes la pression sanguine, entendait cogner son cœur de plus belle.

Mais il entendit aussi autre chose, comme un bruit qu'il connaissait et qui lui procura une angoisse indescriptible.

Le bruit caractéristique d'un minuteur électrique !

Ramos leva alors la tête et observa les blocs de secours ancrés sur le haut des murs.

Ce n'était pas des blocs de secours !

Il s'agissait d'éclairages d'appoint.

C'est lorsqu'il réalisa ceci que la lumière s'éteignit et qu'ils furent soudain plongés dans les ténèbres…

*

Cleveland, État de l'Ohio/ États-Unis,
2 octobre 1981/ 00h56.

Groggy à la manière d'un boxeur qui venait d'encaisser un uppercut foudroyant, Victoria ouvrit la porte et se retrouva sur le palier. Elle tâtonna puis trouva rapidement l'interrupteur de la cage d'escalier. Elle éclaira et, face à elle, elle put distinguer le nombre 213 gravé sur la plaque de laiton vissée sur la porte.

Sa tête tournait.

Une valse diabolique dans laquelle dansaient les événements des derniers jours cognait dans son crâne, s'entrechoquait avec des voix, des sons, comme si les images cherchaient à retrouver leur place, à s'imbriquer et à reformer le puzzle de toute l'affaire.

La nausée la tenaillait. La douleur dans son ventre, les paupières lourdes, le tournis, tout la rapprochait peu à peu de ce qu'elle avait déjà considéré comme sa fin toute proche.

En posant le pied sur la première marche, du haut de l'escalier, Victoria examina la distance qui la séparait de la liberté et, la drogue aidant, jugea que l'effort était considérable et l'escalier démesuré.

Mais il fallait qu'elle le descende…

En avait-elle la force ? En avait-elle le temps ?

Où se trouvait Freddy Lawrence ?

Elle posa le deuxième pied sur la marche suivante, agrippa la rampe d'acier rouillé ancrée au mur puis avança, titubante, le cœur au bord de l'explosion, la cage thoracique brûlante.

C'est alors que la porte d'entrée de l'immeuble, tout en bas de la cage d'escalier, s'ouvrit avec une violence prodigieuse…

53

Cleveland, État de l'Ohio/ États-Unis,
2 octobre 1981/ 00h59.

Tout défila à une vitesse incroyable.

Ramos fut soudainement saisi d'un vertige indescriptible. Puis il y eut la douleur, vive, profonde.

Dès lors que l'obscurité eut plongé l'entrepôt dans le noir le plus total, Ramos s'était fait à l'idée qu'il serait perdu lorsque Lawrence se rapprocherait et serait sur lui.

Il avait aussi reniflé l'odeur pestilentielle de l'ancien flic.

Ramos réalisa qu'il s'était jeté lui-même dans le piège de Lawrence.

Trop tard. Beaucoup trop tard…

Il sentit alors la fine aiguille lui transpercer la peau du cou, ainsi que le liquide froid qui pénétra ses chairs.

Henrique Ramos perçut un frisson glacial au creux de son corps, une nausée atroce. Il chercha éperdument à contrôler le tournis qui le forçait à ployer, à mettre un genou à terre.

Lorsque la cordelette se resserra autour de son cou, il ne ressentit presque rien, aucune douleur, aucune souffrance. La dose de neuroleptique avait déjà figé son système nerveux.

À l'instant où Ramos discerna une sorte d'éclair blanc qui zébra sa conscience, une chaleur étouffante le submergea et sa dernière pensée fut pour Victoria Fletcher.

Quelques secondes avant que ne s'éteigne le diaporama que son cerveau lui offrait, il eut une pensée saugrenue ; celle de revoir ses ébats avec la jeune femme de son idylle beaucoup trop courte…

*

Cleveland, État de l'Ohio/ États-Unis,
2 octobre 1981/ 01h06.

Quatre hommes en uniformes grimpèrent l'escalier en se précipitant sur la jeune femme. Deux d'entre eux retinrent Victoria à l'instant même où celle-ci sombra, la tête en avant, inconsciente.

Les deux autres policiers gagnèrent le palier, poussèrent la porte de l'appartement 213 et pénétrèrent dans le logement avec une infime prudence.

Une odeur infecte les agressa aussitôt, un amalgame à la fois d'urine, de transpiration et d'ammoniaque.

L'officier Johnson, fusil d'assaut à l'épaule, avança doucement dans le grand salon en sécurisant les lieux. Son second, l'officier Laguarda, arme au poing également, entreprit de fouiller minutieusement l'appartement en vérifiant les recoins.

— Il y a une porte, là-bas, Laguarda, nous allons explorer cette pièce… je vais vous précéder. Mais putain ! C'est quoi cette odeur infernale ?

Johnson, une grimace de dégoût sur le visage, s'avança en embrassant d'un seul coup d'œil la grande pièce crasseuse et désordonnée. Il tourna un peu la tête et visa le radiateur duquel pendait une paire de menottes. Il fit signe à son coéquipier, lui désigna l'objet et l'autre posa alors l'index sur ses lèvres pour lui suggérer de ne plus parler.

Ils avancèrent encore un peu et remarquèrent une sorte d'armoire sans portes, avec plusieurs étagères, et soudainement les deux hommes se figèrent…

Des crânes. Des crânes humains, blanchis et décorés de peintures tribales reposaient sur les rayons du meuble.

Johnson et Laguarda ne savaient encore pas qu'ils se trouvaient face à un mausolée. Celui du cannibale de Cleveland.

Ils ne savaient surtout pas avec quelle violence l'on avait ôté la vie aux êtres humains à qui appartenaient ces crânes.

Mais ils allaient le découvrir…

*

Cleveland, État de l'Ohio/ États-Unis,
2 octobre 1981/ 01h07.

Le magistral épilogue de toute sa putain d'existence allait mettre un point d'orgue à son parcours de détraqué.

Il avait entendu les rumeurs dans la rue.

Il savait qu'ils étaient tous là.

Il pressentait que son histoire touchait à sa fin, que c'était le moment de se rendre aux autorités. Mais il voulait la voir une dernière fois. Voir celle qui avait eu, ne serait-ce même que pendant quelques secondes, un peu de compassion pour l'individu qu'il était devenu. Même si Victoria avait bluffé, même si elle n'avait pas pensé ce qu'elle lui avait dit, il savait qu'à cet instant-là elle s'était montrée humaine devant le monstre qu'il était.

Victoria avait eu de la compassion.

Peut-être l'avait-elle même compris ? Avait-elle ressenti la souffrance qui le brûlait, la solitude qui l'avait accompagné toute sa vie durant ?

Peut-être.

Elle l'avait aimé, ne serait-ce que quelques jours, bien avant qu'elle ne découvre la noirceur de l'homme qu'il n'avait pas forcément voulu devenir.

Il ressortit alors des entrepôts par l'arrière, en empruntant la porte utilisée pour les livraisons. Il contourna ensuite le bâtiment et gagna l'entrée de l'immeuble.

Après avoir observé la lueur des gyrophares qui se rapprochaient, il s'immobilisa un instant, alluma une cigarette et emprunta la cage d'escalier qui menait à son appartement…

*

Cleveland, État de l'Ohio/États-Unis,
2 octobre 1981/ 01h10.

Johnson et Laguarda s'introduisirent dans la chambre à coucher de Lawrence.

Johnson actionna l'interrupteur et la pièce s'éclaira.

Un rapide coup d'œil leur permit de répertorier un lit, une armoire, une chaise, un tapis. Au mur, des tableaux représentant des nus masculins, des photographies noir et blanc d'hommes sportifs à la plastique avantageuse.

Près du lit, une table de chevet.

Johnson s'approcha et s'empara du paquet de photos qui reposait sur le petit meuble.

Au fur et à mesure qu'il feuilletait les clichés, son teint pâlissait. Ses mains se mirent à trembler et il eut du mal à parler.

Il trouva toutefois la force de faire signe à Laguarda qui s'approcha.

L'horreur se déroula soudainement sous leur yeux, sur les 74 polaroïds à la surface aussi glacée que les corps qui s'y trouvaient figés.

Les deux flics découvrirent d'innombrables hommes, très jeunes, posant sur les clichés dans des poses dégradantes, photographiés lors d'actes sexuels ignobles. Certaines de ces photos présentaient des individus décédés. Sur plusieurs d'entre elles, les corps apparaissaient démembrés et mutilés.

Les deux flics réalisèrent alors le pire, à l'instant même où ils comprirent que les photos avaient été prises dans l'appartement où ils se trouvaient très exactement…

C'est à cet instant que Freddy Lawrence débarqua dans l'appartement, hagard, le visage défait et les larmes aux yeux.

Il déclara simplement en désignant le frigidaire :

— Je voudrais juste boire une bière avant d'y aller, les gars, j'ai eu une putain de journée de merde…

Son arme braquée sur Lawrence, Laguarda se mit à sourire en hochant la tête. Il observa Johnson qui lui fit signe d'y aller.

Le jeune latino ouvrit alors le frigo et eut un mouvement de recul en poussant un hurlement. Il brassa l'air devant lui comme pour chasser un essaim de mouche et resta figé, abasourdi.

Sur le plateau supérieur du frigidaire reposait une tête humaine, la bouche ouverte et les yeux fermés. Et malgré la boîte de bicarbonate de soude, l'odeur de décomposition qui se dégageait de la tête coupée était indescriptible.

Plus bas, dans les bacs à légumes, deux autres têtes et un cœur venaient compléter ce charmant panier garni.

Freddy Laurence avala une dernière bouffée de fumée, laissa choir sa cigarette au sol, leva les mains en l'air et n'opposa aucune forme de résistance lorsque les deux officiers lui demandèrent de se mettre à genoux, les mains sur la tête…

54

Cleveland, État de l'Ohio/ États-Unis,
2 octobre 1981/ 01h11.

— Victoria ? Victoria, vous m'entendez ?

Non seulement elle entendit la voix qui lui transperça la cervelle, mais elle ressentit aussi la brûlure de la gifle cinglante qui vint s'écraser sur sa joue, tout près de son oreille.

L'acouphène siffla un long moment.

Le capitaine Levy, assis près du brancard, dans l'ambulance où Victoria Fletcher avait été placée sous assistance médicale, finissait de se remettre de la charge émotionnelle qui l'avait submergé.

La jeune enquêtrice ouvrit les yeux, observa tout autour d'elle puis, inquiète, demanda :

— Comment va-t-il ? Où est-il ?

Levy la scruta, consterné.

— Que… quoi ? Ah… il s'est éclipsé tout à l'heure, je crois qu'il s'est fait une raison et qu'il a rendu les armes, il sait que mes hommes vont finir le travail. Il s'inquiétait pour vous… et vous ? Comment vous sentez-vous ?

Victoria fronça les sourcils, redressa le buste et s'enquit aussitôt de savoir où le vieux flic voulait en venir :

— Il s'inquiétait pour moi ? Mais… vous l'avez vu ? C'est lui qui vous a dit ça ?

Levy resta silencieux, le visage fermé.

Partout autour les hommes s'affairaient, les pompiers combattaient encore avec vigueur le brasier qui s'était amenuisé et les agents fédéraux qui venaient de débarquer prirent possession des lieux. Plusieurs agents en uniforme tentaient de maintenir tant bien que mal un périmètre de sécurité, contenant la foule désormais présente et invectivant tout ce qui pouvait ressembler à un représentant des forces de l'ordre.

— Pourquoi ? Ça vous étonne qu'il m'ait demandé de vos nouvelles ? Ce plouc est fou de vous, ça saute aux yeux…

— Je ne vous parlais pas de Ramos, Capitaine…

Victoria se rapprocha de Levy.

— Je vous parlais de Lawrence… je pense qu'il n'est pas vraiment celui que l'on croit, il…

— Je vous dirai ce que j'en pense lorsque tout sera fini, Victoria, lança Levy, furieux, s'il n'oppose aucune résistance il ne sera pas abattu, je vous le promets… quant à vous, je veux bien croire que vous ayez encore de la compassion pour le diable car il était votre ami, votre collègue de travail, mais je pense surtout que vous êtes encore sous le choc et que vous présentez tous les signes du syndrome de Stockholm…

Victoria se laissa retomber en arrière en soupirant, persuadée qu'elle ne reverrait jamais plus Henrique Ramos et Freddy Lawrence. Elle devra désormais oublier ces deux idylles.

Cependant, ce qu'elle ne savait pas encore, c'était qu'un autre homme ne l'oublierait pas, lui…

*

Cleveland, État de l'Ohio/ États-Unis,
2 octobre 1981/ 01h13.

Johnson venait de passer les bracelets à Lawrence en lui dictant ses droits.

Laguarda ne put s'empêcher de repenser à la farandole d'images qui avait défilé sous ses yeux, cette série de clichés sordides, vomitifs.

La plupart des polaroïds qu'avait réalisés Lawrence figeaient l'instant où il démembrait ses victimes.

L'un représentait la tête d'un très jeune homme posée sur le couvercle abaissé de ses toilettes, un autre arborait un corps incisé du cou jusqu'à l'aine, tel un cervidé étripé après la chasse.

Juste après le départ du S.W.A.T, lorsque les agents du F.B.I s'introduisirent dans l'appartement, ils furent pris de nausée en respirant l'odeur infecte qui se dégageait de la marmite fumante.

Les hommes relevèrent alors plusieurs détails surprenants.

Ils notèrent que les portes de l'appartement de Lawrence étaient protégées par d'énormes verrous et diverses alarmes, ainsi que par un système de mise à feu relié à une charge explosive désamorcée.

Il y avait des cannettes de bière vides un peu partout, toutes sérigraphiées d'une publicité à l'effigie des Indian's de Cleveland, de la vaisselle sale qui traînait dans l'évier et sur la table, ainsi que des cassettes vidéos pornographiques. Les agents trouvèrent également une vidéo documentaire sur l'évolution naturelle, de Darwin, et d'autres objets tous plus surprenants les uns que les autres : une bible, le recueil de poésie *« Le mariage du ciel et de l'enfer »*, des cassettes audio sur *« La science de la création et la bible »*, *« Le déluge de la genèse »* et beaucoup d'autres titres encore.

Ils découvrirent aussi dans la chambre de Lawrence un couteau de boucher, souillé, présentant des traces de sang séché. Ils continuèrent la fouille et firent encore d'horribles découvertes, les laissant peu à peu dans une sorte d'étrange situation, à la fois terrifiante et irréelle.

Deux agents enfoncèrent la porte verrouillée de la salle de bain et, après avoir pris une longue inspiration, ils pénétrèrent dans la pièce.

L'horreur sans nom. Incroyable. Impossible....

Et pourtant.

Au fond de la pièce, sur un petit meuble à étagères était posée une marmite, un récipient métallique qui contenait des mains, des pieds et des pénis en décomposition. Tout à côté se trouvaient deux crânes. Il y avait aussi des bouteilles d'alcool, de chloroforme et formaldéhyde, ainsi que des bocaux pleins d'organes génitaux masculins conservés dans le formol.

Mais ce qui crucifia tout ce petit monde fut la démesure de l'horreur qu'ils découvrirent, alors que la fouille touchait à sa fin, juste avant d'évacuer les lieux.

Dans une armoire qui se trouvait dans le couloir de l'appartement, ils dénichèrent encore trois autres crânes peinturlurés avec des couleurs psychédéliques. Dans la partie droite du meuble, le penderie contenait un squelette complet, des scalps humains desséchés, et encore des organes génitaux. Pour finir, comme le bouquet final d'un feu d'artifice au comble de l'atrocité, dans une cuve de 260 litres d'acide, la police dénombra trois torses humains à différents stades de décomposition...

Ce n'est qu'au petit matin, lorsque la lumière du jour caressa les ruines de l'immeuble soufflé par l'explosion, que les équipes de légistes et policiers affairés sur les deux scènes de crime différentes commencèrent à regagner leurs véhicules.

La presse, la télévision, les badauds, toute une faune avide de sensations tentait de s'abreuver d'informations, espérant apercevoir le visage du cannibale de Cleveland. Le visage de celui qui, pendant des années, avait impunément tué leurs enfants, leurs fils, frères, cousins ou voisins, celui qui avait fait croire que le diable n'existait pas, mais qui avait aussi clairement fait comprendre qu'il fallait continuer à le craindre…

Épilogue

(La rédemption)

Tout le temps de sa détention, lors de l'instruction de l'affaire, Freddy Lawrence s'était confié à ses avocats et leur avait déverrouillé les portes de son esprit.

Il était resté également très coopératif avec le juge d'instruction, répondant : *« Je comprends votre honneur »*, chaque fois que le magistrat lui demandait s'il saisissait bien les charges qui étaient retenues contre lui.

Il y avait comme quelque chose de terrifiant dans ses paroles, ses pensées. C'était comme si une bête, un alien monstrueux vivait depuis toujours caché dans son corps, ancré au creux de son âme, et en avait pris le contrôle.

La fameuse affaire du cannibale de Cleveland avait défrayé la chronique et de nombreux journalistes venus des quatre coins des Etats-Unis tentaient d'obtenir des informations, voire un entretien avec les magistrats ou les avocats qui instruisaient l'affaire.

Lawrence avait un peu parlé de son enfance, de son père, de son oncle Jo et de sa mère, des Mac Callaugh, de son aversion pour la viande rouge et le gibier, ainsi que de ses nombreuses expériences sexuelles.

« J'ai vraiment merdé... je suis désolé ! » avait-il déclaré au juge. Et bien plus tard, alors que son sort était de toute façon scellé par la justice, il avança :

« Je ne sais pas comment c'est arrivé, ni même pourquoi. Une idée, une envie a cheminé doucement puis s'est mise à galoper dans mon crâne. Cette fameuse nuit à

Cleveland, cette nuit... impulsive. Rien n'a été normal depuis. Ça entache votre vie entière. Après que ce soit arrivé, j'ai pensé que j'allais juste essayer de vivre aussi normalement que possible, et que j'allais enterrer ça. Mais les choses comme ça ne restent pas enterrées. Je ne pensais pas que ça le ferait, mais ça le fait, ça infecte toute votre vie »

Freddy Lawrence s'était épanché sur son premier meurtre, sa toute première victime. Il avait donné tous les détails, tous plus sordides les uns que les autres ; le meurtre, la relation sexuelle avec le cadavre, la dissimulation de celui-ci après l'avoir démembré, absolument tout.

Certains de ses avocats, plus jeunes que les autres et beaucoup moins aguerris, certains magistrats aussi, avaient dû s'y prendre à plusieurs fois pour auditionner Freddy Lawrence tellement le contenu de ses récits était effroyable, insupportable, atroce.

Le 9 octobre 1981, Freddy Lawrence fut extrait de sa cellule et déféré une dernière fois devant le juge. Lawrence savait que cette fois-ci il n'était pas question de se retrouver sur le lieu d'un de ses meurtres, il ne s'agissait pas d'une reconstitution. Il savait que le juge allait lui notifier les charges qui pesaient sur lui, les chefs d'inculpation qui avaient été retenus et qui seraient utilisés par l'accusation le jour de son procès.

Ce jour-là, il fut inculpé de quatre homicides volontaires et la justice fixa sa caution à 1 million de dollars, comptant.

Le 20 octobre 1981, la police réussit à identifier tous les fragments et les ossements humains retrouvés à son domicile de Slavic Village. Il fut prouvé que chaque victime avait été en relation directe avec le monstre de

Cleveland.

Le 22 octobre, la caution de Freddy Lawrence passa à 5 millions de dollars lorsque huit accusations de meurtre supplémentaires furent ajoutées aux précédentes. Au bout du compte, le 7 novembre 1981, Lawrence fut accusé de quinze meurtres.

Alors, dans un dernier soubresaut de conscience, il s'était laissé aller et des larmes avaient roulé sur ses joues pendant qu'il répétait sans cesse : *« J'ai vraiment merdé cette fois... j'ai vraiment merdé ! »*. Puis il avait expliqué qu'il avait bien essayé pendant sa jeunesse, qu'une fois, une fois il avait tenté de se raccrocher à Dieu, de le prier, pour que cette bête monstrueuse qui avait pris naissance en lui et qui enflait comme un furoncle douloureux disparaisse.

Mais le miracle ne s'était jamais produit…

(Le procès de la douleur)

En juin 1982, le procès de Freddy Lawrence fit l'effet d'une bombe dévastatrice. Il fut télévisé et les chaînes de quelques pays d'Europe en diffusèrent même certaines séquences.

Les preuves accablantes qui venaient, à charge, instruire le dossier, n'en étaient pas moins des témoignages d'horreur, de folie et même, selon les dires d'un juge, la preuve vivante que le diable existait bel et bien.

Le flic déchu avait décidé de plaider non coupable, sur le conseil de ses avocats. Ils évoquèrent la folie, l'aliénation totale de leur client.

Le procès dura deux semaines pleines et la cour jugea que Freddy Lawrence était sain d'esprit. Le procureur considéra donc l'accusé comme responsable de ses actes et coupable de 15 meurtres. Le jury se rangea du côté du magistrat et Lawrence fut condamné à 15 peines à perpétuité, soit 957 ans de prison.

Lorsque la cour lui fit part de la sentence, « le cannibale de Cleveland » eut du remord pour l'ensemble des ses actes criminels et déclara même vouloir mourir.

À l'issue, l'ex-flic fut transféré dans l'établissement pénitentiaire de Colombus, dans l'Ohio, pour y purger sa peine.

Il raconta plus tard qu'il devait entièrement vouer son âme à Dieu, profiter de son incarcération pour pouvoir expurger le venin qui coulait dans ses veines.

Il se déclara alors évangéliste et un prêcheur local débarqua, le rencontra et accepta de le baptiser.

Tout au long du procès les yeux s'étaient cherchés, furtivement, les regards glissaient sur celui que l'on appelait désormais le *cannibale de Cleveland.*

Un grand nombre de proches avait assisté au déroulement de l'affaire et à l'énoncé de certains passages sordides, bien que certaines descriptions pussent paraître irréelles tant la violence, l'atrocité et la bestialité de l'acte dépeignaient une fresque des plus barbares. Les parents des nombreuses victimes de Lawrence, les amis, les très proches, se tenaient immobiles et froids sur les bancs grinçants de la salle d'audience. Chacun avait gardé le silence, la douleur ancrée au creux des tripes et des larmes brûlantes au bord des yeux. Tous avaient préféré observer celui qui avait osé tuer leur proche, en abuser sexuellement, le démembrer, le dépecer et se repaître de ses chairs.

Comment cela a pu être possible ? Comment a-t-il pu faire ça ?

Les pensées douloureuses s'entrechoquaient dans le crâne de tous ceux qui avaient côtoyé Freddy Lawrence pendant des années.

Le monstre avait tourné la tête sur le côté gauche, avait demandé à son avocat de se décaler, et enfin, il l'avait vu, là…

Amy Mac Callaugh était venue pour voir s'effondrer celui qui avait tué son fils, celui qui avait fait griller son rejeton, son petit bâtard, souvenir empoisonné laissé par celui qui avait conçu le diable.

Lawrence avait longuement dévisagé, avec du ressentiment dans le regard, celle que son père, Jake Lawrence, avait ensemencée et qui avait été la mère de son demi-frère, celle par qui tout était arrivé.

En retrait, dans les rangs du milieu de salle se trouvait le capitaine Levy, la famille proche du sergent Yuri Novak, celle du lieutenant Henrique Ramos et la très vieille mère d'Eileen Sterling Fitzgerald. Tous avaient eu un mal fou à soutenir le regard, à observer le visage du monstre qui, à lui seul, avait détruit tant de vies, volé tant de bonheur et anéanti tant de familles.

Mais le regard de Lawrence avait accroché celle qu'il avait comprise, celle qui l'avait compris. Bien qu'ayant cru qu'elle ne reverrait jamais plus son ex-coéquipier, Victoria Fletcher avait voulu assister au procès et ne l'avait pas lâché du regard une seule minute. Elle avait écouté avec effroi le long déroulé de ce qu'avait été sa vie, ses tortures mentales, sa solitude, le tout narré d'une voix monocorde par le procureur qui décrivait l'homme comme une bête de foire. Une étrangeté, un loupé de l'espèce humaine.

Victoria avait eu cette expression complexe qui s'était imprimée sur son visage, celle du mélange de la compassion et de l'épouvante, à mi-chemin entre la pitié et la haine.

Les yeux de la belle brune aux origines Cheyenne avaient flamboyé. Elle s'était souvenu avoir ressenti à plusieurs reprises du désir pour cet homme plein de mystère, une attirance pour ce côté sombre qu'il drainait malgré lui. Mais voilà, toute l'horreur qu'elle avait découverte, toute cette abjecte psychologie qui avait émergé, avait été révélée au grand jour, l'avait forcée à prendre du recul et accepter que la part d'humanité de Lawrence était très loin, perdue, vacillante comme la lueur d'une chandelle au beau milieu d'un océan démonté.

Victoria était subitement sortie. Elle avait quitté la salle d'audience quelques minutes pour se soulager, vider son estomac.

C'est en rejoignant la sortie, au moment où elle s'apprêtait à passer la porte qu'elle l'avait remarqué.

Le regard s'était fait insistant, appuyé.

« Que me veut ce gros porc dégueulasse ? » s'était alors demandé Victoria.

Elle avait frissonné lorsque, du coin de l'œil, elle avait vu l'homme se passer la langue sur les lèvres en se massant le sexe de sa main velue.

C'était comme si une masse s'était écroulée du ciel et l'avait écrasée, pulvérisée sous son poids.

Un tourbillon d'images l'avait happée, les douleurs avaient refait surface et elle avait enfin saisi.

Ce qui devait se produire se produirait, un jour où l'autre…

(Rendre les armes)

Freddy Lawrence s'était bien vite adapté à l'univers carcéral. Les autorités pénitentiaires avaient décidé de le placer avec les autres détenus, sans signes de distinction particuliers, ce qui avait eu pour effet immédiat de compromettre largement sa sécurité.

En 1984, alors qu'il suivait un service religieux dans la chapelle de la prison, il fut agressé par un cubain qu'il n'avait jamais vu ni connu auparavant. Celui-ci avait tenté de lui trancher la gorge à l'aide d'une lame de rasoir. Lawrence s'en était sorti avec quelques blessures superficielles et avait été transféré en zone de haute sécurité.

Peu à peu, étant devenu un prisonnier modèle, ce dernier avait réussi à convaincre la direction du QHS de l'autoriser à être de nouveau en contact avec ses codétenus, à tisser un semblant de relationnel. Il fut donc très rapidement autorisé à prendre ses repas dans les zones communes et on lui attribua aussi des travaux de nettoyage à réaliser avec certaines équipes de détenus.

Il avait été surprenant pour le directeur de la prison de constater à quel point un individu tel que Lawrence avait pu s'adapter aussi vite, oublier ou tout du moins, enfouir ses pulsions et devenir quelqu'un d'autre. Sa capacité d'adaptation avait été effarante.

Après tout n'était-ce pas ce que l'on appelle l'intelligence ?

Le matin du 18 décembre 1984, la sinistre légende du cannibale de Cleveland allait prendre fin.

Alors que Lawrence lavait le carrelage des douches

de la salle de sport, il était loin d'imaginer mourir de la main d'un jeune noir, lui qui en avait tant tué. Ce matin-là, Lawrence était aidé par deux prisonniers connus pour être extrêmement dangereux : Andrew Jefferson, un blanc qui avait tué sa femme de trente-trois coups de couteau et qui accusait un noir de l'avoir fait, ainsi que Warren Lewis, un jeune noir schizophrène persuadé d'être le fils du créateur. Ce dernier se trouvait en prison alors que sa place devait être dans un asile.

Il n'est pas compliqué d'imaginer de quelle façon Lewis percevait Lawrence, qui avait tué tant d'hommes noirs et avait, de surcroît, accompli une carrière dans la police…

Après une demi-heure que les trois hommes eurent commencé à récurer les sanitaires de la salle de sport, un gardien revint pour vérifier si tout se déroulait bien. Il trouva Freddy Lawrence à plat ventre, baignant dans une immense mare de sang, le crâne fracassé. Le corps d'Andrew Jefferson était positionné sur le dos, dans une douche, baignant lui aussi dans son propre sang.

Lewis, pris d'une crise de folie, leur avait frappé le crâne avec une haltère et, une fois ses victimes à terre, il avait continué à frapper violemment leur tête contre le sol.

Lawrence décéda durant son transport à l'hôpital, quant à Jefferson, il mourut peu de temps après.

L'ex flic, que le mal et la solitude avaient rongé de l'intérieur comme un ver dans un fruit pourri, n'avait pas fini de faire parler de lui pour encore de longues années.

À cette époque, beaucoup ignoraient que des documentaires lui seraient consacrés, que sa vie serait portée à l'écran par de nombreux réalisateurs et que des tas de romans biographiques relateraient son parcours criminel.

Le cannibale de Cleveland allait connaître au fil du temps une notoriété impressionnante et sa mort, survenue comme un point d'orgue sur cette effroyable existence, ajoutait à son palmarès le mythe qu'il lui manquait : les arcanes du pire emportées dans la tombe, le dogme mystique du serial killer.

Blake n'était plus.

Le diable avait rendu les armes mais il avait su sensibiliser certaines âmes. Certains parleront de fascination, d'autres de compassion…

(Au-delà du pire)

Cleveland, État de l'Ohio/ États-Unis,
2 octobre 1999.

Victoria Fletcher s'était retirée de la police en 1990, six ans après la mort de Freddy Lawrence.

Elle trouva la mort en 1994, violée et assassinée dans une ruelle de Cleveland, alors qu'elle sortait d'une salle de cinéma.

Ironie du sort, Victoria venait de voir le film qui adaptait à l'écran la vie de Freddy Lawrence.

Au moment où l'homme avait surgi, elle avait immédiatement su de qui il s'agissait. Tout lui était revenu. L'odeur, la voix. Le regard, terrifiant, lorsque ses yeux avaient croisé les siens malgré la pénombre de la rue.

Lasse, elle n'avait pu se débattre très longtemps. L'homme, malgré son âge avancé, possédait encore la vigueur d'un gars de quarante ans.

Il lui avait tout d'abord décoché deux directs du droit, deux violents coups de poing qui étaient venus exploser son arête nasale et toute sa dentition. Il l'avait ensuite plaquée sur le capot du véhicule en stationnement, avait remonté sa jupe et l'avait pénétrée brutalement en la maintenant allongée, lui serrant le cou de ses deux mains puissantes.

Alors, entre deux râles, la bête immonde qui s'activait à sa triste besogne, avait lâché froidement :

« ... lui, tu lui as pardonné... pour moi tu ne l'as jamais fait, salope ! Tu as eu de la compassion pour ce

fils de pute... »

C'est à cet instant, entre le moment où cette phrase avait tournoyé dans le crâne de Victoria et l'instant où elle avait senti le froid de la mort la saisir, qu'elle avait soudainement pensé :

« Je regrette... comme je regrette de ne pas l'avoir laissé te tuer voilà onze ans, ordure ! C'était donc toi, à son procès... c'était toi qui m'observait, Gary... »

Victoria mourut alors que Gary pratiquait encore sur elle quelques actes sexuels des plus dégradants, puis il avait abandonné le corps sans vie de celle qu'il avait persécutée tout au long de son existence.

Victoria n'aura jamais su pourquoi Gary avait attendu toutes ces années pour récidiver.

Lui non plus, il ne l'avait jamais su...

*

Cleveland, État de l'Ohio/Etats-Unis,
11 septembre 2001/ 8h28.

Joey savait.

Il savait d'où il venait, qui il était et ce qu'il allait devenir.

C'était écrit. C'était ainsi.

On ne sort pas tout à fait indemne d'un orphelinat, d'une enfance malmenée par les familles d'accueil malveillantes.

Vivre au gré des humeurs, au bon vouloir de certains parents adoptifs qui devaient certainement confondre enfant et objet de plaisir, Joey en avait eu plus qu'assez, il connaissait bien le sujet. Il avait d'ailleurs failli commettre son premier meurtre sanglant le jour où, encore endormi, le péquenot d'une famille d'accueil du fin fond de l'Indiana avait cru bon qu'une masturbation sous les draps allait lui procurer un réveil plus tendre.

Âgé d'une vingtaine d'années, le jeune homme savait que sa vie finirait comme son père l'avait finie.

Il savait pour sa mère. Il avait tout appris.

Des archives de presse concernant les affaires criminelles de l'Ohio recensées sur des forums Internet, quelques questions posées aux bonnes personnes, quelques dollars ficelés dans des enveloppes discrètes adressées aux chefs de services de l'état civil et, de fil en aiguille, Joey avait eu accès aux informations qu'il désirait. Il avait tout saisi.

Il savait à présent que sa mère avait été assassinée. Victime d'un crime violent.

Il savait pour son père. Il savait quel genre d'individu il avait été, et aussi que celui-ci avait terrorisé les États-Unis pendant plusieurs années.

Comment pouvait-il vivre avec ça ? Pourrait-il vivre dans la solitude à son tour tout comme son père l'avait fait ?

Joey avala son café en observant du coin de l'œil le jeune homme à l'autre bout de la terrasse. Celui-ci avait les traits fins, des lèvres bien dessinées et des yeux d'une couleur verte comme il n'en avait jamais vus. Le plus troublant, c'était ce contraste avec la peau noire du jeune homme et ce regard d'émeraude. Et Joey sentait que cela lui plaisait. Il ne se trompait pas. Il ressentait ce qu'il avait déjà ressenti auparavant, et ce qu'il avait considéré comme une fausse impression, une coïncidence.

Le jeune homme se leva soudainement, passa tout près de lui en lui souriant, puis pénétra à l'intérieur de la brasserie en demandant poliment au serveur où se trouvaient les toilettes.

À ce moment-là, Joey embrassa du regard la terrasse et constata que la plupart des clients étaient plongés dans leurs affaires, leur portable, discutaient, lisaient le journal ou rêvassaient en avalant leur bière ou leur café.

Parfait… il ne me faut que quelques secondes.

Il se leva, contourna deux ou trois clients puis se rapprocha de la table où se tenait le jeune black. D'un rapide coup d'œil, il observa le verre d'eau pétillante, la carte des consommations, le trousseau de clés et le paquet de Chesterfield. Alors, tout en faisant mine de récupérer la carte des tarifs, et après avoir une dernière fois examiné tout autour de lui, Joey versa dans le verre le contenu de la gélule qu'il avait au préalable ouverte alors qu'il se tenait sagement assis à sa place.

L'effet allait être rapide. Il connaissait bien ce produit. Il l'avait testé le week-end précédent sur une conquête de passage.

Lorsque le jeune homme revint, il s'installa, tira une cigarette de son paquet et l'alluma. Il lança à Joey un regard ardent tout en avalant d'un seul trait le contenu de son verre.

Joey détourna alors le regard et plongea sa main dans la poche intérieure de sa veste. Il en retira une enveloppe, en extirpa la lettre et, pour la dixième fois, se remit à lire son contenu qui le fit frissonner avec autant d'intensité que la première fois.

L'employé du service de l'état civil avait monnayé les informations et les documents au prix fort, mais cela valait son pesant d'or.

Joey plongea de nouveau :

« … Cher monsieur, vous trouverez dans cette

enveloppe les informations requises et les documents joints nécessaires à vos recherches. Ce dossier est une copie, et vous imaginez bien qu'en cas de problème, je nierais toute implication personnelle. Votre mère, Eileen Sterling Fitzgerald, a bien accouché sous X en juin 1979, et cet enfant c'était bien vous, cher monsieur. (voir document 6/24 joint au dossier). Le contenu du feuillet 8/24 vous apprendra pourquoi votre mère biologique a décidé de ne pas assumer sa maternité et de ne reconnaître aucune filiation avec l'enfant. Elle est allée jusqu'à mentir à votre propre père biologique...

Le jeune homme leva les yeux, la gorge serré.

« mon père... » pensa-t-il succinctement en laissant lentement couler son regard sur le bel éphèbe, toujours installé au bout de la terrasse.

Il continua sa lecture :

... Eileen Fitzgerald avait préféré annoncer à votre père qu'elle avait fait une fausse couche. Elle avait précisé à l'équipe médicale qui l'avait assistée que le père ne reconnaîtrait pas l'enfant et que c'était mieux ainsi. A l'époque, le chef du service obstétrique de l'hôpital Charity Médical Center de Cleveland était un cousin de votre mère, et il a contribué à camoufler votre naissance. Dans le document 12/24, signé de la main de votre mère, vous comprendrez pourquoi elle craignait pour sa vie, vous lirez des mots terribles, relatant le fait que votre père était probablement celui qui allait lui ôter la vie. Elle stipule, dans cette lettre qui est datée de juin 1981, que votre père était un criminel en puissance et qu'elle avait découvert les horribles agissements de celui-ci. Elle craignait pour sa vie. Son meurtre a eu lieu quelques semaines seulement après qu'elle ait écrit ce courrier. Elle l'avait ajouté au dossier qu'elle avait confié à son

cousin…

Le beau black venait de se lever. Il dévisagea Joey en lui souriant de nouveau et en devinant très bien le désir qui prenait naissance en lui, régla sa consommation en posant un billet sur la table et observa le cadran de sa montre.

D'où il se trouvait, Joey pouvait toujours percevoir les effluves de son parfum. Il ne voulait pas perdre des yeux ce jeune homme, mais il voulait avaler les derniers mots qui couraient sur la fameuse lettre :

… Après les événements, le meurtre de votre mère et le reste, le cousin Sterling avait revendu quelques informations que lui avait confiées votre génitrice. Agrafée au feuillet 22/24, vous trouverez la photo de votre père, le tristement célèbre Freddy Lawrence, alors surnommé « Le cannibale de Cleveland ». Vous effectuerez le second versement comme convenu, dans trois jours. Vous déposerez l'enveloppe dans la consigne 143 de la gare centrale. J'espère que vous m'oublierez, et que jamais plus ne se croisent nos routes…

Il ne croyait pas si bien dire. Il ne s'en tirerait probablement pas comme ça ce péquenot des services municipaux.

Joey se redressa, abandonna sa table et suivit discrètement le jeune black qui venait de quitter la terrasse du *« Johnny's Downtown »*. Il bifurqua à l'angle et commença à remonter Frankfort Avenue.

« Tout ça ce n'est pas anodin… s'il savait que ça fait déjà trois jours qu'il me hante ce petit black… »

Arrivé au bout de l'avenue, Joey savait que le jeune homme tournerait à gauche et emprunterait la 9ème jusqu'à son immeuble. Lentement, Joey laissa s'inscrire un frêle sourire sur ses lèvres et commença à décompter :

« 10, 9, 8… »

Il savait que le jeune black n'allait pas tarder à tituber. L'esprit embrumé, le raisonnement troublé, il n'irait pas au-delà.

« …7, 6, 5… »

Le jeune homme s'arrêta soudain, essoufflé. Il prit sa tête entre ses mains, se pencha en avant, se redressa et fit quelques pas de plus, à peine quelques mètres.

Le sourire de Joey s'élargit alors, découvrant sa dentition blanche et parfaite.

« …4, 3, 2, 1… »

Le bel apollon ploya. Il posa un genou à terre, se tenant la gorge comme s'il venait à manquer d'oxygène.

C'est à l'instant où il tenta de se retenir au rétroviseur du Chevrolet Tracker qu'il s'écroula devant celui-ci, s'étalant entre le trottoir et la caisse du véhicule…

« …maintenant ! »

Joey ouvrit très rapidement la portière arrière, souleva le corps, le jeta sur la banquette et le recouvrit d'un plaid épais.

Il referma ensuite calmement la portière.

Il eut une pensée pour ce jeune garçon. Les quelques secondes qu'il avait prises pour s'absenter aux toilettes allaient malheureusement lui être fatales. La substance anesthésique aussi.

Joey alluma une cigarette et regarda le ciel, puis l'horizon, par-delà le très haut bâtiment dans lequel se situaient les services de l'U.S Marshals, à l'endroit même où il travaillait depuis quelques mois.

Il regarda sa montre.

Il lui restait encore une heure avant de prendre son poste. Ce qui, en théorie, était largement suffisant pour faire un bond jusque son appartement qui se trouvait à deux pas, déposer le corps sur son lit et en faire ce dont il rêvait de faire depuis déjà quelques mois.

Pour le reste, il essaierait probablement dans la soirée, après son service. Même s'il éprouvait une étrange compassion pour ce jeune homme, il n'en était pas moins impatient de pouvoir enfin goûter à cette précieuse denrée et accéder aux fantasmes qui le torturaient.

Lorsqu'il grimpa dans le Tracker et qu'il brancha l'autoradio sur la radio *oldies*, l'animateur de WMJI annonça qu'il était 8h45 et diffusa *«Say It Ain't So Joe»,* interprétée par Murray Head, pendant que le vol 11 de la compagnie American Airlines fendait le ciel de Manhattan et déployait son ombre gigantesque sur la tour nord du World Trade Center.

À 9h03 précise, le vol 175 percuta la tour sud.

La violence. Les hurlements. Et un nouveau chapitre qui venait de s'inscrire dans l'histoire de l'humanité…

À 9h10, les paroles de l'hymne américain *The Star-Spangled Banner* pénétrèrent le crâne du jeune homme qui ajusta les écouteurs sur ses oreilles. Il fit ensuite glisser la lame dans les chairs tendres de la cuisse et découpa soigneusement un long filet.

À 9h14, alors que les États-Unis d'Amérique basculaient dans l'horreur, dans la pénombre de son appartement, Joey venait de goûter pour la première fois au plaisir de la chair…

Merci à mes proches...

Mes plus profonds remerciements vont à Bernard Minier qui a contribué au lissage de ce texte, qui m'a conseillé et encouragé. Il a su, avec modestie et une grande générosité, m'apporter les éléments et les codes essentiels pour faire de ce roman un thriller qui, je l'espère, vous aura procuré les frissons dont vous êtes si friands.

Merci à Sarah, qui a traversé pour moi l'enfer de Dante.

Merci à Stéphane Marchand, le seul à avoir éclairé pour moi les recoins obscurs de mon existence, à une époque où je sombrais peu à peu dans une sorte de folie du cœur... merci pour tes mots, ta gentillesse et ton écoute.

Un grand merci à Ludovic Francioli, infirmier en pédopsychiatrie, pour nos conversations philosophiques concernant nos très chers serials killers...

Merci à Gaylord Kemp pour ses lectures attentionnées.

Merci à David Lecomte, mon éditeur, qui me ramène au grand jour en m'accordant sa confiance.

Un remerciement tout particulier pour Bertrand B qui signe la couverture de l'ouvrage. C'est avec grand talent qu'il a su retranscrire, en une seule image, la noirceur du récit et son ambiance glaciale. Bravo à toi.

Merci à tous ceux et celles qui continuent de pénétrer mon antre malgré l'ambiguïté, la profondeur et la noirceur de celui-ci.

Ne devrions-nous pas, à un moment donné de notre vie, nous poser cette étrange question : « Qui suis-je réellement, ai-je vraiment exploré toutes les profondeurs de mon esprit ? Suis-je vraiment cette personne que je crois être ? »

À la beauté du monde et à la magie de nos troubles...

Fabio M.Mitchelli est né à Vienne (Isère) en 1973. Il est musicien et écrivain, auteur de thrillers psychologiques, romans et nouvelles. Il a signé "La verticale du fou", premier opus de « La trilogie des verticales » qui, en 2011, a été classé dans le top 3 des romans les plus téléchargés sur le territoire français.

Bibliographie, chez Ex Æquo :

- La verticale du fou (ISBN 978-2-35962-122-8)
- Tueurs au sommet (ISBN 978-2-35962-132-7)
- À la verticale des enfers (ISBN 978-2-35962208-9)
- La verticale du mal - le dernier festin (ISBN 978-2-35962318-5)
- Le cercle du chaos (ISBN 978-235962401-4)
- Transferts (ISBN 978-235962410-6)

Chez Fleur Sauvage :

- La compassion du diable (ISBN 978-2-9572710-7-1)

Retrouvez tous les ouvrages et l'actualité de Fabio.M.Mitchelli sur: ***fmmitchelli.wix.com/mitchelli*** *ou sur le profil Facebook de l'auteur.*

FLEUR SAUVAGE

David Lecomte - L'œuvre de sang - ISBN 978-2-9542710-2-6
Format 13x20 cm - 240 pages -
Genre : Thriller / Thriller fantastique

Mon premier photographie ses victimes.
Mon deuxième se rapproche du premier.
Mon troisième, c'est les autres.
Mon tout est une œuvre.

"Un mini Stephen King à la française" (Critique Libre)
"Une goutte de magie dans l'univers sombre du thriller" (la Voix du Nord)

David Lecomte - ECHOeS - ISBN 978-2-9542710-3-3
Format 13x20 cm - 236 pages -
Genre : Thriller / Thriller fantastique

Mon premier traque un tueur d'enfants.
Mon deuxième tend à devenir un homme.
Mon troisième ne voit plus que d'un œil.
Mon tout fait écho à une autre histoire.

"Intense et psychotique" (RDL)
"Un chantre du thriller" (la Voix du Nord)

David Lecomte - Solitudes - ISBN 978-2-9542710-8-8
Format 13x20 cm - 236 pages -
Genre : Thriller / Thriller fantastique

Mon premier fut créé par le mal
Mon deuxième est au cœur des déments
Mon troisième ne vit que pour le beau
Mon tout deviendra une fleur

Un thriller aussi étrange qu'angoissant, mêlant fantasmes et réalisme, pour un final que vous ne saurez pas oublier.

Bertrand B - La Mesure Du Possible - ISBN 978-29542710-4-0
Format 13x20 cm - 256 pages -
Genre : Fantastique / Humour

Y a-t-il une troisième voie entre le bien et le mal ?
Peut-on s'habituer à tout ?
Et quel rapport avec les croquettes pour chat ?

"L'auteur s'amuse à nous livrer sa vision du monde moderne et de notre société à travers le prisme du fantastique, et c'est très réussi. C'est malin diablement créatif et jubilatoire." (Du Bruit Dans Les Oreilles)

Guy Lefebvre - La carne - ISBN 978-2-9542710-5-7
Format 13x20 cm - 192 pages -
Genre : Roman

La carne, c'est le nom de cette jument. Indomptable, dangereuse.
La carne, c'est aussi la chair, délaissée. Celle qui rêve d'une autre jour.
La carne, c'est le récit d'un chirurgien vieillissant, de sa jeune femme et d'une disparition.

" Coup de coeur ! Une Emma Bovary des temps modernes (...) un livre mi-polar mi-sociétal vraiment captivant !" (la Voix du Nord)

Michaël Moslonka - 666e kilomètre - ISBN 978-2-9542710-6-4
Format 13x20 cm - 224 pages -
Genre : Thriller / Thriller fantastique

661, 662, 663, 664, 665...
Une autoroute connue de tous, des kilomètres qui défilent.
Et, sur les aires de repos, ces mêmes personnes sur lesquelles on tombe.
Étrangement... Cruellement...

À la croisée des routes du thriller, du fantastique et de la satire sociale, l'auteur de « À minuit, les chiens cessent d'aboyer » nous livre, au 666ème kilomètre, l'une de ses œuvres les meilleures

À paraître :

Collectif - Silencieuse Et Perfide -
ISBN 978-2-9542710-9-5

Cet ouvrage a été imprimé
en novembre 2014 par

FIRMIN-DIDOT

27650 Mesnil-sur-l'Estrée
N° d'impression : 125524

Imprimé en France